악플러 수용소

# 악플러 수용소

**제1판 1쇄** 2020년 7월 7일
**제1판 2쇄** 2022년 5월 25일

**지은이**   고호
**펴낸이**   이경재

**펴낸곳**   도서출판 델피노
**등록**     2016년 8월 11일  제2019-000132호
**주소**     서울시 양천구 신정중앙로 86, 덕산빌딩 5층
**전화**     070-8095-2425
**팩스**     0505-947-5494
**이메일**   delpinobooks@naver.com
**ISBN**     979-11-967573-5-9  (03810)

이 도서의 국립중앙도서관 출판예정도서목록(CIP)은 서지정보유통지원시스템 홈페이지(http://seoji.nl.go.kr)와
국가자료종합목록 구축시스템(http://kolis-net.nl.go.kr)에서 이용하실 수 있습니다.
(CIP제어번호 : CIP2020023973)

나다니엘 호손이 버린 여인
헤스터 프린의
가슴에 새겨진
'A'
– Adultery
간통의 첫 글자.


주여,
저들의 가슴엔
보이지 않아도
만져지지 않아도
이따금 찌르는
어느 무엇의 첫 글자가
새겨져 있나이까.

# 악플러
# 수용소

고호 지음

 델피노

# Contents ———————————————————————

# 3장 잘못을 저지른 자는 교정을 받아야 한다

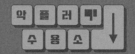

# 1장

# 나는 잘못이 없다.
# 내 손으로 죽인 게 아니니까

Esc

나는 잘못이 없다. 내 손으로 죽인 게 아니니까.
죽이라고 명령을 내리지도 않았다.

- 아이히만(Adolf Eichmann)
(수백만 명의 유대인을 학살한 나치 장교)

* 작가 주
소설 속 등장인물인 장민환이 현재는 폐지된 '사법고시'를 준비하는 것으로 설정한 것은 '로스
쿨 제도'에 비해 극적인 효과를 위해서 설정했음을 알려 드립니다.

# 대국민 선포

***

2021년 3월 13일. 이혼 여배우 K씨. 악플 못 견뎌 자살 시도. 생명에는
　　지장 없어.

2021년 6월 20일. 소속사 해명에도 불구, 성접대 악플에 C모델 결국 극
　　단적 선택.

2022년 1월 19일. 함께해낸당 유재영 대선 후보 [인터넷 범죄 척결] 공
　　약으로 내걸어.

2022년 3월 9일. 제20대 대통령 득표율 39.3%로 함께해낸당 유재영
　　후보 대통령 당선.

2022년 8월 18일. 개인 유튜브 운영하던 초등학생 송 양(12), 악플에 베
　　란다에서 뛰어내려.

2023년 10월 21일. 아이돌 가수 A군(22), 학폭 가해자 루머 댓글에 시달려 극단의 선택.

2023년 12월 1일. 유명 걸그룹 출신 여배우 K씨(29) 자택에서 숨진 채 발견.

2023년 12월 27일. 얼마 전 숨진 여배우 고 씨의 아버지(64), "악플러 절대 용서 못 해."

2023년 12월 30일. 함께해낸당 박종근 의원, [인터넷 댓글 실명제] 관련 법안 발의 추진

.

.

.

[걸그룹 A양 성관계 동영상 지라시 최초 유포자는 20대 초반 여성, 검찰 송치.]

[톱스타 B군 악플러 잡고 보니 명문대 의대생.]

[수년간 모델 A양에 대한 루머 유포한 악플러는 평범한 주부. 벌금형에 그쳐.]

[인기 MC 김철수 씨, 가족에 대한 악플 더 이상 못 참아. 선처 없을 것.]

.

.

.

　　2024년 유엔인권이사회의 보고서에 따르면, 전 세계는 인터넷 악플로 인한 자살 지수가 질병과 사고로 인한 사망 지수를 근소한 차이로 따라잡았다고 밝혔다.

더 이상 사이버 윤리교육은 허울에 불과하며, 법이란 애당초 무용지물로 전락한 지 오래.

***

악플로 인한 사망자 수가 계속 늘어나면서 호황을 누린 쪽은 따로 있었다.

보험회사는 질병 사망, 사고 사망 등에 뒤이어 **'사이버 테러 사망'** 이라는 항목을 추가했고, 그 경우에는 타 사유에 비해 두 배의 사망 보험금 지급을 보장했다. 또 **'사이버 테러로 인한 정신질환 보상'** 항목 역시 인기리였다. 홈쇼핑에서는 완판행렬이 줄을 이었고, 연예기획사나 공인들이 제일 먼저 보장이 튼실한 상품으로 연달아 가입하기 시작했다. 물론 일반인에게까지 확대되었다.

그뿐이 아니었다. 흔치 않던 '디지털 장의사'라는 사업은 크게 시세 확장을 하여 부문별로 공대 졸업생들을 대거 채용하기도 했으며, 저마다 경쟁하듯 어플을 개발하여 출시하였다. 방법은 간단했다. 지문 인식 등록을 하고 몇 번의 동의 절차만 끝나면 결제 후, 자신의 악플을 지우거나 수정할 수 있다.

이에 뒤질 새라 사설탐정도 유망직종의 하나로 떠올랐으니, 이것이 바로 전 세계 IT강국이라는 보기 좋은 훈장만 달았을 뿐 그 배설물을 처리할 자정능력을 상실한 대한민국의 현주소였다.

자존감을 키우고 상대방에 대한 이해와 배려를 통해 얻는 깨달음 따위는 자기계발 서적을 대충 넘겨 읽는 순간에만 얼핏 존재했을 뿐이다. 그들은 저마다 키보드 위에 손을 올려놓으면, 또 스마트폰의 키패드를 터치하는 순간, 세상 모든 사탄의 밥 수저를 빼앗는 대범함을 보였으니까.

직접 죽여 살을 바르고, 뼈와 가죽을 적당히 조화시킨 박제된 사냥감을 보며 흐뭇해하기보다는 또 다른 사냥감을 찾아 물색에 나서는 악플러. 어쩌다 **'운 나쁘게'** 붙잡힌다면 뒤늦게 싸구려 선처를 바라는 것이 누구나 예측 가능한 다음 단계가 아니던가.

더 이상 간과할 수 없었다. 하루빨리(이미 충분히 늦었지만) 시급한 조치가 필요하며, 국민들 중에는 그들을 징벌해줄 홍길동의 출연을 바라는 이도 있었다.

뭐가 됐든 컨트롤 타워의 설치가 시급한 문제로 대두되고 있었던 시점에서 대선 후보들은 누가 먼저랄 것도 없이 '악플러 퇴치'를 공약 1순위로 내세우고 전면에 나섰다. 난세가 영웅을 만들었다면, 그 영웅은 난세를 발판 삼아 자신의 위용을 떨쳐야 한다. 그것만이 시대에 대한 보답인 법이다. 다른 대선 후보들에 비해 악플로 곤혹을 치른 적(전직 아나운서 시절에) 있는 함께해낸당의 유재영에게는 더없이 좋은 기회였다.

***

새해 첫날, 제야의 종소리에 들뜬 여운이 가시기도 전인 이른 아침이었다.

송출되는 TV 화면에서는 하단 붉은 바에 **'[속보] 대통령 연설 오전 10시 30분에 시작'**이라고 쓰여 있었다. 이미 수많은 언론사의 기자단들이 목에 출입증을 걸고 네 시간째 대기 중인 이곳은 청와대 춘추관.

청와대 관계자로 보이는 사람이 연단에 나타나 마이크를 테스트하고 자리 정돈을 몇 차례 했다. 대변인이 아닌 대통령이 직접 나서서 그것도 '대국민' 연설을 하겠다니 공중파 3사는 물론이고, 인터넷 유명 포털 사이트와 각종 커뮤니티, 카페에서는 이와 관련해 시끌벅적했다.

긴 기다림에도 지루해하기는커녕 오히려 기대감으로 가득 찬 기자들의 얼굴. 모인 이들 대부분은 언론사의 성격을 불문하고, 친정부 소리를 들을 만큼 유 대통령은 국민 지지율이 역대 최고를 기록한 대통령이다. (이 기록을 깰 자는 드물 것이며) 어쩌면 잠시 후 있을 연설 역시 그 인기의 연장선상이라고 보는 기자들이 많았다. 그래서 더욱 장내는 들뜬 기운으로 술렁거렸다.

얼마나 기다렸을까? 부질없이 번뜩이는 카메라 셔터가 다시 활기를 되찾은 건 유 대통령이 모습을 드러낸 다음이었다. 굳게 다문 입술, 시원하게 뻗은 콧대와 윤기 나는 광대마저 경이로운 카리스마로 비쳐졌다. 좌우를 살핀 유 대통령은 여유롭게 (뉴스를 마친 앵커처럼) 손목시계를 힐끔 보더니 입을 열었다. 그런 면이 국민들에겐 신선한 매력으로 다가왔다.

평소와 같이 있어야 할 자리에 프롬프터는 보이지 않았다. 대신 그 앞까지 물밀 듯이 다가온 기자들.

"시장하실 텐데 새해 아침부터 오래 기다리게 해서 죄송합니다. 늦게 나타나서 괜히 말이 길면 지루하지 않겠습니까? 교장선생님 훈화 말씀처럼요. 안 그렇습니까?"

다들 호감이 묻어나오는 웃음으로 답변을 대신했다. 역시 그의 손에는 그 어떤 연설문도 찾아볼 수 없었다.

"자아… 짧게 말씀드리겠습니다. 기사에는 한 줄만 적으시면 되겠습니다."

찰칵 찰칵 찰칵, 미친 듯이 눌러대는 셔터에 다소 까무잡잡하기로 소문난 유 대통령의 얼굴이 하얗게 분을 칠한 것처럼 번뜩였다. 환갑을 코앞에 둔 대통령은 백내장 초기에 노안까지 겹친 것치고는 제법 눈 한 번 깜빡이지 않고 말했다. 아니 오히려 그 어느 때보다 정면 카메라를 또렷이 응시했다.

찰칵 찰칵 찰칵….

"정부는 오늘 2024년 1월 1일 12시를 기점으로
인터넷 악플러와의 전쟁을 선포합니다."

# 평화로운 나라

*1*

"응응. 치마형으로 하실 거 맞죠? 그럼요. 101동에는 공간이 넉넉하게 만들어져서 치마형 A 변기가 맞아요. 예. 젠다이 튀어나와도 상관없다니까 그러시네? 내일 오전 일찍 기술자들 가니까 그렇게 아시고. 아이고, 감사합니다. 당연히 잘 해드려야지요! 예예!"

인천 남동구 ○○동 광덕인테리어.

늦은 밤. 가게 셔터를 내리는 광덕. 연신 콧노래가 흘러나왔다.

하루 종일 눈코 뜰 새 없이 뛰어 다니느라 점심끼니도 못 챙겨먹었지만, 일 년 내내 오늘만 같았으면. 그렇게만 된다면 집 대출금이며, 지난번 치킨집 차리다 망해서 생긴 빚 갚는 거야 식은 죽 먹기일 것 같다.

실은 요 앞에 30년째 자리하던 아파트가 갑자기 재개발 들어간다고 하루아침에 허물어지는 바람에 이 가게도 딴 곳으로 이전을 해야 되나, 어쩌나 여간 고민이 아니었다. 잘사는 동네도 아니고, 그렇다고 학군이 좋나, 상업시설이 좋나. 입지조건도 별 볼 일 없는 동네였기 때문에 아파트마저 없어지면 낙동강 오리알 신세라고 생각했던 것이다.

한데 새로 생긴 고층 아파트가 효자 노릇을 톡톡히 할 줄이야. 다 지어지기 전부터 불티나게 하나둘 분양을 하기 시작하더니, 리모델링 주문 건수가 이번 달만 벌써 아홉 집이나 들어왔다. 평수가 대체로 20~25평대인지라 주로 신혼 가구나 어린 자녀를 둔 가구가 많았다. 세대주의 연령층이 대체로 젊은 층이다 보니 아무래도 인테리어에 신경을 많이 쓰게 되고, 그것이 광덕인테리어의 월 매출 상승까지 이어진 것이었다.

실은 이 모두가 딸 진희 덕분이다. 장사가 안 될까 봐 걱정하던 지 아비를 생각해서 "아빠. 우리도 인스타그램이랑 중고거래 어플에 싸게 해준다고 올리는 게 어때? 요새 다 그렇게 인테리어 해. 발품 파는 시대가 아니라고." 하도 그러기에 그럼 너 재주 있으면 한번 올려나 보라고 한 것이 이렇게 대박 날 줄이야. 사무실 전화기는 언제나 불이 났다.

딸이 알려준 대로 100만 원, 150만 원으로 끊지 말고, 같은 말이라도 99만 원부터 199만 원으로 내걸자 주문은 물밀 듯이 들어왔다. 그리고 지역과 아파트 해시태그를 달고, 인스타그램에 업로드 한 가구에는 5% 캐쉬백까지 해주겠다는 파격 이벤트도 실시했다. 게다가 두 가구가 동시에 하면 가구당 5% 할인을 중복 적용시키자 동네 맘카페에서는 공동구매하자는 글까지 올라왔다.

가게 뒤 공터에 주차된 20년 된 하얀 아반떼 앞에 서자 문득 딸의 얼굴이 아른거렸다. 올가을에 식을 올리기로 한 외동딸이 문득 지 엄마 없이 혼자 결혼준비를 하고 있다는 생각이 뒤늦게 든 것이다.

'아차차….' 아비가 되어서는 그동안 너무 무심했다. 다음 달 주문 건까지 마치고 나면 그래도 돈 천만 원이라도 혼수에 보태줘야지. 암. 신혼집 인테리어도 이 아비가 다 해주마. 내 새끼가 살 집인데. 굳은 다짐이라도 하듯 아구에 한번 힘을 주며 차에 올라탄 광덕.

윙.

문득, 시동을 걸다 말고 들여다본 광덕의 얼굴이 굳어져갔다.

스마트폰 홈 화면에 뉴스 알림이 떴다.


## 2


서울 강남역 9번 출구. 저녁 8시.

터가 터인지라 출구 근처엔 성형외과와 피부과가 즐비했다. 건물 외관의 미적인 요소도 중요했지만, 하도 병원이 우후죽순 생겨나는 바람에 구청에서 아예 간판 정리까지 싹 해버린 것. 그렇게 해서 한가한 사람이라면 일일이 세 보았을 것이다. 주 고객이 여성들인 병원만 해도 서른 군데가 넘는다는 것을. 성형 원정을 오는 외국인 환자들까지 합치면 유동인구가 어마어마했다.

"잘 가요."

"내일 봐!"

삼삼오오 쏟아져 나오던 무리들 속에는 수정도 있었다. 저마다 병원 입구에서 서로 팔짱을 풀고 헤어지는 여자들. 마치 마법이라도 걸 듯 하하호호 웃던 얼굴이 무리와 흩어지자마자 재빨리 건조한 무표정으로 돌아왔다.

근처에서 자취생활을 했기 때문에 굳이 지하철을 탈 필요는 없었다. 걸어서 30분이면 족하다. 뛰기라도 하면 20분도 가능하다. 수정은 고시원에서 살고 있었다. 지방에서도 간호조무사로 일할 수 있는데, 뭐 하러 서울까지 가느냐는 부모님을 뿌리치고 왔으니 월 60만 원짜리 고시원도 감지덕지였다. 설상가상 그런 부모님이 지원을 끊는 바람에 고스란히 수정의 월급통장에서 빠져나가는 항목이 부지기수였다. 월세, 휴대폰 요금, 보험료, 관리비, 그 외 생필품에 식대까지. 여기서 번 돈으로 정식 간호학과에 입학하겠다는 꿈은 이룰 수나 있을는지. 퇴근길은 또다시 한숨으로 깔렸다.

'아까만 해도 그래. 정식 간호학과를 나와서 간호사로 있는 같은 병원 언니도 사람들과 함께 있을 때만 잘 해주는 척이지. 솔직히 은근히 하대하고 시켜먹길 좋아하잖아. 지나 나나 하는 일은 도긴개긴인데. 더럽고 치사해서라도 간호학과 꼭 간다.'

고시원까지 가는 길은 직진으로 쭉 이어져 있기에 따분함도 달래고, 운동도 할 겸 에어팟을 끼고 노래를 듣곤 했다. '오늘 하루는 무슨 일이 있었나?' 하고 자주 가는 카페에도 접속하고, 포털 사이트에도 로그인을 한다. 요즘 즐겨 보는 드라마를 놓칠 때면 뉴스로라도 결말을 확인해야 직성이 풀린다. 그런데 스크롤을 내리던 수정의 엄지손가락이 어느 지점에서 갈 길을 잃었다.

작은 건널목. 좌회전하려는 차량이 거칠게 클랙슨을 눌러댔지만, 수정은 통 움직일 줄을 몰랐다. 이윽고 차창 밖으로 고개를 뺀 운전자가 욕설을 퍼부었지만 소용없었다.


3


경기도 부천시 ○○도서관. 밤 10시 15분.

민환은 헐레벌떡 1층 현관에서 뛰어나오며 어딘가로 들으란 듯 소리쳤다.

"죄송합니다!"

하지만 정말 죄송하다기보다는 오랜 공부로 쌓인 노곤함과 뿌듯함 그 사이에서 나온 밝은 목소리였다. 그러면 역시 어디선가 "그려. 잘 가 학생!" 하고 대답이 터져 나왔지만, 사방을 둘러봐도 그이는 보이지 않았다. 그저 둘레둘레 플래시 불빛이 간간히 비쳐질 뿐.

안 봐도 뻔하다. 경비아저씨다. 언제나 도서관 문 여는 시간에 때 맞춰 가서, 문 닫고도 미적미적 나오기 일쑤라 종종 경비아저씨를 놀래주곤 하는 민환. 몇 번 부딪힌 사소한 인연. 입가에 씩 하고 웃음이 번지며 민환은 무거운 책가방을 다시 고쳐 멨다.

까만 밤하늘에선 별이 총총 빛났다. 미세먼지 없이 맑은 공기. 며칠 전부터 컨디션이 좋다 보니 주변에서도 이렇게 도와준다. 앞으로 좋은 일만 있겠지? 불과 작년까지만 해도 연이은 취업실패로 민환은 극단으로 치닫는 생각까지 품었었다. 동기들은 모두 척척 대기업에 붙거나, 못

해도 인턴, 그도 아니면 도피성일지라도 어쨌거나 유학이라도 가는데, 이도저도 아닌 민환에게는 '백수'라는 신분에 둘러댈 핑계거리가 없었다. 집에 종일 들어앉아 있기도 민망하고, 시집간 두 누나는 막내아들인 너에게 부모님이 지원을 올인했으니 잘돼야 하지 않겠냐며 심리적으로 압박까지 주었다. 저도 모르게 쌓인 스트레스가 건강까지 헤쳤다. 이유도 없이 복통에 척추측만증까지. 절실히 후회했다. 법대에 입학한 것을. 공대나 갈걸.

청년실업률은 천정부지로 치솟는데, 고작 180만 원 주는 중소기업 면접장에는 대부분이 여자들인데다 괘씸하게도 해외유학파들까지 들락거렸다. 될 것 같던 2차 면접에서도 떨어지고, 단순 노동을 하는 아르바이트에서도 며칠 안 가 잘릴 때는 부모님 뵐 낯조차 없었다.

'더럽고 치사한 세상. 에라이 콱! 죽어버리자! 나 같은 식충이는 죽어서 밥이라도 아끼자!' 할 때 아버지가 문득 방문을 열고 들어왔다. 놀랍지도 않았고, 죄송한 마음도 없었다. 오히려 '보세요. 대학 나온다고 다 잘되는 거 아니에요. 왜 그렇게 저한테 부담을 주세요? 아버지 아들 이것밖에 안돼요. 그냥 인정하세요.'라는 것을 온몸으로 보여주고 싶었다.

연이은 낙방과 실업으로 쌓인 우울은 그 화살을 부모에게 돌렸으나 속을 아는지, 모르는지 아버지는 은근히 손목부터 붙잡고 자리에 앉았다. 그리고 왜 들어왔냐고 시큰둥한 아들에게 "아들. 나는 우리 아들 믿는다."면서 흰 봉투를 쏙 내밀었다. 안에는 현금 100만 원이 들어 있었다. 얼마 전, 고모가 빌린 돈을 갚은 모양인데, 이젠 민환이 빌린 꼴이 되어버렸다.

"너 하고 싶다던 사법고시 준비해. 눈치 보지 말고. 아버지가 너 하나 뒷바라지 못 하겠냐? 이왕 이제까지 한 거 몇 년 더 한다고 몸이 썩기라도 하겠냐? 걱정 말어." 하며 그 작고 까만 주먹을 들어 보였다. 강한 척, 의기양양한 척하는 그 모습이 도리어 서글프게 다가왔다. 홧김에 불효자를 자처하려던 아들의 심장을 아버지는 그렇게 쓰다듬으며 말했다. 평소엔 그렇게 싫던 아버지 입에서 나는 술 냄새가 가슴을 후벼 팠다.

그날 밤, 목매 죽으려던 벨트 끈을 붙잡고 얼마나 울었는지 모른다. 그길로 시험 준비에 돌입했다. 인터넷에 떠도는 온갖 유치한 명언들 따위는 전혀 자극이 안 됐다. **'나는 아버지의 자랑이다.'**라고 A4용지에 매직으로 크게 휘갈겨 쓰고 눈높이에 맞게 붙여 놨다.

목표는 사법고시였다. 평소 낮게만 봐오던 중학교 동창놈이 어떻게 용을 썼는지 경찰대학교를 어찌저찌해서 졸업하더니 정복을 차려입고 찍은 사진을 페이스북에 올린 후부터 자격지심이 시작됐다. 순경부터 차근차근 올라온 나이 지긋한 아버지뻘 되는 분들 위에서 마치 군림이라도 하는 듯한 그 거만한 표정은 정말이지 못 봐주겠단 말씀. '지가 경위면 나는 판사다!' 이미 민환의 두 어깨는 이 대한민국 사법계의 미래를 책임이라도 지듯 무거워지는 착각이 들었다.

1차는 통과했다. 남은 건 2차다. 긴장 늦추지 말고 마지막까지 완주할 것! 공부를 마치고 돌아가는 길은 언제나 와신상담의 길이었다. 재차 다짐이라도 하듯 두꺼운 민법, 형사소송법 책이 든 가방을 다시 한번 으쌰 하고 들쳐 메는 민환.

윙.

바지 주머니 속 휴대폰이 경적처럼 울렸다. 언제나 공부를 마치고 귀가할 즈음에 걸려오는 어머니의 전화가 분명했다.

[연예이트 속보….]

어슴푸레한 가로등 밑. 민환의 긴 그림자가 영 움직일 줄 몰랐다.


4


경기도 성남시 분당.

"안녕하세요!"

"어머, 설아! 또 공부하러 학원 가니?"

엄마의 절친한 친구인 혜선 아줌마가 또 오셨다. 지난 여름방학 때 미국에 사는 혜선 아줌마네 놀러가서 그 집 아이들과 수영을 하며 놀았던 적이 있기에 윤설은 그 아줌마가 좋았다. 언제나 맛있는 음식을 해주고, 조금만 잘해도 칭찬을 해주고, 또 중요한 건 볼 때마다 항상 용돈을 두둑하게 챙겨주기 때문이다(더구나 엄마 몰래 쓰라며 옆구리에 쿡 찔러주는 센스는 아예 무장해제하게 만들었다). 그 아줌마에게 은근히 경쟁심리를 갖고 있는 엄마가 그 집 딸과 비교만 안 하면 금상첨화겠지만.

"네, 영어학원에요. 외고 입시반이라서요."

"와, 설이는 영어를 잘한댔지? 참. 그런데 벌써 외고 입시를 준비하는 거니?"

"네."

"아직 중 2밖에 안 됐는데?"

"미리미리 해야 해서요."

"어머, 기특해라."

엄마는 윤설이 어딜 가서든 칭찬을 듣는 것을 일종의 훈장쯤으로 여기는 듯했다. 여대를 졸업하고, 취업 대신 집에 들어앉아 오로지 남편 외조와 자식 교육에 열을 올리는 지난 15년에 대한 보상이랄까? 역시 뿌듯하게 이 광경을 즐기는 엄마에게 "엄마! 이거 버릴 거지? 내가 나가면서 분리수거할게." 하고 즐거운 분위기에 한마디 얹었다.

"어머 세상에. 설이는 다 컸구나? 얘, 너 딸 잘 뒀다. 정말."

"뭘."

"나도 이런 딸 있으면 얼마나 좋아. 예쁘게 생겨가지고 공부도 잘해. 엄마 말도 잘 들어. 우리 집 시키면 아들 녀석들이 설이 반의반이라도 따라갔으면 좋겠네."

그 멘트면 That's enough! 오늘 낮에 수학학원을 땡땡이 친 것에 대한 엄마의 분노는 그쯤에서 어느 정도 사그라든 것처럼 보였다. 성공을 직감한 윤설은 자기가 학원을 가주는 것이 적절한 타이밍이란 것을 누구보다 잘 알았다.

"학원 다녀오겠습니다!"

두 분의 웃음과 수다소리가 엘리베이터가 땅으로 꺼지면서 차츰 희미해졌다. 역시 어른들을 다루는 건 식은 죽 먹기야. 그런데 아뿔싸! 오늘 학원 끝나고 애들하고 같이 24시 운영하는 북카페에 가서 놀기로 했는데, 급하게 나오는 바람에 화장품 파우치를 두고 왔다.

[예지야. 너 나올 때 마스카라랑 틴트 좀 챙겨. 나 집에 두고 왔어ㅠ]

친구에게 메시지를 보낸 윤설은 엘리베이터가 1층까지 도달하기까지 좋아하는 아이돌 그룹에 대한 기사를 클릭했다. 그러던 중 연예랭킹 뉴스 맨 위에 올라온 어느 기사. 아무도 없는 엘리베이터 안에서 윤설의 육성이 터져 나왔다.

"헐!!!"


5


"야야, 거기다 터뜨리면 안 된다고! 꺼져! 말귀 못 알아 처먹네. 가만 있어 봐."

"크크크… 가드 스콜피온 따윈 껌이지."

"이제 털리겠구만."

"닥쳐라."

부산 서면. 늦은 밤 12시.

수백 대의 컴퓨터 모니터들은 경쟁이라도 하듯 권장사양 그 이상의 화려한 해상도를 내뿜고 있었다. 구시렁거리며 같은 편과 나누는 대화들이 오갔다. 내용은 없었다. 절반이 욕이었다.

새로 확장 공사를 끝낸 PC방 내부는 전보다 더 쾌적하고 넓었으며, 그만큼 찾는 발길로 문전성시였다. 근방의 PC방 중에서도 최고급 시설을 자랑하다 보니 벌써 정액회원은 자리가 만석.

"아!!! 씨발!! 졌어!!! 저 새끼 때문이야… 아, 미자 같은데 먹고 토껴 버렸네."

바삐 움직이던 마우스를 내리치는 기성. 머리를 쥐어뜯었다. 벌써 5시간째 죽치고 앉아 게임만 하던 그는 문득 같이하던 형과 동생들이 이미 자리를 떴음을 직감했다. 가면 간다고 말들이나 하던지. 품에서 담배를 꺼내 한 개비 입에 물려다 문득 카운터의 새초롬한 아르바이트생과 눈이 마주쳤다. 여긴 금연구역이다.

"뭘 봐! 뒤질려고⋯."

입 모양을 알아차리기라도 했는지 아르바이트생이 눈을 피했다. 오만상을 하고 집어던진 담배 한 개비가 모니터 뒤 어딘가로 처박혔다.

무심하게 누른 인터넷.

다 식어빠진 사발면을 들이키면서 대형 포털 사이트의 실시간 검색어를 건성으로 쳐다봤다. 그리고 왼쪽 눈썹이 자동으로 씰룩거렸다. 마우스를 쥔 손이 잠깐 떨렸다.


6


강원도 원주시.

103동 놀이터 앞에서 서성인지도 어느덧 20여 분이나 흘렀다. 본인이 경기도로 출퇴근하는 직장인이라 퇴근 후 금방 온다던 판매자는 약속시간이 지났으나 별다른 기별이 없었다. 은근히 부아가 치밀었으나 그래도 한 아파트 주민인데, 서로 얼굴 붉힐 일 있나 싶어 평정심을 되찾은 영자. 더 기다려보기로 했다.

'이게 뭔 개고생이야.'

얼마 전의 일이다. 결혼해서 아들 쌍둥이에 딸까지 자식을 셋씩이나 낳고, 그럭저럭 사는 영자에게 불청객이 찾아왔다. 뭔 놈의 공부를 한답시고 나이 마흔이 넘도록 장가도 못 가던 아주버님이 갑자기 결혼을 하겠다고 집에 여자를 데리고 온 것.

상대는 열두 살이나 어리고 예쁜데다 같은 대학원에 다니는 계집애라고. 단지 그것뿐이면 이렇게까지 오장 상하지도 않았을 것이다. 그 아가씬 혼수로 얼마 해오느냐고 넌지시 시어머니에게 묻자 노인네가 갑자기 으쓱해서 한다는 소리가 사돈댁이 TV에도 나올 만큼 잘사는 교수 집안이라고 혼수를 억대로 해온단다. 거기다 사위 사랑은 장모라고, 타던 SUV를 척 하니 거저 준다나? 말하는 내내 시어머니는 귀에 걸린 입이 좀처럼 내려오지 않았다.

게다가 고 앙큼한 것이 오자마자 떡두꺼비 같은 아들을 자연분만으로 쑥 낳으니 상황은 180도 바뀌고 말았다. 시아버지조차도 사대 독자라 영자가 제왕절개로 쌍둥이 아들을 낳았을 때만 해도 "애썼다. 수고했다. 아들을 둘씩이나 낳고 집안이 번성하겠다."더니 정작 귀한 집에서 큰며느리를 들이자 태도가 달라졌다 이 말씀.

괘씸한 노인네. 말끝마다 우리 종부, 우리 장손. 영자의 친정엄마에겐 "이보시오. 저보시오." 하던 사람들이 그쪽 친정엄마에겐 "안사돈. 우리 안사돈." 하며 극존칭을 써재껴(솔직한 말로 통화를 할 때도 누가 본다고 굽신거린다) 기어이 영자의 속을 긁어 놓았다.

그러더니 급기야 "네 형수 이번에 출산했는데 빈손으로 가면 쓰겠냐?"며 눈치를 주는데다, "웬만큼 사는 집 딸이라 어지간해선 눈에도 안 찰 것이다."라고 대놓고 고가의 선물을 바라니. 이래서 형제간의 분

란은 부모가 1차 원인제공자다.

등신 같은 남편은 지 마누라 속이 타들어가는 줄도 모르고 적당히 100만 원 현금으로 준비해주자는데 그럴 수야 있나? 공무원 월급 얼마나 된다고 그 큰돈을 뚝 떼어 주자고? 누구 좋으라고? 됐다 그래. 그럴 돈 있으면 내 새끼들 내복 한 벌이라도 더 사 입히지.

마침 중고거래 어플을 뒤지던 중, 유아용 전동차를 싸게 내놓는다는 걸 발견했다. 같은 아파트 주민인데 곧 더 넓은 고층 아파트로 간다나? 필요가 없게 되어 싸게 처분한다는 것을 영자가 대뜸 거래하자고 나섰다. 풀세트 박스로 통째로 준다니, 대충 쓱쓱 닦아서 주면 모르겠지 뭐.

유니클로 플리스 재킷을 껴입고 나왔지만 오래 밖에서 기다리다 보니 자연 움츠러들었다.

덜덜거리며 팔짱을 끼고 들여다보던 스마트폰. 포털 어플을 켜자마자 어느 기사의 굵은 헤드라인이 두 눈을 사로잡았다. 딱따닥 하고 부딪히던 영자의 치아가 순간 혀를 깨물고 말았다. 윽…!


*[속보] 여배우 고혜나(29), 자택에서 숨진 채 발견.*

# 여배우 고혜나(29),
# 숨진 채 발견

***

〈자택 화장실에서 아버지가 발견,
아버지와 남동생에게 "미안하다." 자필 유언.〉

(서울=가나1)박진수 기자 = 걸그룹 출신의 톱스타 여배우인 고혜나(29)가 자택에서 스스로 극단적인 선택을 해 경찰이 수사에 나서고 있다.

용산경찰서에 따르면 12월 1일 오후 다섯시 이십분에 반찬을 전해 주기 위해 딸의 자택을 방문했던 고 씨의 아버지에 의해 발견되었는데…

.

.

.

서울 용산구 ○○동 스위트 라이프 캐슬.

오디션 프로그램에서 최종 우승을 거머쥔 탑스타 A군도, 필모그래피가 대단한 연예계 잉꼬부부도, 또 유명 피아니스트 B양도, IT기업 선두주자로 대통령상까지 받은 모 벤처기업의 CEO도, 한류 아이돌 1세대이자 현재는 배우로 활동하는 C군도 모두 이 캐슬의 입주민이었다.

대개 스타의 사생활을 조명하는 프로그램에서조차도 스타의 자택 내부 촬영을 할 법도 한데, 뭇사람의 범접이나 극성팬들도 결코 캐슬의 견고한 콘크리트 담벼락을 넘지는 못 했다.

정식 명칭은 '개성 스위트 라이프 캐슬.'

막 구순을 넘긴 개성그룹 명예회장이 어릴 적 못 살았던 한 때문인지 죽기 전에 중국 진시황의 아방궁 뺨을 치고, 저 불란서의 베르사유 궁전 볼기를 후려칠 만큼 화려하고 럭셔리한 고급 빌라를 짓는 것이 꿈이었단다.

'자식새끼들 중에 누가 제일 먼저 내 소원 들어줄래?' 해서 탄생한 것이 (혼외자로 태어나 천덕꾸러기였던) 그 집 삼남이 발 빠른 속도로 지어 올린 스위트 라이프 캐슬이었다.

떠도는 우스갯소리로 빌라의 이름을 굳이 '스위트'라고 지은 건 삼남의 고집 때문이라는 후문. 후보명칭에는 비버리 힐스나 어퍼 이스트 사이드 등 외국의 부자동네에서 영감을 얻을 수도 있었지만, 단순명료한

'스위트'가 최종 낙점을 받았다.

그 옛날 일정(日政) 때, 시골마을에 자그마한 성당이 하나 있었다고 한다. 부임해온 외국인 신부가 '코-휘'라는 새까만 물을 홀짝홀짝 잡수면서 '쏘 스위트. 쏘 스위트.' 하기에 당신께서도 마셔봤는데, 마냥 쓰기만 해서 속았더라는 재미도 없는 고릿적 일화를 부친으로부터 귀에 딱지가 앉도록 들으며 자랐다. 최고의 예술은 최대의 단순함에서 나오는 법이다. 미국의 애플만 해도 그렇지 않은가. 그런 늙은 아비의 향수를 건드린 것이다. 결과는 대성공.

현대 사회에서 어느 집을 보고 부의 정도를 가늠하는 기준은 크게 세 가지다. 문짝이 얼마나 두껍고 높고 화려한가, 주차된 차량의 레벨, 주변 시설의 첨단화. 그 세 가지 조건에서 스위트 라이프 캐슬은 측정 불가의 위엄을 달성했다. 최고의 한강 뷰를 자랑하는 명당에 위치해 있으며, 반려동물 전용 방만 20평에 달하는 최대 150평의 빌라. 벽과 천장이 24k 도금으로 장식되고, 바닥재는 크로아티아산 최고급 대리석으로 마감한데다, 거실에 달린 화려한 샹들리에는 이란의 그 옛날 팔레비 왕조인지 뭔지를 본떠서 만들었을 뿐더러, 여성들의 로망인 거실 통유리는 저 먼 미국 땅의 말리부 별장의 것과 동일한 사양이라나? 하다못해 콘센트 스위치 커버는 영국 왕실에서 기사 작위까지 받은 이태리 유명 디자이너의 작품이라고 하니 그곳에서 배설되는 대소변을 제외하고는 무엇 하나 최고급이 아닌 것이 없었다.

그런 스위트 라이프 캐슬이 지어졌다는 소문은 물에 떨어뜨린 물감처럼 '그들만의 세상'에서 삽시간에 퍼졌다. 개성그룹의 명예회장이 열렬히 응원하던(일각에서는 스폰서라는 루머가 나도는) 불혹의 섹시 여배우가 입주한 이후로 입소문을 타기 시작한 것. 그 후로는 꽃에 홀린 벌들의 몫인 셈이니 두말하면 잔소리다. 이미 정재계를 비롯한 연예계 거물급들 사이에서는 빌라 입주 소식이 알음알음 퍼져갔고, 돈 깨나 모았다는 톱스타들도 모두 한 채씩 구입한 후였다. 불타나게 팔려 나가고 마지막 남은 맨 끝의 집을 분양받은 주인공이 바로 걸그룹 출신의 여배우 고혜나였다.

*** 

대통령 연설이 있기 딱 한 달 전인 12월 1일.

귀가 아릴 만큼 찬바람이 몰아치던 일요일 아침이었다. 주말 오전부터 스위트 라이프 캐슬의 공동출입 현관은 살풍경 그 자체. 삼엄한 통제 속에 수사가 진행되고 있었다. 사방으로 쳐진 출입금지 테이프를 들고 밑으로 들어가는 전담팀. 게다가 과학수사대 차량은 한층 더 집 안에서 벌어진 사태의 심각성에 대해 무게를 보탰다.

그동안 유족은 경찰과 대화를 하기 위해 테라스로 자리를 이동했다. 몇 번 SNS에 딸과 함께 찍은 셀카로 얼굴이 제법 알려진 그녀의 아버지가 경찰들의 질문에 겨우 대답하고 있었는데 안색이 창백했다. 동네 주민들이 일제히 나와 주변을 에워쌌지만, 그들 중 누구도 수군거리는 사람이 없었다. 오히려 그 반대였다. 저마다 입을 가리고 망연자실한 얼굴들. 누구는 충격에 휩싸여 그대로 주저앉기도 했다. 얼굴을 감싸고 흐느끼는 이도 종종 보였는데, 그들은 아마 팬이었을 것이다. 그 뒤로도 경광등을 단 차 두 대가 요란한 소리를 내며 연이어 도착했다.

배우 고혜나는 각종 예능에서 통통 튀는 매력을 발산하며, 아이돌 출신 배우로서의 입지를 단단히 다진 여배우였다. 인터뷰마다 "안녕하세요! 여배우 고혜나입니다."라며 소개를 시작하는 그녀는 자신의 매력을 충분히 어필할 줄 알았고, 인기드라마 작가에게 간택되어 여주인공 자리를 꿰차곤 했다. 물론 반응도 좋았다. 첫 회 방송이 못해도 8%는 나왔으니 신세대 흥행보증수표가 된 셈. 미니시리즈의 경우에 이미 중간 촬영쯤에는 동시간대 시청률 1위였고, 그 외에도 영화면 영화, CF면 CF 모두 섭렵하며 최고 몸값을 자랑하던 그야말로 별 중의 별.

경찰 관계자들과 소속사 대표와 법률대리인, 심지어 취재를 나온 기자들까지도 이 충격적인 사건 앞에서 말을 채 잇지 못 했다. 마치 자신들이 해야 될 몫을 잊어버린 것처럼 보였다. 저마다 유족에게 말을 붙이는 것조차 죄책감을 느끼는 얼굴들.

그러다 안에서 관계자가 품에 안고 나오는 시추 한 마리. 한쪽 눈이 봉합된 애꾸눈이었다. 생전에 고혜나가 유기견 보호소에서 입양한 녀석으로, 사건 당시 욕실매트를 물어와 그녀를 덮어줬다고 한다. 그 이야기를 할 때에 그녀의 부친은 더는 참을 수 없는 듯 얼굴을 감싸고 흐느꼈다.

캐슬 입구로부터 멀찍이 떨어진 차 안. 이 모습을 줄곧 관망 중이던 심 과장. 한숨을 쉴 때마다 두툼하게 입은 패딩점퍼가 바스락거렸다. 괴로운 얼굴로 스마트폰을 확인하더니 대뜸 버럭했다.

"이런! 벌써 난리고만!"

"뭐가요?"

신참은 사건도 사건이지만, 이렇게 으리으리한 대저택은 살다 처음 본다는 말을 벌써 수도 없이 반복하고 있는 중이었다. 수사 차원에서 대기업 총수의 집도 가봤고, 그들의 비밀 별장을 직접 (멀리서나마) 목격한 적도 있었지만, 이토록 호화스럽고 거대한 집은 뭐라 표현할 길이 없었던 것이다. 입만 떡 벌릴 뿐.

"봐봐."

자신의 스마트폰 화면을 들어 보이는 심 과장.

[실시간 검색어] 1위 ~ 10위

1 고혜나

2 고혜나 자살

3 고혜나 사망

4 고혜나 재산

5 고혜나 재벌 전 남친

6 고혜나 자살 이유

7 고혜나 유서

8 고혜나 가족

.

.

.

"벌써 다 떴어."

"당연하죠. 톱스타인데."

"고혜나 집주소랑 유서까지 모두 밝혀졌다고!"

"설마요?"

"지라시 이것들…."

〈레알티비뉴스〉 연예부 기자들은 업계에서 꽤나 유명인사들, 아니 분란만 일으키는 악동이라고 해야 맞다. 신분만 그럴싸하게 '기자'일 뿐, 실상 그들은 스토커나 다름없었다. 그것도 일류 연예인들의 일거수 일투족을 손바닥 들여다보듯 보고 있어서, 한번 그들에게 걸렸다 하면 탈곡기에 영혼까지 탈탈 털릴 정도. 별반 다를 바 없는 동급의 잡지사인 〈miss서치〉조차도 혀를 내두를 정도의 악랄함을 자랑하는 삼류 중의 삼류였다.

어느 톱스타가 누군가와 밀월여행을 한다는 소식은 어떻게 들었는 지, 그들을 감시하기 위해 비행기 퍼스트클래스 예매도 서슴지 않았다. 심지어는 대기업 총수와 '그렇고 그런' 사이로 의심되는 여배우의 자택 근처에 아예 방을 얻어서 무려 일 년을 감시하는 경우도 있었다.

대체 쪼그만 사무실 한 칸 빌려서 책상 몇 개 놓고 저희들끼리 "기자 님. 기자님." 하는 것들이 무슨 자금이 있어서 그러는지, 항간에 떠도는 바에 의하면 정치계에서 국민들의 눈을 돌리기 위해 은밀히 뒷돈을 찔 러주며 적당히 관리하다는 소문마저 떠돌았다. 그만큼 음지에 숨어서 악랄하고 집요했다. 그런 그들이 이번에도 한 건 해냈다. 유족이 내보내 지 말라는 장면과 내용을 버젓이 기사로 내보내는가 하면, 용산구 ○○ 동 그 이하의 도로명 주소와 동 호수까지 밝히는 상당히 지저분한 액션 을 과감하게 발휘한 것이다. 보도윤리강령 같은 건 딴 나라 애국가다 이 말씀.

"지독한 것들이네요."

"기자라는 게 말이야. 펜대 하나로 누굴 살릴 수도 있고, 죽일 수도 있어."

"맞는 말씀입니다."

"그런데 누굴 살릴 주제가 못 되면 적어도 죽이진 말아야지? 적어도 인간이 말이야."

신참은 고개를 끄덕이며 스마트폰으로 관련 기사를 훑어 내려갔다.

[故 고혜나, 마지막 인터뷰에서 남긴 말 "모두가 행복했으면 좋겠어요."]

[故 고혜나 사망, 출연 예정이던 주말연속극 제작진 고심….]

[고혜나 사망에 지나친 언론. 병원 이송 장면 여과 없이 내보내.]

[그녀의 유서에는 무슨 내용이 쓰여 있나??]

[고혜나 전 남친 권모 씨 재조명. 지난해 밀월여행?]

[십년지기 고혜나 매니저, 망연자실.]

[고혜나 자살로 연예계는 충격의 도가니!]

[결혼 이야기 오갔던 고혜나의 남자, 개성그룹 손자는 묵묵부답.]

"최근 기사는 중요하지 않아."

"왜요?"

"죄다 삼가 고인의 명복을 빈다고 할걸?"

"하긴요."

"아니면 찔리는 것들은 댓글 지우느라 바쁠 테고."

심 과장은 피로에 젖은 한숨을 길게 내쉬더니 안전벨트를 메며 동시에 시동을 걸었다.

"지금부터가 시작이야. 5년 전부터 오늘까지 달린 댓글 중에서 악플만 모두 수집해. 지우기 전에. 해외 IP 추적도 마찬가지야. 탈퇴했으면 포털 측에 협조 요청하고. 불응하면 싹 털어버리라고!"

결심이라도 한 듯 꾹 액셀을 밟았다.

"잊지 마. 바퀴벌레는 완전박멸은 불가능하지만 개체수를 줄일 순 있어."

# 입소

***

덜컹덜컹… 몸이 흔들린다.

깜빡… 깜빡….

조금씩 벌어지는 시야로 흐릿한 아지랑이가 피어오른다.

불….

백열전구처럼 생긴.


깜빡… 깜빡….

조금씩 시야가 또렷해지는 것 같지만 여전히 안개가 눈앞을 가린다.

차 안인 것 같다.

누굴까.

꿈인가.

운전대를 잡고 있는 거뭇한 사내의 뒤통수가 낯설다.


찬바람이 들어온다.

풀냄새.

습한 공기.

온몸으로 느껴지는 진동.

차가 흔들린다.

어디로 가는 걸까.

도로상태가 좋지 않은 것 같다.

춥다.

눈이

다시 감…

긴…다….


마치 내시경 마취약에 취하듯이 온몸에 힘이 없다.

순식간에 말초신경이 제 기능을 상실한 기분.

다시

형언할 수 없는 나른함이 몰려왔다. 차츰… 의식이 몽롱해지며 시야

의 막이 내렸다.

아주 희미한 빛이 망막에 맺혔다.

그다음 무릎에 시린 통증이.

그다음은 발바닥에서 올라오는 깨질 듯한 시큰함이.

결정적으로 무딘 감각은 두 눈에 덤벼드는 불길로 완전히 깨어났다.

촤아아악!
탁! 타다다닥!

칠흑 같던 어둠은 여름철 해변에서 열리는 캠프파이어처럼 단숨에 시뻘건 불길로 변했다.

정면에는 컴퓨터 한 대가 놓여 있었다.

짝! 짝! 짝!

"시간이 없다고요. 시간이."

박수소리와 함께 사람의 목소리가 들렸다. 성인 남자의 것이었다. 그가 누군지 보이지는 않았다. 마치 영화 〈쏘우〉에 나오는 기괴하게 생긴 악당 같이 생겼다.

"시간이 얼마 안 남았어요. 빨리 입력하지 않으면 발밑에 얼음이 다 녹을 거야."

반사적으로 발밑을 내려다보았다. 두꺼운 얼음판을 딛고 서 있는 자신의 발이 보인다. 그보다 더 밑에서는 으르렁거리는 소리가 들려온다. 차츰 시야가 밝아지더니 어슬렁거리는 대여섯 마리의 도사견이 보였다. 몸집은 거구의 성인만 한, 회색과 흰색이 섞인 누가 보아도 사냥개다.

"다들 뭐 하는 거야? 재미없게? 이대로 죽을 거야?"

'다들'이라는 말에 주위를 둘러보자 마찬가지로 얼음판에서 오도 가도 못 하는 사람들의 존재를 깨달았다. 그들도 옴짝달싹 못 한 채 이쪽저쪽을 두리번거리고 있었다. 모두가 같은 자세, 같은 상황에 처해 있다.

비로소 사태 파악이 됐다. 이곳은 이름 모를 지하 어디쯤이고, 사람들은 저마다 높이 3미터 되는 위치의 둥근 기둥 관에 갇혀 있었다. 그리고 역시 누군지 모를 사내는 시간이 없다며 독촉하고, 발밑에 딛고 있는 얼음판이 계속 녹고 있었다. 이게 다 녹으면….

나지막한 울음소리가 천둥소리보다 더 크게 덤벼들었다.

쿠르르릉….

도사견의 밥이 된다.

"얼음이 녹으면 너희는 죽어요. 어서 악플을 쓰라고!"

정면에 위치한 모니터에는 처음 보는 여자의 기사가 보였는데, 아마 그것은 임의로 만들어진 가상인물인 듯했다.

"살려…주…세요…!!! 아아악!!!!"

비명이 나는 쪽을 찾는 시선들이 분주했지만, 그보다 먼저 미친 듯이 달려드는 도사견들의 씩씩대는 신음소리가 귓전을 울렸다.

쿠르르렁…! 컹! 컹컹!!!

잠시 후, 짭짭대는 역겹고 끈적거리는 소리가 이어졌다. 누군가 추락했다!

얼음판은 빠른 속도로 녹고 있었고, 이제 두께는 1센티도 채 남지 않은 듯 저 아득한 바닥이 투명하게 비칠 정도였다.

"악플을 쓰면 살아남을 수 있다니까? 쓰라고! 어서!!!"

무엇에 홀린 듯 사람들은 키보드에 손을 올렸다. 그 순간 "아악!!!" 하는 비명 소리가 너 나 할 거 없이 동시다발적으로 터져 나왔다. 피…! 열 손가락은 빨갛게 화상을 입어 터져 있었다. 그리고 모락모락 김이 피

어올랐다. 불길이 치솟는 키보드. 손을 다시 올렸다간 손톱마저 녹아버
릴지 모른다.

"최소 50자 이상 입력해야 해! 왜 망설여? 평소 가닥들을 발휘해보
라고! 그동안 잘 해왔잖아!"

"아악!!!"

쿵!!!

또다시 누군가 추락했다. 밑을 보지 않으려 안간힘을 썼지만, 사방
에서 튀어 올라오는 핏방울에 그대로 혼절해버렸다. 몇몇은 몹시 고통
스러운 몸짓으로 이를 악물고 악플을 써내려갔다. 불길은 그들의 손가
락을, 손목을, 팔을 그리고 온몸을 집어삼키고 있었다.

역겨운 썩은 내가 진동했다. 시신이 타들어가는 냄새다. 다시. 마취
가 된 듯 정신이 몽롱해진다. 모든 게 칠흑 같이 까매진다. 몽롱해진다.
깊은 잠에 빠져들었다.

*** 

집무실.

사정없이 눈 내리는 창밖을 보고 있자니 어쩐지 오늘 퇴근길도 전쟁
터가 될 것 같은 불길한 예감. "펄펄 눈이 옵니다. 하늘에서 눈이 옵니
다." 하고 노래를 부르는 아들 녀석에게 "아직 어려서 마냥 낭만적이구
나."라며 아침에 현관문 앞에서 냉소를 흘렸지만, 그래도 어쨌거나 눈
이 온다는 것은 좋은 일이다. 온난화 속도가 더디어진다느니 그런 소리
를 늘어놓으려는 것이 아니라 정말 그렇다. 이렇게 인간 말종들로 가득

한 이곳에서는 더더욱 그런 순진무구한 생각을 안 하면 미쳐버릴 것 같으니까. 일종의 '정화'랄까.

겨울 낭만 가득한 밖과는 달리 광택이 나는 인도산 마호가니 원목 책상 위에는 **[온라인 범죄행위자 수용계획안]**, **[청와대 지시사항]**, **[유엔 인권결의안 부록 제2권]** 등의 다소 섬찟한 표지를 가진 서류뭉텅이들이 부채꼴 모양으로 보기 좋게 놓여 있었다. 심 과장은 하얀 장갑을 낀 손으로 책상 위 지구본의 위치를 (주문대로) 정확히 돌려놓고서야 한숨 돌렸다. 대한민국의 영토가 보이게. 뭐 그만하면 됐다 싶었다. 조금의 오차도 용납하지 않겠다는 듯한 손짓이 어찌나 조심스러운지 숭고할 지경이다. 이 모든 게 소장의 사전 지시에 의한 것이었다. 그 옆에 자리한 작은 야누스 석고상 역시 마찬가지.

야누스는 로마신화에 나오는 신으로 천국의 문을 지킨다고 하는데… 여기까지가 인터넷 검색으로 알아낸 사실이다. 왜 이것까지 사무실에 비치해야 하는지 그 까닭을 몰랐다. 미대를 나온 와이프에게 물으니 아그리파나 줄리앙 석고상이라면 몰라도 야누스는 의외라며 "그 속을 누가 알겠어?" 하며 어깨를 으쓱했다. 그러니 움직이는 각도에 따라 한쪽은 그늘져 있는 데다 아름다울 것 없는 돌덩이가 찜찜하게 느껴질 수밖에.

'아무튼 취향 한번 기괴해.'

소장이 어딘가 특이하고 외곬적인 구석이 있기로서니. 이젠 그의 악취미를 위해 매달 이런 수고를 해야 하는지 싶을 무렵,

"과장님."

부하직원이 침묵을 깼다.

"왜?"

"오늘 오실 소장님은 어떤 분이세요?

"어떤 분이냐고?"

"네. 인터넷에서 말들이 많더라고요?"

"어떤 겁대가리 상실한 것들이 또 손가락 놀려대?"

"그런 게 아니고요. 그만큼 기대가 높다는 거죠. 팬 커뮤니티까지 생겼던데요?"

"흠… 이거랑 친해." 하며, 검지로 천장을 가리켰다.

"파란 지붕."

"우아."

"몇 년 전에 있었던 '11호 소년원 사건' 알지?"

"모르는 국민들이 없을 걸요? 초등학교 2학년짜리 여자아이를 집단 성폭행한 중학교 1학년 남자 아이들 다섯 명인가? 걔들이 간 곳이잖아요? 아마 거기서 모두….'

"잘 죽은 거야. 나와 봤자 사회악만 되잖아."

"사인이 뭐래요?"

"너는 벌레 잡을 때 손으로 때려죽였는지, 약 뿌려 죽였는지 일일이 기억하냐?"

"아뇨."

"어쨌든. 거기 책임자였어. 임기에 그 사건이 벌어졌고."

"가해자들이 임자 제대로 만났네요."

"내 말이 그 말이야."

그때 벌컥 하고 문이 열렸다.

"임자는 내가 제대로 만난 것 같네요. 굿모닝."

지적이며 날카로운 인상에 무테안경을 쓴 단발머리의 중년 여성이었다. 자신의 인사에 어리둥절한 두 남자를 보자 입맛을 다시며 씁쓸한 얼굴로 말을 잇는다.

"아… 아무 전달 못 받았나 보네. 나 한국대학교 정신의학과 교수, 정민영이에요. 소장님하고는 예전부터 알고 지내던 사이인데… 그놈의 알고 지내던 사이가 오늘날 나를 이렇게 옭아맬 줄 누가 알았겠어. 아무튼 반가워요!"

아직도 당최 저 여자가 무슨 소리를 하는지 이해하기 어려운지 두 남자는 눈만 껌뻑일 뿐이었다.

"이거 원, 회식이라도 한번 해야지."

멋쩍게 빈손을 거둔 그녀는 가방에서 뭘 꺼내더니 책상 위에 A4용지로 된 서류를 올려놓았다.

"이해가 안 되겠지만, 난 어젯밤에 갑자기 채용소식을 들었다고요."

"채용이요?"

"수감자들 심리상담 전문가로 말이에요."

"아…."

그제야 그녀가 정신의학과 교수라는 것을 상기했다.

"어휴, 살다 살다 악플러들하고 한 공간에서 뒹굴어야 한다니…."

"소장님 성격이 워낙 즉흥적이셔야 말이죠. 반갑습니다. 저는 심주혁 과장입니다. 보안 총괄기획을 맡았습니다."

사태 파악이 완료된 그가 악수를 청했다.

"반가워요."

"네, 반갑습니다."

"소장님 오시거든 책상 위에 이력서 뒀다고 전달해주세요. 누구 덕분에 갑자기 채용된 거라 자기소개서는 생략했으니까, 마음에 안 들어서 해고해준다면 나야 좋고."

으쓱하는 표정. 그리고 기껏 (나름) 꾸며놓은 집무실을 둘러보다 야누스 석고상을 보고는 '으으' 하는 얼굴로 둘러보는 시늉을 하더니 홀연히 집무실을 나섰다. 뭔가 분명 눈앞에 지나간 것 같아 한참 멍한 얼굴을 하더니, 부하직원이 웃으며 말했다.

"와, 저분 뭔가 멋있으신대요?"

**탕타당 탕!!!**

그때, 별안간 밑에서 시작되는 진동이 발끝까지 전해졌다. 움찔하는 두 사람.

"아이씨… 깜짝이야."

"내려가 볼까요?"

"됐어. 죄수들이 벌써 왔나?"

"네. 아직 오려면 30분 남았지만…."

"가만있어 보자… 오늘 입소자들이면 배우 고혜나 씨 악플러들인가?"

"네. 1차 입소자들인 모양인데요. 가서 주의 좀 주고 올까요?"

꿈이었다. 더 이상 치솟는 불길도, 먹잇감을 보며 군침 흘리는 도사견도, 컴퓨터도 보이지 않았다. 지금은 모든 것이 생생하다. 다만 고르지 못한 바닥에는 군데군데 물이 고여 있었다. 온기를 전혀 느낄 수 없다는 것은 차치하더라도, 무엇보다 꽉 찬 듯한 습도에 숨 쉬는 것이 괴로울 지경이었다.

어느 순간엔가 의식이 들었다. 앞에서 저벅저벅 걷는 무언가를 따라 이동해보지만, 눈앞이 흐릿하고 꿈속을 걷는 것처럼 다리에 아무 감각이 없었다. 하지만 꿈이 아니다. 분명히 현실이다.

'여긴 어디인가? 왜 걷고 있는가?'

그러다 문득, 걸음 소리가 끊기고 망막을 훼손할 것처럼 덤벼드는 눈부신 섬광. 고통에 가까운 빛이 안구를 찔러댔다. 절로 미간을 찡그리며 팔로 얼굴을 감쌌다.

"입소를 환영합니다."

사내의 목소리다! 꿈에서도 비슷한 목소리가 들렸다. 꿈쩍도 할 수 없었다. 저 사람은 누구인가? 여긴 어디인가? 무엇 때문에 여기에 와 있는가? 웅성거리는 소리. 여러 명의 사람들도 함께 있었지만 서로 눈치만 볼 뿐, 누구 하나 쉽사리 이 상황에 대해 먼저 입을 열기 꺼리는 공기였다. 하지만, 한 가지 확실히 알 수 있는 것은 모두들 자신들 앞에서 온화한 목소리로 아이를 달래듯 친절하게 말하는 한 사내에 대한 무한한 경계심과 섬뜩함으로 똘똘 뭉쳤다는 것. 그리고 이것은 현실이며, 이곳은 낯설고 위험한 곳이라는 걸. 오감이 동시에 말하고 있었다.

어둠 속에서 더듬더듬 시야가 트이면서 사람들은 이윽고 자신의 옆에 서 있는(또 종종 주저앉아 있는) 타인의 얼굴을 확인할 수 있었다. 그들은 마치 기분 더러운 삼류 사이코패스 영화를 보고 나온 듯한 표정을 하고 있었다.

"지금부터 옷을 갈아입습니다. 주어진 시간은 5분입니다."

사내가 커다란 자루에서 옷가지를 집어 던지며 말했다. 일동 조용. 아직 상황을 받아들일 여력과 판단이 서지 않은 좌중에 침묵이 흘렀다. 무정부를 연상케 하는 표식 없는 군복차림의 사내가 다시 입을 열었다.

"벌써 2분이 흘렀네요. 제한시간 3분 남았습니다. 3분이 넘어가면 강제퇴소가 기다리고 있습니다."

"…"

강. 제. 퇴. 소.

'퇴소' 이전에는 '입소'가 있기 마련. 그렇다면 그들은 정말 이곳에 '입소'를 했다는 뜻이 된다. '입소'라는 단어는 그다지 긍정적인 상황에 어울리지 않는다. 그렇다면 여기는 어디인가? 추론의 끝은 '협박'이었다. 자의와 무관하게 이들은 이곳에 '강제입소'를 한 게 분명했다. 그런데 강제로 끌고 와서 강제로 퇴소를 시킨다? 오감이 또다시 말한다. 인생에서 가장 엿 같은 상황에 처했다고.

조금씩 정신이 돌아온 사람들은 하나둘 옷을 갈아입기 시작했다. 그럼에도 약 기운이 남아 비틀거리기도 했지만 그건 아무런 문제가 되지 않았다. 그 자리에서 갈아입어야 했다. 그러면서도 마치 시골의 허름한 재래식 화장실에서 볼일을 보면서 바깥 동정을 살피기라도 하듯 여전히 자신들 앞에서 군림하고 안내하는 사내의 얼굴에서 눈을 떼지 못했다.

옷을 갈아입으며 눈대중으로 아마 다들 알아냈을 것이다. 이곳에 온, 아니 끌려온 남녀는 모두 합쳐 열한 명. 그들이 지휘에 따라 향한 곳은 길게 이어진 복도. 냉랭한 기운이 감돌았다. 복도 끝에는 커다란 통유리가 있었고, 그 너머 책상 하나가 보였다(물론 중간에 누군가 '무서워.' 내지는 '누구세요?'라고 작게 웅얼거렸지만 가볍게 묵살 당했다). 통유리 안은 마치 마주 보고 앉게끔 의자가 마련되어 흡사 TV나 영화에서나 보던 취조실을 연상케 했다.

위태로운 백열등 밑에서 마주 앉은 두 사람의 모습이 그랬다. 검은 정장을 입은 또 다른 사내가 노트북 자판을 두들기며 듣는 입장이었고, 맞은편에 앉은 사람은 '상대적인 입상'이 되어 실컷 떠들고 있었다. 그는 붉은 죄수복을 입고 있었다. 그러다 몸을 앞으로 기울이며 사정을 하는 듯하다가 또다시 수갑에 채워진 두 손으로 책상을 내리치기도 했다. 그 모습은 누가 봐도 피동적인 입장에 처한 사람의 모습이었다. 어쨌거나 저 안의 사정은 무음이었지만, 광경만으로도 충분히 위압적이었다.

앞장서 걷던 사내가 별안간 뒤를 돌자 일제히 사람들이 흠칫하고 놀랐다. 그 밝은 복도에 들어서자 비로소 사내의 얼굴을 똑바로 볼 수 있었던 것이다. 그러나 그의 괴이한 마스크에 다들 눈 하나 깜빡할 수 없었다.

사내는 잠시 그들을 보더니 무표정으로 두 손바닥을 바닥을 향해 천천히 내렸다. Down을 지시한 것이다. 어기적어기적 쭈그려 앉았으나 완전히 바닥에 앉는 이는 없었다.

"자, 한 명씩 호명을 하면 앞에 보이는 심문실로 들어가시면 됩니다. 그리고…"

"이봐요!"

한 남성이 벌떡 일어나 소리쳤다. 그는 체격이 건장하고, 키가 훤칠한 젊은 남성으로 20여 분 전에 동굴 같은 곳에서 주춤거리는 사람들 중에서 제일 먼저 정신을 차린 인물이었다. 순간 말이 끊긴 사내는 얼마든지 경청할 준비가 되어 있다는 듯 웃으며 끄덕였다. 그리고 손바닥으로 발언을 허용한다는 듯 부드럽게 가리켰는데 그 사무적인 친절함이 공포로 다가왔다.

"뭣 좀 하나 물어봅시다."

"네."

"대체… 뭡니까?"

"….."

"여기 대체 뭐하는 곳입니까?"

"….."

"아니지… 내가 왜 여기 있는 겁니까?"

"흠….."

"이 사람들은 다 뭡니까? 모, 모르는 사람들인데… 아니지. 당신들 누구야?"

"흠….."

마스크를 쓴 사내는 더 들을 준비가 되었다는 듯이 팔짱을 끼고 가만가만 그 자리를 맴돌았다.

"이 옷은 다 뭐고? 이렇게 무고한 시민들을 잡아다 이렇게 감금해도 되는 겁니까? 뭐? 심문? 당신들 경찰이야? 군인이야? 사람을 끌고 왔으면 가타부타 사전 설명이라도 해야 되는 것 아니야? 뭐하는 것들이야! 당신들 내가 고소할 거야!"

자신이 원하는 대답을 듣기는커녕 그 어떤 대답도 돌아오지 않자 뭐라 뭐라 버럭 하며 급기야 웃통을 벗어 던진 사내. 그로 인해 덩달아 힘을 입었는지 사람들이 여기저기서 수군거렸지만 그렇다고 전면에 나서지는 않았다.

"지금 그것에 대해 말씀을 드리려고 했는데 말이죠….."

핼러윈 축제에 쓸 법한 토끼 마스크를 살짝 올렸다 내리는 사내.

# 수감 1일 차

***

"심사등급이 전부 1급이야."

가리고 있던 서류를 내려놓으니 비로소 소장의 얼굴이 정면으로 보였다.

쌍꺼풀 없이 건조한 눈매, 날카로운 눈빛, 뭉툭한 광대로부터 시원하게 뻗은 턱. 세상일에 가장 관심이 없어 보이는 얼굴이면서도, 현 시점에서 정부의 가장 중대한 정책방침 가운데 서 있는 인물. 책상 위에는 1차 입소한 죄수들의 명단과 인적사항이 빼곡히 적힌 서류가 있었다. 덤덤한 말투였지만 그 끝에는 퀘스천 마크가 있음을 깨달은 심 과장. 한 박자 쉬고 대답했다.

"네."

"음… 자네 큰애가 중학교 3학년이던가."

"네? 아, 중학교 2학년 됐습니다, 올해."

그러면서 학교에서 공부는 잘 하냐, 몇 등이냐 등등 물어볼까 봐 얼른 뒤에 말을 붙였다.

"공부엔 흥미 없고, 연예인이 되겠다네요. 참…."

자식 놈이 공부에 원체 흥미가 없으니 밖에서 부모만 고생이다 싶은 심 과장. 그러나 그 속을 아는지, 모르는지 소장은 건성으로 끄덕이더니 명단 중 일부를 손으로 톡톡 두드리며 그렇게 한참을 들여다봤다. 어쩌면 그 질문도 궁금해서가 아니라 정말 별 생각 없이 꺼낸 질문일 것이다. 그게 아니라면 입소하는 죄인들의 평균연령이 점점 낮아지고 있다는 대략 그런 내용의 한탄 섞인 혼잣말에 가깝거나.

실제로 지난 분기 때 들어온 연소자도 가관도 아니었지만, 이번엔 정말이지 뜨악했다. 중학교 2학년에 재학 중인 죄인이라니. 태어난 달 수를 계산해보면 심 과장의 큰딸보다 2개월이나 늦게 태어난 죄인이다. 그러나 그가 부성애라는 이름으로 측은하게 여긴다거나 할 만큼의 도량이 넓은 위인은 아니라는 것쯤은 소장도 간파하고 있는 터(그래서 채용한 것이고). 명단을 대충 훑더니 이내 덮어버렸다.

명단파일 밑으로 한 권의 책이 눈에 들어왔다. 소장은 지독한 독서가다. 아니 독서'쟁이'다. '남아수독오거서(男兒須讀五車書)'의 산 증인이라 불릴 만큼. 항간에는 그렇게 산골에 들어앉아 책에 파묻혀 지냄직한 사람이 어떻게 경찰대를 나와서 큼직큼직한 희대의 사건들을 도맡아 처리할 수 있는지 의문을 가졌다. 그럴 수밖에. 그가 읽는 책은 주로 세계 경제를 전망하는 책이나 승진 관련 또는 정치적 명성이 굵직한 책과는 전혀 무관한 버지니아 울프랄지, 나쓰메 소세키랄지… 그런 따사로운 날 해먹 위에서나 읽혀질 법한 소설이 전부였으니 말이다. 영어 원서인 데다 책에 관해선 전혀 문외한인 심 과장이었지만, 보나마나 소설책이 분명했다.

"요즘엔 나다니엘 호손에게 빠져 있어."

"아…! 대작가죠!"

"아나."

"알지만 잘은 모릅니다."

"무슨 대답이 그래. 오늘이 1일 차지."

소장이 문득 지구본을 보며 물었다.

"네?"

"1일 차냐고."

"네. 전원 입소…."

"자네. 너 말이야."

"네. 첫 출근입니다."

"첫 출근 선물을 하나 줄까 하는데."

"선물이요…?"

심 과장은 반사적으로 척추가 곧추섬을 느꼈다. 전혀 선물을 줄 사람이 아니라는 걸 잘 아니까. 소장이 지구본을 검지로 성의 없이 굴려가며 말했다.

"내가 유선상으로 하달한 지시가 제대로 도달하지 않은 것 같아. 나는 개성그룹에서 만든 모든 것은 딱 질색이야. 건물부터 작은 공산품에 이르기까지 말이야. 물론 이 지구본도 마찬가지지. 동해라고 표기하기 싫으니 아예 비워뒀잖은가. 이게 말이 된다고 생각하나."

"아…! 미처 몰랐습니다."

"자네는 오늘 선물로 해고를 면했어. 어떤가. 기분이."

소장은 너털웃음을 지었지만, 심 과장은 웃을 기분이 아니었다. 자기가 채용해놓고 이제 와서 무슨. 눈을 질끈 감았다 떴다. 먹여 살릴 처자식이 있는 사십 대 가장의 얼굴에서 흔히 볼 수 있는 세속적 인내심이었다.

"앞으로 좀 더 철저히 신경 쓰겠습니다."

"이곳에서는 내가 구두상으로 말한 모든 것이 명령이야. 명심해둬."

심 과장은 아침에 신참에게 소장에 대한 소개 중 대통령과 친하다는 말 뒤에 '태어날 때부터 사이코'라고 말을 덧붙였어야 했다는 사실을 새삼 깨달았다.

"그나저나 입소한 죄수들은 지금 다들 뭐 해."

"심사가 끝나고 방을 배정받고 있습니다."

"수감 규칙에 대해서는 사전에 공지를 확실히 해둬야 할 거야. 나중에 사이비 인권 추종자들이 찍소리 못 하게."

\*\*\*

"수감 생활 전반에 따른 규칙에 대해서 알려드리겠습니다. 나눠드린 안내문은 모두 한 장씩 받으셨죠?"

사내는 좌중을 둘러보며 한번 더 눈빛으로 물었다. 한 박자 늦게 대답들이 나왔지만, 오래도록 말을 하지 않다가 나온 듯한 쉰 소리였다.

다 기어들어가는 목소리였다. 사내는 그들이 숨소리를 내고 있는지를 확인하겠다는 듯이 적막한 분위기에서 귀를 쫑긋 세우는 손 모양을 했지만 아무도 웃는 이도, 숨소리를 크게 내는 이도 없었다. 다만, 한 가지의 소리만 들릴 뿐.

스으으윽….

슥….

스으윽….

모두들 애써 사내에게만 눈길을 묻으려 노력했지만, 시야 180도 안에서 벌어지는 그 장면이 흰자에 악착같이 들어오자 입술이 바짝바짝 타 들어갔다. 남성이 온몸이 늘어져서 질질 끌려 나가고 있었다. 아주 짧은 순간 길게 빠진 목이 파르르 하고 떨었지만 그 이상 움직임은 없었다. 그걸로 끝이었다.

스윽… 스으윽….

스으으윽….

슥…!

미화원 두 사람이 '그것'을 복도 끝으로 쭉 끌고 갔다.

"자, 안내문 보시면서 설명 들으시면 되겠습니다."

복도에 일직선으로 묻은 핏자국이 흡사 레드카펫을 연상케 했다. 대걸레로 닦는 청소부 할머니. 모여 앉은 사람들은 눈앞에서 벌어진 광경에 모두 넋을 잃었지만, 사내의 지시에 이내 자세를 고쳐 앉았다. 생존 본능에서 나온 행동이었다.

"먼저 소개부터 하겠습니다. 다들 궁금해 하실 텐데요. 여러분들이 입소한 이곳은 대통령 직속관할 기구로 2024년 1월 1일부로 정식 출범

하였습니다. 우리 기관의 정식명칭은 '온라인 범죄행위자 교정수용소'이
며….."

사내는 말꼬리를 길게 늘어뜨리며 좌중의 분위기를 살피는 눈치였
다. 그러다 너털웃음을 지으며 말했다.

"쉽게 말씀드리자면 '악플러 수용소'라고 보시면 되겠습니다."

## 악. 플. 러. 수. 용. 소.

몇 분의 정적. 서로 눈을 마주치거나 대화하지 않아도 충분히 납득
가능한 공기가 흘렀다. 자신들의 '전력'에 대해서, 아니 어쩌면 배 속에
있을 때부터 엄마의 배를 발로 걷어차는 불효를 저지르지는 않았는지까
지 곰곰 떠올려보는 얼굴들. 그리고 굳이 따로 묻지 않아도 이곳에 온
까닭이 너무나도 수월하게 해결됐다는 듯한 눈빛들. 어느 날, 갑자기 쥐
도 새도 모르게 일상을 날치기 당한 '피해자'의 포지션은 온데간데없이
사라졌다. 접촉사고가 난 도로에서 의기양양하게 뒷목을 잡고 나왔을
때 상대 차량이 포르쉐라는 걸 뒤늦게 감지했을 때의 기분이랄까. 거기
다 교통법규를 먼저 어긴 쪽이 자신이라면?

"그렇다고 전생의 죄까지 억지로 기억해내실 필요는 없습니다! 현생
의 죄만도 무거우니까요."

그것을 위트랍시고 냉소를 흘리며 말했지만, 그 누구도 웃음이 나올
리가 없었다. 그걸로 됐다. 충분히 그들이 끌려온 사유에 대해서는 이
정도의 소개만으로도 충분했다. 그것만으로도 이곳에 대한 정체성과 적
법성, 더 나아가 자신들의 죄의 유무와 그 경중에 대해서 더 따지고 드

는 이는 없었다. (설령 따진다 해도 마음을 추스른 이후가 될 것이며) 아까 복도 끝으로 길게 이어진 핏자국을 대걸레로 닦는 청소부 할머니의 무미건조한 표정에서 진작 끝난 얘기였다.

"그리고 오늘 여기에 입소하신 총 열한 명의… 아니지."

사내는 검지로 모여 앉은 이들을 향해 까딱거리더니 유레카 하는 제스처로 관자놀이를 톡톡 치며 다시 말했다.

"이제 열 분이시군요. 열 분께서는 정부에서 초빙한 각 분야의 전문가들과 상담을 받기도 하실 테고요. 여러분들께서 저지르신 일에 대한 반성을 하는 시간도 갖게 되실 테고… 아! 수감기간은 총 100일입니다. 이 100일 동안 여러분은 교육만 받고 퇴소하시는 것이 아니라, 여러분 나름대로 규칙에 맞는 게임을 하게 될 것입니다. 여러분 게임 좋아하시죠?"

"….."

그러자 싸늘한 말투로,

"왜 이래? 새삼스럽게. 좋아하잖아? 다들."

"….."

"마. 녀. 사. 냥. 게임… 큭."

"….."

"자, 다들 안내문을 볼까요? 중간에 룰 부분을 보겠습니다."

### 〈수감생활 룰〉

**\* 수용자는 체계화된 교정시설에서 올바른 사이버윤리사상의 정립을 구축합니다.**

1. 수감자 전원은 매일 아침 6시에 기상을 하며, 밤 9시에는 취침에 들어갑니다. 식사시간을 제외한 모든 시간은 악플 필사와 낭독, 상담이 주된 일과입니다.
2. 수감자 전원은 일주일에 1회 상호평가를 의무적으로 기록해야 하며, 이는 수용소 내부 전용 인트라넷에 접속하여 로그인해야만 가능합니다.
3. 수감자 전원은 매주 일요일 저녁 8시에 집합하여 지난 일주일간의 상호평가에 대한 결과를 확인할 수 있으며, 그 결과 공감지수를 가장 많이 받은 수감자의 경우 **'레드볼'**을 획득하게 됩니다.
   *'레드볼'이란? 총 100일의 수감기간을 채우는 대신, 조기 퇴소를 위해 필요한 것으로 수용소 측에서 제시한 여러 가지의 '퇴소조건' 중 한 가지와 맞바꿀 수 있는 아이템.
   (즉, 레드볼을 획득한 수감자는 조기 퇴소 절차를 밟게 되고, '퇴소조건'은 별도의 절차 없이 자동이행.)
4. 반대로, 가장 반대지수를 더 받는 등 평가가 원만하지 못한 수감자에게는 교정수용소 내부규칙 제3조 5항에 따라 즉결처리가 됩니다.

"일찍 집에 가고 싶으신 분은 레드볼을 획득해야겠죠? 또 그러려면 함께 방을 쓰는 수감자들에게 상호평가에서 많은 공감지수를 얻으시면 되겠고요. 한마디로 추천수를 많이 받아야 한다는 겁니다. 여기까지 이해 안 되시는 분 계십니까? 없으시면….”

“저기요! 여기서 즉결처리라는 게 뭐죠?”

한 남자가 손을 들고 질문하자, 모여 앉은 죄수들이 술렁거리기 시작했다.

“즈, 즉결 처리라는 게 뭔지 알고 싶습니다!”

“말 그대로입니다. 즉시 처리한다는 거죠. 그것은… 차차 아시게 될 겁니다.”

“저어….”

찝찝함이 깨끗하게 걷히지 않는 상태에서 이번엔 한 여성이 조심스레 손을 들었다. 고개를 까딱하며 손바닥으로 그녀를 가리키는 사내. 일제히 시선이 그쪽으로 쏠렸다. 그녀는 최대한 공손하고 예의 있게 말할 요량으로 눈빛에 모든 간절함을 담아 말했다.

“조, 조기 퇴소를 안 하고… 그냥 100일간의 수감기간을 다 채우면… 그러니까 성실히 잘… 교, 교육도 받고… 그래서 기간을 채우면… 나갈 수 있, 있나요? 집에… 집에 갈 수 있죠…?”

끝내 울음을 터뜨리고 만 여자였지만, 누가 누굴 돌봐줄 형편이 못 됐다. 사람들의 모든 귀추는 오로지 사내의 답변에 쏠려 있었다.

사내는 한참 동안 미동을 보이지 않다가 한참 후에야 입을 열었다. 그리고 로봇처럼 마디마디 끊어내듯 말했다.

“그럼요. 가셔야죠. 집에.”

# 배우 데뷔 초읽기

***

6년 전.

"안녕하십니까! 신…인배우 고혜나입니다! 잘 부탁드립니다!"

"…."

"아, 안녕하십니까! 저는 신인 배우 고…."

"녹화 시간 길어지겠네. 짜증나."

주말 연속극 〈슬퍼도 아파도〉 대기실. 다음 신 촬영을 위해 분주한 스태프들과는 달리 대기실에는 여성 연기자들이 옹기종기 모여 수다로 무료한 시간을 때우고 있었다. 고혜나가 들어오자 저마다 수군거리기 시작했다. 물론 목적은 일부러 들으라는 데 있었다.

남자들과는 달리 여자들은 인간관계에 있어서 지니는 촉의 성분이 조금은 다르다. 가령, 학창시절 뒤늦게 교실에 들어갔을 때 자신을 보기 위해 동시에 몸을 돌리는 여학생들의 눈빛을 두고, 여학생과 남학생이 해석하고 판단하는 것은 천지 차이다. 물론 사람마다 다르겠지만, 여학생들은 금방 유추해낼 수 있는 것이다. 거기엔 '아, 걔가 쟤야?' 대략 이런 의미가 있다는 것을. 고혜나를 바라보며 수군거리는 여성 연기자들의 눈빛도 그것과 크게 다르지 않았다.

연예 기사 타이틀에 따르면 '만 16세에 혜성같이 등장한 신예 걸그룹의 막내'였던 고혜나가 응당 감수해야 할 일이다. 정통 연기를 배우며 밑바닥부터 고생하는 신인 연기자들을 제치고 주연 자리를 꿰찬 것은 이 바닥에서는 공공연한 '죄'로 통하니까. 보통 걸그룹 출신 아이돌이 나이가 20대 중반 내지 후반이 되면 팬층도 대략 고등학생에서 대학생이 되기 마련이다. 더는 비명을 지르며 "사랑해요."를 외치고 쫓아다닐 나이가 아니란 것.

극성스러운 피드백이 시들해진다면 아이돌도 그 존재 의미가 없다. 당연히 포지션을 바꿔야 한다. 더는 치고 올라오는 신선하고 어린 후배 아이돌들 옆에서 몸부림에 가까운 농익은 댄스를 선보일 수 없는 노릇. 그렇다고 그동안 쌓아놓은 커리어와 인기가 있는데, 가수가 아닌 다른 분야에서 새 출발하는 것도 자칫 모양 빠지는 일이 될 수도 있다. 또 그렇게 소속사가 두지도 않을뿐더러.

그래서 대개 진출하는 루트가 '연기' 분야다. 그것도 조연으로 빠질 수야 있나? 적당히 '제 원래 꿈은 연기자였어요.', '연기에 대한 갈망은 늘 있었어요.'라며 (소속사에서 알려준 대로) 밑밥을 깔면 그만이다. 어쩔 거야? 자기들이 머릿속에 들어와서 확인할 것도 아니고. 그런데 문제는 그런 아이돌이 이 좁은 땅덩어리에 차고 넘친다는 사실이다. 때문에 정통 연기를 전공해온 신인 연기자뿐 아니라 심지어 잔뼈가 굵은 보수적인 중견들 사이에서는 이렇게 갑자기 나타난 이방인에게 마냥 관대할 수 없는 것도 지극히 자연스러운 현상. 그 자연스러운 현상을 겪고 있을 뿐이라고 생각하면 마음이 편했다. 고혜나 자신만 당하는 게 아니니까. 그들이 유독 고혜나라는 인간이 미워서 그런 건 아니니까.

'내가 더 잘 하면 되겠지. 내 진가를 몰라서 그럴 거야. 연기로 승부보자. 그것밖엔 방법이 없어. 포기하지 말자.'

고혜나는 여봐란듯이 악착같이 굴었다.

"요즘 주연은 얼굴보고 뽑나 봐? 아주 우리 출연자들 중에서 제일 예뻐."

가장 연배가 있는 고참 연기자가 그렇게 말했을 때에도 고혜나는 감사하다며 90도로 허리를 숙여 인사했다. 안 그래도 스폰서의 백이 있다는 소문이 짜한 와중에 뒤에서 스태프들이 코웃음을 치며 '발 연기를 비꽈서 말한 줄도 모르는 머리 텅텅 빈 아이돌 출신'이라고 했을지언정 말이다.

세상을 무탈하게 살아가려면 뭐든지 유하게 받아들여야 한다.

칭찬은 감사하게, 비판은 겸허하게.

어린 시절 집 나간 엄마에게 한 가지 감사한 것은 친척 집을 전전하며 눈칫밥을 소화해내는 능력을 갖게 했다는 점이다. 눈칫밥을 먹을 때에는 반찬을 덜 먹거나, 양보하거나, 또는 밥만 꼭꼭 씹어 먹는 것만으로는 안 된다. 그럼 상대는 응당 당연시 여기고 밥을 적게 주거나, 자기 앞에서 오가는 젓가락을 내친다거나, 식사 도중에 윽박지르기 마련이다. 때문에 자기 앞에 놓인 밥그릇은 싹싹 비우는 게 현명하며, 그렇게 하기까지 반찬이나 물을 동원하는 것을 절대 수치스럽게 여겨서는 안 된다. 또 필요에 따라 상대 턱밑까지 손을 뻗을 줄도 알아야 한다. 그것을 두고 '용기'라고 부른다.

고혜나는 누가 뭐라 하던 용기를 갖고 촬영에 임했다. 대본 리딩을 할 때에도 실수를 전혀 받아주지 않고, 자신에게만 냉대하는 분위기 속에서도 이를 악물고 지켜냈다. 무려 60부작이라는 주말 연속극을 어떻게든 끈기 있게 마쳐야 했으니까.

그러기 위해서는 독단적인 힘만으로는 안 된다는 것 또한 잘 알고 있는 그녀. 매일 같이 녹화시간 한 시간 전에 먼저 와서 대기실을 지키고 섰다. 다른 연기자들의 취향을 모르니 커피, 녹차, 둥글레차, 보이차 등 종류별로 마련해두고, 어느 선배 연기자가 "요즘 새싹보리 분말이 좋던데…."라고 지나가는 말도 허투루 놓치는 법이 없었다. 대기 시간에 무료할까 봐 과자와 신간 잡지를 비치하는 것 또한 철저했다. 혹여 스타일리스트가 휴가를 가는 바람에 코디가 난처해진 배우가 있으면 자신의 스타일리스트에게 부탁해주기도 했다.

한없이 부정적이던 주변 공기를 "그래도 애가 눈치는 있네." 하는 반응으로 돌려놓기까지는 숱한 노력을 필요로 했다. 바로 선배 연기자들의 대본까지 달달 외워버린 것. 그 정도로 공부를 했으면 서울대를 갔지 않겠냐는 조롱까지 들려왔지만 아랑곳하지 않았다. 더구나 교통사고 당하는 신에서 대역이 아닌 몸소 연기를 소화해냈을 때에는 "출연료가 아깝지 않다."라는 말을 감독에게 들었고, 최종회 촬영이 종료된 한겨울에는 전 출연진과 스태프들에게 따뜻한 겨울 나이키 운동화와 점퍼를 자비를 들여 선물했다. 그중 화룡점정은 밤새워가며 쓴 손 편지.

두드리면 열린다고 했던가? 서서히 마음의 문을 열어준 그들은 그녀의 일상을 촬영하는 라이프 예능프로그램에서 친근하고, 긍정적인 인터뷰를 해주는 눈물겨운 품앗이에도 기꺼이 동참해주었다. 그야말로 쾌거를 이룬 것이다.

톱스타들의 잔치라는 연말 시상식. 미세먼지 하나 없이 깨끗한 밤하늘에는 축하라도 해주듯 별들이 빛나던 밤. 고혜나는 그날, 최우수연기상을 거머쥐었다. 그리고 훌쩍이며 "〈슬퍼도 아파도〉를 찍으면서 저 때문에 고생 많으신…"으로 시작한 수상소감을 할 때, 카메라에 비친 고참 연기자의 눈물짓는 모습은 연기자로서 고혜나의 정체성에 대해 그 누구도 감히 의문부호를 갖지 못하도록 느낌표를 박아버렸다.

한마디로 고혜나는 아이돌에서 연기자로 변신에 대성공을 거둔 것이다. 몸값은 구렁이가 용으로 승천하듯 천정부지로 치솟았으며, 재계약을 앞두고 있던 소속사는 예상치 못한 연이은 호재에 고혜나의 마음을 붙잡으려 안간힘을 썼다.

**같이 연기하고픈 여배우 설문조사 1위!**

**시나리오 작가들의 섭외 1순위!**

**주작영화제 여우주연상 강력 후보!**

공중파 간판 예능프로그램에서도 어지간해선 섭외가 어려워진 위치가 된 그녀. 고혜나는 그렇게 만인의 우상이 되었다.

# 수감 3일 차

\*\*\*

철창에 내걸린 아크릴판에는 매직으로 '8반'이라고 대충 갈겨 써 있다. 감방은 남녀 구분 없이 혼숙이었기 때문에 자연스레 열한 명, 아니 열 명의 죄수들은 임의로 성별을 나누어 잠자리를 만들었다. 그러다 수감 3일 차에는 좀 더 구체적으로 나뉘어졌다. 왼쪽 벽과 오른쪽 벽으로.

15평 남짓한 공간. 아침 6시에 기상하여 수용소 내 식당에서 식사를 한 그들은 감방으로 돌아와 수용소에서 나눠 준 노트에 악플을 필사하는 시간을 보내고 있었다. 악플은 하루 한 번씩 전날 있었던 모든 종류의 악플(사회, 정치, 경제, 연예 등)을 프린트해서 나누어 주는데, 그것을 열 줄씩 반복하여 쓰고 소리 내어 읽으면 되는 것이다. 단지 그것이 전부였다. 크게 어려울 건 없었다. 줄곧 해왔던 대로만 하면 되니까.

햇빛을 보는 일은 하루에 단 한 번. 정신과 전문의와 상담을 하러 1층으로 올라갈 때뿐이었다(감방은 지하 1층에 위치했다). 상담실로 가는 도중 지나치는 현관 폴딩 도어로 쏟아지는 햇살은 탈출욕구를 마구 자극했지만, 누구도 그럴 용기를 내지 못 했다.

어쨌거나 첫날엔 경황이 없었다. 실은 둘째 날도 그랬고, 사흘째 되어서야 비로소 서로의 얼굴이 보이기 시작했다. 함께 수감된 옆 '동지'의 존재에 대해서 자각했다는 얘기다. 이따금 얽히고 부딪히는 시선이 딱 그랬다.

"이봐, 학생 울지 말라고."

한참을 훌쩍여도 그 누구도 아는 체하지 않던 그들이었다. 20대 초반의 여대생으로 보이는 죄수가 붉어진 눈을 꾹꾹 눌러봤지만 새어나오는 눈물은 좀처럼 멈추지 않았다. 아버지뻘 되는 중년 남성의 위로도 별 도움이 되진 못했다.

"집에 가고 싶어요."

"모두가 마찬가지지."

"엄마아… 아빠아…."

"이게 다 우리 잘못이지. 벌 받고 있는 거야….""

"어떡해요… 정말 어떡하죠!"

"지난날의 잘못을 탓해야겠지."

중년 남성은 이틀 동안 새벽에도 잠을 설치며 깨달은 진리를 토로하듯 말했다.

"어이, 아저씨. 누가 잘못했다는 거요?"

젊은 남성 한 사람이 싸늘하게 말했다.

"악플을 달아서 끌려온 것 아닌가. 우리 모두?"

"그래서? 어쩌라고? 법적으로 구속된 것도 아닌데!"

"여기 수용소라고 하지 않았나? 못 들었어? 그리고 왜 반말이야?"

"우린 갑자기 쥐도 새도 모르게 끌려와서 감금당하고 있다고! 아직 확실히 정해진 것도 없는데 벌써부터 잘못 타령이야, 기분 잡치게."

"대통령이 만들었으면 구속이나 마찬가지라고!"

"뭐, 대통령…? 아저씬 그걸 믿어? 듣도 보도 못한 데로 사람을 끌고 와서는 뭐? 악플러 수용소? 악플? 지들이 봤어? 내 사생활을 다 아냐고? 설령 안다 해도 남의 개인정보 침해잖아. 이거? 지금 잘못된 건 우리가 아니라 이 수용소인지 뭔지와 그 변태 같은 토끼 마스크 쓴 개새끼라고! 다들 정신 차리라고!"

다른 사람이 철창 밖으로 소리가 새어나갈까 '쉿!' 하는 손 모양을 하기도 했지만, 젊은 남성은 아랑곳하지 않았다. 심지어 조금 전까지 울먹이던 여대생마저 눈가를 훔치며 맞장구를 쳤다.

"맞아요. 우리가 왜 여기 갇혀 있어야 해요? 악플? 그래요. 처벌 받는다고요. 받을게요. 근데 이건 아니죠. 벌금형도 아니고 징역이라 해도 그 과정이 있어야 되는 거 아니에요?"

"…."

"제 말이 틀려요? 저희 엄마 아빠는… 제가 남자친구 만나러 간 줄 아신단 말이에요. 진짜 이건 납치예요. 납치!"

여대생이 아까보다 더 격하게 울먹이자 처음 위로의 말을 꺼냈던 중년 남성도 깊은 한숨을 쉬었다.

"아까 상담 받고 올 때 보니까 여기 관리자들 사무실이 2층인가, 3

층에 있는 것 같았어요. 가서 말해보는 게 어때요? 정말 우리 부모님 걱정하신단 말이에요!"

"뭘 말한다는 건가? 그저게 그자가 어떻게 여기서 나갔는지 보고도 모르나? 우리 앞에서 살인이 벌어진 거라고! 그 끔찍한 광경이 난 아직도 꿈에도 선해 죽겠어."

중년 남성이 타일렀다.

"물론 좋게 말해봐야죠. 안 되면 사정이라도 해야죠. 아니, 다들 이대로 그냥 처박혀만 있을 거예요?"

거기에 아무도 대답하지 않았다. 솔직히 중년 남성의 말에 더 수긍이 갔다. 괜히 교도관들의 눈 밖에 나거나 비위를 거스른다면 쥐도 새도 모르게 개죽음을 당할 수도 있을 것이다. 정적이 흐르는 동안 사람들은 이틀 전 피 칠갑을 하고 복도로 끌려 나간 그 남자, 아니 그 시신의 행방에 대해 곰곰 떠올리는 눈치였다. 아마 어딘가로 버려졌을 것이다.

쿵!

분에 못 이긴 젊은 남성이 감방 벽에 머리를 박았다.

"아악!!!"

"진정하게. 그래도 한 가지 기대할 만한 건 정말 여기가 합법적이고, 대통령 직속 기관이라면 가족들에게도 공지를 했을 거야. 안 그런가?"

중년 남성의 말에 여대생이 움찔하는 얼굴을 했다. '가족들에게 알린다고?'

"짜증나게 진짜. 거 재수 없는 소리 그만 좀 하지? 그놈의 대통령 직속!"

젊은 남성이 아까보다 더 험악하게 말했다.

"현실적으로 생각하라고. 그게 아니라면 다들 집에서 실종신고를 했겠지. 가족이 뭔가? 한 사람이라도 안 보이면 걱정하는 게 당연하잖아? 그렇게 되면 자연스레 여론에서도 떠들썩하지 않겠나? 아 갑자기 열댓 명이 증발해버렸으니 사회에서도 다들 주목할 거야. 안 그래? 그럼 이 수용소의 존재도 드러나게 될 테고, 우리 죗값도 합법적으로…."

"듣자 듣자 하니까 진짜!"

젊은 남성이 중년 남성에게 다가가며 험악한 표정을 지었다. 당장이라도 때려눕힐 기세였다.

"듣자 듣자 하니까 말씀 참 개 같이 하시네. 아저씨는 지금 이게 납득이 가요? 뭐? 현실적으로 생각해? 어떻게든 나갈 궁리를 해야지. 여기서 하라는 대로 수감기간 다 채울 건가 봐?"

"…."

"다들 똑똑히 들으라고."

젊은 남성이 모두를 향해 손가락을 흔들어댔다.

"그저께는 사람이 죽어 나갔어. 아홉시 뉴스에나 나올 법한 살인을 우리가 목격했다고 알아들어? 그리고 말이 100일이지. 그 안에 여기서 무슨 일이 벌어질지 누가 아는데? 아는 사람 있어? 있냐고?"

감방 안은 찬물을 끼얹은 듯 조용했다.

"이 새끼들이 우리를 100일 안에 고이 보내줄 것 같아? '아이고, 기간 다 채웠으니 이제 집에 가십시오.' 할 것 같으냐고? 누군 언제 뒈질지 몰라 똥줄이 타고 있는데… 뭐? 실종신고? 가족들한테 연락? 세상이 주목? 소설 쓰세요?"

"젊은 사람이 생각이 저리 짧아선. 답답하고만. 자네, 지금 무슨 말이 하고 싶은 거야? 어른이 말하는데….”

“아하, 어른? 아저씬 어른이어서 여기 잡혀 왔수?”

“뭐야? 저 자식이 보자 보자 하니까….”

“그 나이 처먹고 지도 악플 쓰다 잡혀온 주제에 똥폼 잡기는. 대체 얼마나 지은 죄가 많으면 여기서 하라는 대로 이렇게 납작 엎드리냐, 이 말이야. 내 말은!”

그러자 중년 남성이 그의 멱살을 움켜잡았다. 노가다 십 년, 기술직 이십 년으로 단련된 근육이 너무도 수월하게 상대를 패대기쳤다. 이때 다 하고 그 위로 깔고 앉아 주먹질을 하는 중년 남성. 젊은 남성도 지지 않고 그의 목을 큰 손으로 틀어쥐었다. 그러다 팔 힘으로 옆으로 무너뜨린 뒤 우위를 차지한 젊은 남성은 냅다 주먹을 내리꽂았다. 다들 이러다 사람 죽겠다며 뜯어 말리다 보니 사정은 걷잡을 수 없이 번졌다.

“싸우지들 마세요! 지금 아저씨들 이러는 거 CCTV로 보고 있을지도 모른다고요!”

엉켜 있던 두 남자가 간신히 떨어져 앉았다.

“아저씨. 아저씨 말대로 실종신고를 해서 뉴스에 나와도 소용없어 요. 우린 그걸 확인할 길이 없잖아요. 여기 TV가 있어요? 아니면 스마 트폰이 있어요? 아무것도 없잖아요. 당장 오늘 날씨 예보도 모르고… 더구나 아까 그 남자도 마스크를 쓰고 있어서 정체도 모르니 답답하 고… 우리 무사히 나갈 수 있는 걸까요?”

여대생의 말이 옳았다. 전원 모두 입소할 때부터 입고 온 옷가지와 휴대폰을 포함한 모든 소지품을 압수당한 까닭에 바깥 동정에 대해 알 길이 전혀 없었다.

"근데요⋯."

그때, 내내 구석에 쪼그려서 무릎에 고개를 묻고 있던 삼십 대 여성이 조심스레 말을 꺼냈다.

"다들⋯ 여기⋯ 지역이 어딘지는⋯ 아세요?"

# 소장

***

1월 1일부로 악플러와의 전쟁을 선포했지만, 사실 수용시설은 그로부터 두 달 전에 이미 마련된 상태였다. 대한민국 전역에는 시설이 총 세 군데가 있었는데, '고혜나 사건 관련'을 전담하는 수용소의 경우 수용인원이 총 200여 명에 달했다. 수도권에 위치한 교정시설의 경우 평균 1,500여 명인 것을 감안한다면 규모가 턱없이 작은 축에 속했다.

집무실 안에는 밀린 업무를 하느라 몇 시간째 옴짝달싹도 안 하는 소장과 그 옆에서 보좌 노릇을 하는 심 과장이 있었다. 소장과 심 과장은 모두 경찰대학교 출신. 하지만 그 외 출신지와 출신학교, 집안 배경, 하다못해 취미와 주량까지 판이하게 다른 데다 마주칠 일이 드문 선후배 사이였던 그들이 가까워진 계기는 따로 있었다.

조직사회에는 으레 엄격한 위계에 따른 부작용이 생기기 마련. 졸업도 하기 전에 특권의식에 사로잡혀 이미 그들만의 네트워크를 만들기 시작하던 주류들과 달리 두 사람은 어울리지 않는 곁가지와도 같다. 그렇다고 해서 주눅이 들거나 겉으로만 나돌기보다는 오히려 저들과 질적으로 다르다는 내적 우월의식이 그들 사이에 보이지 않는 연대의 끈을 이어줬음이 틀림없다. 그러나 각자 기존에 배속 받은 위치와 직렬, 직급이 모두 달랐던 두 사람. 이 두 사람이 수용소에서 수장과 간부로 만날 수 있었던 까닭에는 심 과장의 추측대로 소장이 대통령 측근 라인이었기에 가능한 일일지도.

"걱정 마십시오. 금방 진압했습니다. 수감된 지 며칠이나 됐다고 쌈박질들이라니….."

"죄수에게 가장 큰 적은 누구인가."

"네?"

"그것은 바로 다름 아닌 옆의 죄수다."

"…."

"알렉산드르 솔제니친."

"아…."

심 과장은 솔제니친이 뭐냐고, 사람 이름이냐고 묻진 않기로 했다. 그랬다간 말이 길어질게 뻔하기 때문이다.

"매일 야근한다고 집에서 뭐라 안 해."

소장이 손에서 서류더미를 내려놓으며 물었다.

"바쁜 거 다 아니까요. 괜찮습니다."

"가장 노릇도 해야 하는데, 주말엔 쉬어."

"아닙니다. 뭐 애들도 다 컸고."

"잘 해주라고. 품에서 날아가면 그땐 소용없어."

"그것도… 명령입니까?"

"좋을 대로 해석해."

막간을 틈타서 믹스커피를 곁들인 수다라도 떨었으면 좋겠는데, 소장은 좀처럼 틈을 보이지 않았다. 그렇게 주거니 받거니 말하면서도 언제나 시선은 책상 위 서류더미에 고정되어 있었다. 그러다 흐름이 끊기면 참을 수 없는 침묵 속에서 가습기 수증기만 소리 없이 펄펄 날렸다. 그럼 다시 화젯거리를 찾는 건 으레 심 과장의 몫.

"요즘 재미있는 영화 있다잖습니까? 〈천국과 지옥 사이〉라고."

찾았다. 화젯거리.

"재미있다는데… 보셨어요?"

"아니. 자네는."

"예고편만 봤습니다, 저도. 임종을 앞둔 어머니를 살리기 위해 아들이 저승사자와 거래를 하는 그런 내용인가? 그래서 자기 수명을 어느 정도 내어주고 어머니를 살린다는데… 근데 그게 다 아들이 살면서 지은 죄가 없기에 가능한 거래요. 해피엔딩이랍니다. 감동적이래요. 그래서 가족들이랑 보러 가기 딱 좋죠. 평점도 높더라고요."

"끝인가."

"네. 대략 이 정도만 알고 있어서요."

소장은 무슨 영문인지 미간을 찌푸리더니 안경을 벗었다. 피곤하다는 듯 두 눈을 문질렀는데 한눈에 보아도 어딘가 심기가 불편해 보였다. 또 뭐 하나 꼬투리 잡기 일보 직전이다.

"나는 그런 저승을 다룬 이야기들을 좋아하지 않아."

"무슨 이유라도?"

"저승에서 규정하는 악마와 이승에서 실제로 날뛰는 악마는 서로 달라. 저승에서는 살인, 강도, 방화만 저지르지 않으면 중간은 간다고 그려놨지만, 정작 이승에 존재하는 악마의 90%는 그 세 가지를 저지르지 않거든. 그런데 지옥은 면하다니. 실제 악마들이 그런 영화를 보고 안도할까 봐 겁나. 염라대왕 눈에는 악플러들 손에 묻은 피는 보이지도 않나 봐. 옛날 사람이라서 그런가."

"…."

"내가 질문을 했잖아."

"아… 글쎄요. 거기까지 제가 생각을 못했… 죄송합니다."


'이런 등신! 죄송할 게 뭐 있어!'


욕심이 컸다. 이렇게 감정도 메마른 양반하고 시답잖은 잡담을 떨기를 바랐다니. 옛날부터 느낀 거지만 도저히 가까워지려야 가까워질 수 없는 인간이다. 저렇게 예능을 다큐로, 아니 국가경보방송쯤으로 받아들이니 당해낼 재간이 없다.

각기 다른 지역에서 근무 후, 십수 년 흘러서 문득 함께 일해보지 않겠냐는 제안이 왔을 때만 해도 들떴었는데. 안 그래도 몇 년 전 '11호 소년원 사건'을 계기로 국민적 영웅이 되어 있는 소장. 그런 소장과 한배를 탄 것만 해도 주변에서 시샘과 질투를 한 몸에 받던 심 과장이었다. 간택당한 세자빈의 심정이랄까. 그런데 대체 무슨 심산인지. 잘한다,

내 새끼 하며 다독여주는 것까진 바라지도 않는다. 큰 백을 바란 것은 더더욱 아니고. 하지만 적어도 이런 '푸대접'은 예상도 못했다. 어떨 땐 하대 받는 기분마저 든다.

"나는 방송 관련해서는 아는 게 그다지 없으니 네가 많이 도와줘야 할 거야."

속마음을 읽기라도 하듯 소장이 화제를 바꿨다. 왠지 뜨끔한 기분.

"예. 걱정 마십시오."

"고혜나 씨와 함께 일했던 연예인들은 물론이고, 소속사 사람들 모두 샅샅이 조사할 것."

"함께 일했던 촬영 스태프들도 포함시키겠습니다."

소장이 고개를 끄덕하며 입꼬리를 올렸다. 아주 찰나였지만 눈가에 웃음도 머금고 있었다. 하도 웃지도, 울지도 않아서 안면근육이 퇴화했을지도 모를 그로선 최대의 칭찬이다.

'나야말로 천국과 지옥이다. 아주 롤러코스터 타는 기분이네.'

하지만 기분은 나쁘지 않았다. 아니, 그 작은 표정 하나에도 마음이 붕 뜬 기분이었다. 마치 엄마의 칭찬에 의기양양해진 어린아이처럼.

윙.

그때 소장의 책상에서 진동이 울렸다. 몇 마디 짧게 "네."만 반복하다가 끊는 전화.

"내일 청와대를 좀 가야겠어."

***

도심에서 외떨어진 곳에 위치한 악플러 수용소는 붉은 벽돌로 지어진 오래된 건물이었다. 건물은 지상 3층과 지하 2층으로 이루어졌는데, 수감하는 장소는 모두 지하에 있었다. 지상 1층에는 면회실과 다목적실, 그리고 상담실이 있었고, 지상 2층과 3층에는 행정실과 집무실이 있었다.

건물 주변에는 잡초가 우거져 있으며, 쩍쩍 갈라지거나 군데군데 깨진 벽돌 틈으로 이끼가 존재를 드러내고 있어 멀리서 보아도 소름 끼치는 느낌을 지울 수 없는 경관이었다. 더구나 사방이 높은 산으로 둘러싸여 있어 날이 꾸물거리고 비가 올 것처럼 가뭇가뭇한 날에 산에서 내려다본 그 모습은 아마 '세계미스터리협회'에 귀신의 집으로 제보하고 싶은 욕구를 마구 자아냈다. 수용소로 쓰이기 전에는 어떤 용도로 쓰였는지는 알 길이 없었다.

몇 년 전만 해도 멀지 않은 곳에 인터체인지가 위치해 있었지만, 그마저도 폐쇄된 지 수년째였다. 그런데다가 이 지역이 신도시 선정에 목매다가 결국은 헛물만 켠 탓에 삼삼오오 짐 싸들고 떠나는 가구들이 많아지면서 그야말로 적막강산이 따로 없었다.

'고혜나 사건 관련' 1차 악플러들이 수감된 지 나흘째 되던 날, 오후 다섯 시. 겨울이라 해가 짧은 탓에 이미 먼 산 너머엔 석양이 반쯤 자취를 감춘 후였다. 그 붉은 그림을 배경 삼아 끼룩끼룩 날아가는 기러기 떼의 모습이란. 수십 마리의 기러기 떼가 사라지자 수용소 넓은 운동장에도 어둑어둑 땅거미가 내렸다. 간부 집무실과 행정실, 관리실 등이 있는 건물 지상 2, 3층에서는 차례로 점멸했고, 하루를 마감하며 외관 정리를 하는 관리인들도 하나둘 건물 안으로 모습을 감추었다.

날은 추웠다. 멀리서 날아와 담벼락에 앉은 참새 부리도 열 때마다 뽀얀 입김이 모락모락 나왔다. 그리고 완전히 어둠이 내려앉은 자정. 어둠은 인간에게 많은 것을 가능케 한다. 어둠 속에서 생명이 잉태되고, 어둠 속에서 힘을 비축하고, 어둠 속에서 한 뼘 성장하고, 어둠 속에서 피로를 녹이며, 또 어둠 속에서 진격한다. 그렇게 어둠은 또 다른 힘의 원천이자 샘솟는 용기이며, 동시에 악마의 시간이다.

달은 삼면이 험준한 산으로 둘러싸인 이 수용소 터를 순전히 남처럼 가만 내려다보고 있을 뿐이었다. 주변 빈 공터에는 야간순찰을 도는 교도관들의 발소리만이 간헐적으로 들렸다. 그리고 그들이 사라진 자리에는 대형 서치라이트가 대신했다. 누구든 걸린다면 시신경까지 파괴시킬 기세로 빈 운동장을 쏘아대고 있었다.

사박…사…박….

완전한 어둠 속에서 참새에게서 흘러나왔던 하얀 김과 비슷한 무언가가 언뜻 허공을 헤맸다.

사…박….

퉁… 휘익….

얼핏 봉투나 천 조각 따위가 부대끼는 소리가 공기를 갈랐지만 잠시뿐이었다.

츠…스윽… 퉁.

척! 텁!

**타닫다다다닦!!!!!!!!!!!!!! 좌닫다다가닫다다닥!!!!!**

**트드…ㄱ…**

달빛보다 밝은 섬광이 마구 번쩍였다.

그리고,

**에에에에에에에엥엥!!!!**

사이렌이 울렸다. 약속이라도 한 듯 도미노처럼 신속하게 켜지는 건물의 불빛들.

# 수감 5일 차

***

아침 6시.

지하 2층에 위치한 식당에서는 밥 짓는 연기가 나지 않았다. 그 대신 건물 전체에 스피커로 안내방송이 흘러나오더니 30분 후, 수감자 전원이 운동장으로 집결했다. 뚜렷한 대화가 오가지 않았음에도 웅성거리는 소리는 좀처럼 사그라들지 않았다.

운동장은 말이 운동장이었지, 동네 초등학교 그것의 절반 정도 되는 크기였고, 어떤 체육시설이나 바닥장치가 전혀 되어 있지 않은 그야말로 허허벌판이었다. 어디는 자갈이, 어디는 잡초가 아무렇게 난 삭막한 공터.

수감자 중 한 젊은 남성은 건물을 물끄러미 올려다보았다. 비로소 처음으로 보는 수용소 건물. 뒤로는 커다랗고 거뭇한 산이 병풍처럼 둘러진. 그러다 어딘가에 시선이 박혔다.

L.O.V.E.

건물 꼭대기에는 녹이 슨 철재 간판 네 개가 세워져 있었다. 한눈에 보아도 오래된 듯한 그 허름한 간판에는 각각 알파벳 **LOVE**의 네 철자가 걸려 있었다.

"러브…?"

작게 중얼거려 보는 젊은 남성.

"자. 다들 모이셨습니까?"

그때 사내가 모습을 드러냈다. 일동 긴장. 깍듯한 말투지만, 어딘가 분명히 화가 나 있는 듯한 목소리. 역시 얼굴에는 할로윈 토끼 마스크를 쓰고 있었는데, 마스크 너머로 화나 있는 표정이 충분히 예측 가능했다. 그 뒤로는 교도관 둘이 서 있었는데, 한 손에는 진압봉을, 다른 한 손에는 굵은 개 줄을 휘감고 있었다. 개를 키우지 않아도 알 수 있는 도사견이었다. 누구든 걸리면 찢어발기겠다는 듯이 혓바닥을 내밀고 거칠게 헐떡이며.

"여러분들이 우리 수용소의 규칙을 잘 따르지 않았기 때문에 매우 실망이 큽니다. 때문에 여러분들은 그 벌로 오늘은 전원 굶으셔야 합니다. 자! 과연 어젯밤에 무슨 일이 일어났을까요? 우리는 그 현장을 여러분들이 두 눈으로 똑똑히 보셔야 납득이 가실 거라 판단했습니다. 모두 이쪽으로 저를 따라오십시오."

마스크 사내는 첫날에도 그랬지만, 줄곧 그런 기이한 말투를 쓰고 있었다(쳐지는 말끝마다 다시 숨을 들이 마시면서 억양을 높여서 다음 멘트를 이어서 하는. 마치 '내 말이 끝난 줄 알았지? 하지만 아직 안 끝났어.'라는 듯했다).

죄수들은 마스크 사내의 뒤를 따라 수용소 건물 뒤로 이동했다. 앞에서 본 외관도 형편없었지만, 그 뒤는 두말할 것도 없었다. 군데군데 녹슨 철책이 아무렇게나 엉켜 있었고, 성인의 무릎과 허리 정도 오는 높이의 잡초가 중구난방으로 퍼져 있는 데다가 세월이 한참 지난 오래전의 잡지나 과자박스가 나뒹굴고 있었기 때문이다. 그럴 때마다 기존에 이 건물이 무슨 용도로 쓰였는지 궁금증을 자아냈다. 어떻게 들어가나 싶었지만 성큼성큼 앞으로 내딛는 사내에게서 뒤지지 않으려고 무작정 발들을 담갔다.

"아아악!!!"

그때였다. 뒤따르던 수감자들은 갑작스러운 비명에 순간 소스라치게 무너졌다. 그러면서 이열종대로 따라오던 줄이 한데 얼키설키 엉키며 웅성거리기 시작했다.

"저, 저, 저, 저기… 저기!!!"

한 여성이 마스크 사내의 앞을 가리키며 울먹였다.

"조용히 하십시오."

그리고 사내가 뭐라 말하기도 전에 '그 현장'을 목격한 남은 수감자들 사이에서 차례로 비명이 터져 나왔다. 누구는 주저앉아버렸고, 누구는 입을 틀어막고 두 눈을 질끈 감았으며, 다른 누구는 참지 못하고 구역질을 해댔다. 마스크 사내의 등 뒤에는 시신 세 구가 서로 겹쳐진 채로 누워 있었다. 철책에는 누구의 것인지 모를 다리 한쪽이 꽂혀 있었다. 다리 일부는 살갗 표면이 요리용 토치라이터로 태운 듯 그을려 있었다.

토끼 마스크 사내가 그 다리를 낑낑대며 빼내자 철책 가시에 긁혀 피가 흘렀다. 죽은 지 몇 시간 되지 않은 듯 핏빛은 아직 진한 선홍빛이었는데, 살결을 보니 그건 또 산 자의 것이 아니었다. 사내가 잡은 손자국 부분이 움푹 들어간 채 푸석푸석한 주름이 아주 느린 속도로 펴졌다.

"아아아악!!!"

"지금 여러분이 보시는 이 철책은 특수한 5중 금속망입니다."

마스크 사내가 가리킨 철책은 높이 2미터로 언뜻 보기에는 높지 않아 보였다.

"아시다시피 탈옥을 방지하기 위해 우리 수용소 측에서 설치한 것이지요. 하지만 때때로 이렇게 무모한 시도를 하다가 운명을 달리하는 것들이 있어요. 그냥 몇 군데 긁히면 되겠지 하는 그런 안일한 생각 때문입니다. 안일한 생각. 다들 해보셨죠?"

"…."

사내가 픗 하고 웃으며 말을 이었다.

"여러분들 안일한 정신머리로 살다가 오신 분들이잖습니까? 왜 여기 오셔서까지 잘못을 번복하십니까? 잘못을 또 저지르면 그땐 벌을 받는 겁니다. 이렇게 말이죠. 자, 다시 설명을 하자면 여러분들 눈에는 보이지 않겠지만 발진 트랜지스터가 작동하고 있는데요. 그것이 만든 전압은 모두 콘덴서에 비축이 되지요. 차곡차곡… 꼭 여러분들의 죄처럼 말이죠. 쿡…!"

웃음을 못 참겠는지 잠시 돌아서더니 다시 계속해서 말했다.

"그런데 여러분들이 무모한 생각으로 이 철책을 넘으려 접촉하는 순간, 이 금속 망에는 상상 이상의 높은 전압이 흐르게 됩니다. 무엇 때문에? 바로 비축된 전압 때문에. 다시 말해서 비축된 전압은 뭐다? 여러분들이 쌓은 악플과도 같죠."

아무렇게나 찢겨진 살갗. 사람의 목숨이 저렇게 파리 목숨 같았던가. 마치 살색 겉껍데기 그대로 단면으로 쓸려져 정육점 쇠고리에 걸린 돼지를 연상케 했다. 칼로 아무렇게나 헤집어 놓은 듯 처참해진 부위에는 벌써 이름 모를 까만 벌레들이 기어 다니고 있었다. 그런데 얼굴을 보니 며칠 전 훌쩍이던 여대생과 또 다른 젊은 남성과 여성 이렇게 세 사람이었다. 이틀 동안 셋이 밥 먹을 때도 뭉쳐서 먹더니, 그때 탈출을 모의한 듯 보였다. 그 당시 머리에 벽을 박으며 치고받고 싸우던 젊은 남성은 수감자들 틈에서 작은 목소리로 역겹다며 뭐라 뭐라 지껄였다.

"쉽게 말하자면, 일반 가정에서 사용하시는 전기 모기채와도 같다고 볼 수 있습니다. 모기채 크큭…!"

"…."

혼자 떠들어댄 토끼 마스크 사내는 찬물을 끼얹은 것처럼 조용해지자 두 손을 가지런히 모았다. 심기가 불편하다는 제스처였다.

"박수 한 번 치세요, 다들."

짝…짝, 짝짝…짝….

사람들은 박수 치는 이유를 몰랐다.

남이 치니까,

치라고 하니까,

쳐야 될 것 같아서,

그래서 다들 쳤다.

"하지만 다른 점이 있습니다. 그것은 바로 시중에 쓰이는 전기 모기채는 2,000볼트의 전류가 흐르지만, 우리 철책 담에는 무려 15,000볼트가 흐른답니다. 무려 7.5배지요. 여러분들은 오늘 돈 주고도 못할 유익한 과학 공부를 하신 겁니다. 사람의 신체가 15,000볼트의 전류에 닿았을 때는 이렇게 한낱 고깃덩이가 되어버린다는 것을 말이지요. 아! 하지만 이것은 먹을 수 없어요. 벌레니까요."

마지막에 "벌레니까요."를 말할 때 손나팔 모양을 하며 작게 속삭이는 사내. 그 모습을 보던 이십 대 젊은 여성이 참지 못하고 구토를 했다. 토끼 마스크 사내는 더럽다는 듯 양손을 가슴에 바짝 세우고 까딱까딱 흔들었다. 치우라는 신호였다. 뒤에 지키고 서 있던 미화원 두 사람이 시신을 옮기기 시작했는데, 한쪽 다리를 들자 너무나도 우습게 뚝 하고 몸통으로부터 끊어져버렸다. "아악!!" 하고 죄수들 사이에서 한 번 더 비명이 터져 나왔다.

시신들은 옆에 마련된 허름한 삼륜화물차 뒤 칸에 아무렇게나 실렸다. 한 구씩, 아니 한 점씩 던질 때마다 "푹! 퍽!" 하고 역겨운 소리가 났다.

"자, 그럼 모두들 돌아가시겠습니다. 마음을 정화할 겸 명상의 시간을 갖도록 합시다."

\*\*\*

"프랑스가 왜 전후 나치에게서 벗어나자마자 제일 먼저 언론인들부터 죽였는지 아나?"

커다란 테이블을 사이에 두고 대통령과 마주 앉은 소장.

대통령이 찻잔을 입에 가져다 대더니 이어서 말했다.

"언론인이 언론인 구실을 제대로 못했기 때문이야."

"…"

"물론 그 시절에 살겠다고 나치에 들러붙은 자들도 많았겠지. 왜 없었겠어? 영화배우, 학자, 소설가, 사업가… 하지만 펜 끝이 발휘하는 힘은 그 무엇보다 실로 어마어마하거든. 피는 물보다 진하다? 하지만 내 생각은 달라. 그 피보다 진한 게 잉크라고, 잉크."

"…"

"권력은 총구뿐 아니라 펜 끝에서도 나오는 법이지. 나치에 협력한 프랑스 언론인들은 자신의 펜 끝으로 무소불위의 권력을 휘두른 거야. 국민을 선동했다고. 그땐 좋았겠지. 당장 자신들 목숨을 부지했으니. 그런데 시대가 변했네? 부패를 척결할 때 일 순위가 썩은 펜자루라고. 내가 말한 언론개혁이라는 것도 그거야."

"이해하기 어렵습니다."

"똑똑한 사람이 내 말을 이해 못해? 이번 악플러 척결 정책 가지고 일부 언론에서 자꾸 포퓰리즘이다, 반인권적이다, 뭐다 하는데 그거 다 내 힘 빼려고 그러는 거 모를 줄 알아?"

"…"

"연예인들 뒤꽁무니나 쫓아다니면서 확실치도 않는 기사로 죽음까지 몰고 가는 삼류들이나, 내 힘 빼려고 혈안이 되어서 쓸데없는 기사나 써재끼는 일부 언론들이나. 똑같다고. 당하는 쪽도 마찬가지야. 다를

게 뭐 있어? 대통령과 배우라는 직업?"

"고혜나 씨는….."

대통령이 두 손을 깍지 낀 채로 턱에 받쳤다. 할 이야기 있으면 해보라는 표시였다.

"배우였던 고혜나 씨는 세상을 등졌습니다. 그것은 악플러뿐 아니라 악플러를 조장하고 멍석을 깔아준 일부 언론에게도 책임이 있습니다."

"내 말이 그 말이야."

"네. 대통령께서 하신 말씀대로 언론의 힘은 실로 막강합니다. 부화뇌동하는 네티즌들을 다룰 때는 더더욱 그렇고요. 프랑스 이야기를 말씀하셔서 저도 덧붙이겠습니다만… 프랑스 국민 15만 명이 나치의 손에 죽었습니다. 75만 명은 우리 조상들이 그랬듯이 강제노동에 끌려갔고, 12만 명은 강제수용소로, 또 11만 명은….."

"정치범 수용소로 끌려갔지."

"맞습니다. 그런데 나중에 조국으로 돌아온 프랑스인은 겨우 1,500명뿐이었다고 합니다. 남은 110만 명이 넘는 프랑스인들은 어떻게 됐을까요."

"…."

"마찬가지죠. 한 명, 두 명, 세 명… 열 명… 죽어 나가는 공인들이 나중엔 100명, 1,000명이 될 겁니다. 말씀하신 언론개혁. 네, 경우에 따라서는 필요합니다. 그런데 부끄럽게도 저는 정치에 대해서는 모릅니다. 오로지 '온라인 범죄행위자 교정수용소'에서 조사해야 할 집단에 대해서만 궁금할 뿐입니다."

"조사해야 할 집단이라….."

대통령은 자신의 뜻이 제대로 전달되지 않았다는 것을 직감했는지 피곤한 듯 눈을 썩썩 비볐다. 맥이 풀렸다.

소장이 이어서 말했다.

"제가 원하는 언론개혁이란 정치적 입장을 뺀 나머지입니다."

"계속해봐."

"삼류 신문사와 타인의 사생활을 침해하는 모든 유령 잡지사를 법의 권한으로 폐간시키는 것뿐입니다. 그들은 언론이 아닙니다. 언론계를 물 흐릴 뿐이죠. 그것들을 제거하지 않는다면 악플러로 인해 버려지는 목숨이 점차 늘어날 게 뻔합니다. 그러다 보면 국민들도 차츰 익숙해질 테고요. 악플로 인해 자살 당하는 것에 대해서 감각이 무뎌지는 세상이 올 거란 얘깁니다."

공중파 아홉시 뉴스의 간판 앵커라는 탄탄한 전력에 뒤이어 당 대변인까지 했던 유재영 대통령이었다. 화려한 언변과 사람의 이목을 끌어당기는 구술력은 둘째가라면 서러울 그였는데, 한낱 까마득하게 어린 고등학교 후배에게 당할 줄이야.

"나도 잘 안다고. 악플러들과 그런 삼류 연예 언론사가 쿵짝이 잘 맞는다는 것쯤은. 버러지는 같은 버러지를 알아보니까."

"…."

"그러니 그만 노여움 풀라고. 나라고 모르는 건 아니야."

"언짢으셨다면 죄송합니다."

"됐어. 내가 자네한테 너무 큰 임무를 맡겨서 그래. 다 내 탓이야. 요즘 스트레스가 이만저만이 아니지?"

"아닙니다. 염려 놓으십시오. 오히려 대통령님께서 근심이 많으시겠습니다."

"아아… 골치야 늘 썩지. 야당에서는 국민들 인기에 편승하려고 무리수를 둔다고 하질 않나. 종교계에서는 관용인지, 뭔지 플랜카드 걸고 덤벼드니. 오늘 아침 기사 봤나? 내 지지율이 40% 미만으로 떨어졌더군. 아, 이거 참 대통령 자리가 이렇게 힘든 줄 몰랐네."

"약해지시면 안 됩니다. 대통령님."

"무슨 소린가?"

"야당과 종교계뿐 아니라, 만에 하나 전국 대학교수 시국선언까지 나온다 하더라도 말입니다. 이번에 반드시 악플러 척결에 힘써 주십시오. 지금이 적격 아닙니까."

"그걸 말이라고 하나? 당연하지. 내 대선 때 공약을 반드시 지켜야지. 국민과의 약속이니까."

"고맙습니다."

"그나저나… 자네는 악플러 척결하는 내 정책이 언제까지 유효할 거라 보나?"

"…."

그렇게 묻긴 했어도 자문 아닌 질문을 하는 장면이 스스로 보기에도 좀 뭐하다고 생각했는지,

"아닐세. 끝까지 갈 수 있을 거야. 공약이니까. 국민과의 약속이니까."

다시 한번 힘주어 다짐을 한 대통령이었지만, 자리가 파하고 소장이 돌아가자 절로 무거운 한숨이 흘러나왔다. 대통령 집무 책상에는 수많은 서류들이 흩어져 있었는데, 그 더미 속을 파헤쳐 한 뭉텅이를 꺼내들

었다.

[온라인 테러범 처벌에 대한 반박 – 네티즌 인권센터]

"뭐…? 대한민국의 드골 대통령이 되어 달라고? 누군들 안 그러고 싶겠냐? 자식아… 지만 의로운 척 하기는…."

혼잣말을 하며 숱 없는 이마를 쓸어 넘기는 대통령.

임기 후 첫 도전이자 모험.

이거 일을 너무 크게 벌려 놓은 건 아닌가?

# 수감 7일 차

***

수용소 1층 다목적실.

'고혜나 사건 관련' 죄수들은 두 대의 컴퓨터 앞에 앉아 수용소 전용 인트라넷에 접속했다. 아이디는 임의대로 지정 가능하나, 비밀번호는 고혜나의 사망일과 각자의 주민번호 뒷자리를 조합한 '1201_OOOOOOO'였다. 처음 입소한 날 토끼 마스크 사내가 알려준 대로, 또 안내문에 나와 있는 대로 수감자들은 서로의 행동발달에 대해 평가를 한다. 공지사항 게시판에서 [1주 차 상호평가]라는 글을 클릭하여 그 밑에 댓글을 다는 형식이다.

  ㄴ 아무개는 식사할 때 반찬을 덜어줬습니다. 좋은 사람 같습니다.

라든가

ㄴ, 아무개는 욕설과 비방으로 동료 죄수들에게 피해를 끼쳤습니다.

뭐, 이런 식으로 말이다.


어느 컴퓨터 줄에 서 있는 어린 여학생. 가슴팍에 채 오지 않는 중단 발에 두 뺨이 발그레한 얼굴. 다들 말은 안했지만 그이가 최연소라는 것쯤은 알고 있었다. '어쩌다 어린 게 벌써부터 악플을 달아서 이런 데까지 끌려왔을까. 네 부모가 너 그런 거 알긴 하냐?' 하는 눈빛들을 일관되게 쏘아대고 있었지만, 이내 자신들의 처지를 깨닫고 간신히 거두는 눈치였다.

자기 차례가 다가온 여학생은 바로 앞에서 한 차례 이 '의례'를 겪고 돌아선 이와 눈이 마주쳤다. 아빠보다 몇 살은 더 많아 보이는 중년의 아저씨. 그쪽에서 먼저 어색하게 웃어 보였지만 일부러 모른 체했다. 그 웃음이 나빠서가 아니라 그 인자한 얼굴을 하고 뒤에선 악플을 달았을 걸 생각하니 왠지 꺼림칙해서.

소녀가 모두 볼일을 마치자 그다음 삼십 대 여성과 이십 대 여성이 이어졌고, 옆줄에도 역시 남성 죄수들의 키보드 두드리는 소리가 끊이지 않았다. 혹여 누가 볼까 어깨와 팔꿈치를 잔뜩 굽어 모니터를 가린 채.

결과는 다가오는 일요일 저녁 8시에 발표되어야 했는데, 그날 저녁 마스크 사내의 예고 없는 등장에 감방 안은 긴장이 감돌았다. 앉아서 미어캣처럼 시선을 모은 죄수들을 찬찬히 보며 사내가 말했다.

"우선 프로그램은 성공적입니다. 오작동 없이 잘 실행되었다는 말이죠. 그리고 여러분들도 또한 게임 룰을 잘 숙지하셨어요. 살고는 싶은가 봅니다. 상호 평가 댓글들이 모두 잘 게시되었습니다. 하지만….”

손에 들고 있던 A4용지를 흔들어 보이며 말했다.

“이번 평가는 전부 무효가 될 겁니다.”

“이렇게 상호평가를 하면 죽도 밥도 안 된다.”를 몇 번이나 강조하면서, 마스크 사내가 읽어준 평가 댓글들이 그날 밤의 화근이었다.

“우선 수감자 전원 긍정평가에 모두 자기 자신을 추천했네요.”

“…”

일동 싸하면서 어딘가 모를 부끄러움에 고개를 숙이거나 시선을 달리 했다.

“하지만 부정 평가는 제각각이죠. 우선 박기성에 대해 부정적 평가를 누군가 내렸네요. ‘밤마다 개인적인 운동을 한다는 이유로 공포 분위기를 조성했습니다.’라고 말이죠.”

그러자 박기성의 표정이 금세 험상궂게 변해버렸다.

“그리고 어떤 누군가는 부정 평가에 특정인을 지목하지 않았어요. 흠… 재밌네요, 이 댓글은. ‘감방 안에 있는 모든 연놈들.’이라….”

여기저기서 원성이 쏟아져 나왔다.

“조용. 그다음 누군가는 오수정을 가리켜 ‘여기가 학교인지, 감옥인지 분간도 못하고 벌써 파부터 나누려고 합니다. 누가 여초직업 아니랄까 봐 정말 피곤하네요.’라고 달았습니다.”

“제가 언제요!”

오수정이 소리 지르자, 한쪽 구석에 있던 신영자가 은근히 눈을 피했다.

“또, 윤설에 대한 부정 평가는 ‘어린 게 인사성도 없고, 마이웨이 합니다. 공동체 생활을 하기에 나이도, 인성도 부족합니다. 다른 사람들에게 피해가 될 뿐입니다.'라고… 쓰여 있고요. 김광덕에 대한 부정 평가는… '씻지도 않고 비위생적인 컨디션으로 같은 방을 쓰기 불결하다.'라고 되어 있는데 맞나요? 씻으셔야죠. 지저분한 건 인격만으로도 족합니다. 그리고….."

***

"아니, 왜 댓글을 그딴 식으로 쓰시냐고요?"

수정이 다짜고짜 영자에게 쏘아붙였다.

"내가 뭘?"

"정말 뻔뻔하네. 제가 언제 파부터 나누려고 했다고 그러세요?"

"그걸 왜 나한테 따져?"

"언니 말고 또 누가 있는데요, 그럼?"

"참… 그렇다 치자."

"뭘 그렇다 쳐요!"

"그럼 안 그랬다고? 아까 식사 시간 때도 여왕벌 노릇하는 거 다 봤어."

"여왕벌 노릇이 아니라 비위생적인 컨디션으로 있으면 건강에 해롭다고 의학지식을 알려준 거잖아요!"

"풋… 의학지식 좋아하시네. 누가 보면 의사인 줄 알겠어?"

"저기요. 무시하시는 거예요? 지금?"

폭력을 휘두르지 않고도 충분히 살벌한 여자들의 말싸움에 남자들이 말리고 나섰지만 소용없었다.

"무시가 아니라 그렇잖아. 비위생적인 컨디션…쿡. 그래서 아버지뻘 되는 분을 더럽다고 쓴 거구나?"

"누, 누가 더럽다고 했어요!"

오수정이 눈치를 보며 다 기어 들어가는 목소리로 대꾸했지만 광덕은 말이 없었다. 당장 담배라도 하나 있었으면 싶은 마음뿐.

"아저씨죠?"

그때 윤설이 눈을 치켜뜨고 민환을 째려 봤다.

"뭐가?"

"아저씨가 저 인사성도 없고, 인성도 부족하네 마네 쓰셨잖아요?"

"하하, 증거 있니?"

"진짜 짜증나."

"확증도 없이 그렇게 몰아세우라고 부모님이 가르쳤어?"

"저 아까 마스크 밑에서 다 봤거든요? A4용지에 비치는 거?"

민환이 흥미롭다는 듯 몸을 앞으로 기울여 물었다.

"뭘?"

"아이디요."

"무슨 아이디?"

"아우디 아이디요."

"…."

선뜻 대답을 못 하자, 윤설은 확신에 찬 냉소를 흘렸다.

"맞죠, 아저씨 아이디?"

그때, 영자가 끼어들었다.

"무슨 말이야, 그게? 아우디 아이디라니?"

"아, 있어요. 그런 거."

"뭔데? 뭔데?"

"네이버 카페 중에 되게 큰 자동차 마니아 카페 있거든요? 그거 원래는 자동차 마니아들이 가입하는 건데, 실제로는 십 대 이십 대 남자들 수다 떠는 데예요."

윤설은 민환을 째려보며 이어서 말했다.

"거기 진짜 남초 카페인데. 인성 거지들 많아서 닉네임으로 본인을 숨겨요. 알파벳 O랑 한글자음 ㅇ(이응)이랑 섞어서… 이런 식으로요."

윤설은 허공에 검지로 쓰는 시늉을 했다.

[○O○○○○O○○O]

"일명 아우디 아이디예요."

"정말… 그쪽이 쓰셨어요?"

영자가 조심스레, 그러면서 혐오감 짙은 눈빛으로 물었다. 옆에 있던 수정도 거들었다.

"거기 진짜 쓰레기 카페인데. 진짜 저분이 썼나 봐. 대박."

민환이 애써 웃더니 안경테를 올리며 말했다.

"확증도 없이 심증만으로 이렇게 다수가 보는 앞에서 사람을 몰아세우는 거, 자칫 명예훼손죄가 될 수 있다는 거 몰라요?"

"어머, 누가 명예를 훼손했다고 그러세요? 아니면 아니라고 말해 보세요, 그럼."

"아저씨, 진짜 양심 노답이네요."

그때,

"아이, 진짜 더럽게 시끄럽게 구네!!!"

벽 보고 누워 잠을 청하려던 박기성이 벌떡 일어나 소리쳤다. 그 오만상 찌푸린 얼굴 앞에서 조용해진 일동.

"씨발, 잠 좀 자자, 어??? 왜들 그래? 어차피 그렇고 그런 인간들끼리 모였으면서. 어?"

구석에 내내 눈감고 있던 광덕이 말했다.

"여기 자네뿐 아니라 다 잠 못 자고 있어. 그만 객기 부려."

"그럼 뜬눈으로 지새시든가. 남 자는 거 방해하지 말고. 주둥이를 다 꿰매버릴까 보다."

"자네하고 싸울 마음 없으니까 입 닥치고 잠이나 자."

배를 벅벅 긁으며 박기성이 자리에서 일어났다. 다시 감방 안의 공기는 싸늘해졌다. 저마다 상어와 고래의 싸움을 보는 듯 양쪽을 번갈아 가며 긴장을 늦추지 않았다.

"첫인상이 재수가 없으니까 끝까지 재수가 없네. 아저씨 말하는 본새 보니까 그냥 누구 하나 뒈져야 끝날 것 같아."

"뭐?"

"아니, 그렇잖아. 이래 뒈지나 저래 뒈지나."

"입 닥쳐!!!"

"무게는 혼자 다 잡아놓고, 그래도 막상 나가고는 싶었나 보지? 모양 빠지게 지가 지를 평가하고 자빠졌게."

말이 채 끝나기도 무섭게 '퍽!' 하고 전광석화와 같은 속도로 광덕의 주먹이 스쳤다. 간신히 피하는 기성. 그러고는 '이것 봐라?' 하는 눈으로 위아래를 훑더니 날렵하게 주먹을 획획 날렸다. 덩달아 몇 번은 용케 피하던 광덕이 정지화면처럼 멈춘 건 얼굴을 감싼 손을 천천히 뗐을 때였다. 코피였다.

"이런 개새끼가!!! 너 같은 인간 말종을 누가 낳았냐? 보나마나 면회 올 가족도 없을 거야, 저거! 저 에미 애비도 없는 후레자식!!!"

그러면서 몸을 날려 벽으로 그대로 갖다 박았다. "욱!" 하고 묵직한 비명이 배 속 깊은 곳에서부터 터져 나오는 기성.

"그래, 이 새끼야! 나는 면회 올 가족도 없다! 근데 너는 버젓이 있는 딸년이 왜 안 오는데? 아비가 쪽팔리니까 안 오는 거 아니겠어?"

그러자 광덕이 흥분을 감추지 못하고 주먹이며, 발이며 마구 휘둘렀다. 엎치락뒤치락. 이젠 누가 말릴 새도 없었다. 그저 잘못 얻어맞지나 말자는 심산으로 아예 방관하는 축에 가까웠다.

"그만들 좀 하세요!!! 정말!!!"

찢어질 듯한 주파수 높은 비명이 감방을 너머 긴 복도까지 왕왕 메아리쳤다. 최연소 수감자 윤설이었다. 짜증과 불쾌가 뒤섞인 상기된 얼굴로.

\*\*\*

모두가 잠든 새벽.

악플러 수용소는 감방 안에 세면대가 있는 대신 별도로 마련된 화장실로 출입이 가능하다는 점에서 기존의 교도시설과 차별을 두었다. 물론, 죄수가 움직일 때마다 센서가 달린 CCTV가 풀가동하기 때문에 딴 생각은 금물. 상황통제실로 모든 이동기록이 전송되기 때문이다.

화장실 안. 윤설은 불안한 눈길로 주변을 살피더니 맨 끝 칸으로 들어가 문을 잠궜다. 바지를 벗고 변기에 앉아 볼일을 봤다. 하지만 이내 휴지걸이가 비었음을 깨닫고 탄식. 짜증이 솟구쳤다. 엄마를 닮아 벌써부터 생긴 미간에 골이 깊게 파였다. 한숨을 두어 번 쉰 후에야 찝찝한 마음으로 바지를 추켜올렸다. 하지만 쉽사리 화장실 문밖으로 나가지 못하고 몇 번이고 미련처럼 변기통을 돌아다봤다.

매달 중순이면 생리를 한다. 친구들은 4~5일이면 끝나는 것을 꼭 일주일씩 하느라고 애를 먹었다. 그런데… 요즘 지나친 밤샘 공부와 시험 스트레스로 인해 생리 불순이 찾아왔다. 생리를 안 한 지도 두 달째다. 이대로 계속 생리를 안 한다면 다행(?)이지만, 만에 하나 수감 기간 내에 터지기라도 한다면 끔찍하다. 생리대가 없다는 사실이 수용소로 끌려왔다는 것만큼이나 큰 불안으로 작용했다.

[다들… 여기… 지역이 어딘지는… 아세요?]

며칠 전, 감방 안에서 다른 아저씨들이 서로 옥신각신할 때 어느 삼십 대 아줌마가 했던 말이다. 그렇다. 윤설 자신도 모른다. 여기가 어딘지, 수도권인지 지방인지, 또 집에서 얼마나 먼지.

생리대를 미처 챙겨오지 못할 만큼, 아니 어떻게 왔는지 기억조차 가물거릴 만큼 그날은 정신이 없었다. 학원을 다녀오겠다고 나와서 땡땡이를 치고 북카페에 간 것까진 기억이 난다. 친구를 기다리면서 셀카를 찍고 있을 때 '어떤 누군가가' 와서 라떼를 주고 간 것까지만… 그 후론 기억이 없었다. 깨고 보니 음침한 지하실에 쓰러져 있었다. 단지 그뿐. 그것 외에는 아는 게 아무것도 없다는 사실이, 걱정하고 있을 엄마 아빠가, 그리고 또 언제 새어나올지 모르는 생리혈이 큰 공포로 다가왔다.

'어떡하지…' 눈물이 핑 돌았다. 착하게 살걸. 일단 반성부터 하고 보지만, 실은 아무에게도 말하지 못했다. 토끼 마스크 사내 앞에선 더더욱. 자기는 그렇게 심한 악플을 단 적이 없다는 사실을. 고혜나 기사에 공개적으로 악플을 달기보다 그냥 친구들이 욕할 때 맞장구를 치거나, 인터넷상에 악플을 볼 때 공감 버튼을 누르는 정도. 하늘에 맹세코 정말 그뿐이었다. 그런데 그게 죄가 되었다니. '공감 버튼을 누르지도 말았어야 했나?', 어린 마음에 '싹싹 빌면 나갈 수 있을까?' 싶었지만, 이미 같은 죄수들의 처참한 죽음을 본 이후였다.

애라고 봐줄 사람들이 전혀 아니었다. 사실 금속망에 얽히고설킨 살점들을 본 그날, 바지에 실례를 하고 말았다. 며칠째 악몽에 시달렸고, 무슨 정신력으로 버티고 있는지도 몰랐다. 얼른 여기서 벗어나고 싶지만, 그러기 위해서는 '레드볼'이라는 것을 얻어야 한다. 또 그것을 얻으려면 동료 죄수들의 신뢰를 얻고 칭찬을 받아야 한다는 건데… 다양한 연령층이라지만 자신을 빼면 모두 어른들이다. 그 어른들에게 무슨 수로 믿음을 얻는단 말인가! 생각이 거기까지 미치자 울컥했다. 쪼그리고 앉아 눈물을 훔쳤다. 괜히 억울하고 분해서 틀어막은 입에서 흐느낌이 새어나왔다. 또다시 걱정은 언제 터질지 모르는 생리혈로 쏠렸다. 남녀 혼숙 감방 안에서 일이라도 나면 그땐 정말….

"야."

고개를 든 윤설은 소스라치게 놀랐다. '악!' 하고 비명을 지르기도 전에 어떤 존재가 위에서 덮쳐 왔다. 퍽 하고 쓰러진 두 사람. 변기 옆으로 고꾸라진 윤설이 고통의 신음을 냈다. 남자였다. 그것도 같은 감방을 쓰는 젊은 남자. 또래 같았지만 서너 살은 많아 보이던. 고등학생이거나 대학생쯤으로 보이던 남자였다.

"사람 살…!!! 아…ㄱ…!"

"아, 씨발."

젊은 남자가 아픈 무릎을 문지르며 황급히 윤설의 입을 틀어막았다. 낮에 식당에서부터 줄곧 주시하더니 결국 모두가 잠든 새벽, 여자 화장실까지 뒤를 쫓아온 것이었다. 주먹을 허공에 들이대자 움찔하여 두 눈을 질끈 감은 윤설. 남자가 피식하며 물었다.

"내가 여기서 나가게 해줄까?"

"으읍읍…!!!"

아차 싶은 젊은 남자가 여학생의 입에서 손을 치우면서도 '쉿!' 하는 포즈를 취했다. 동시에 가쁜 숨을 내쉬는 윤설.

"여기서 빨리 나가는 법 아는데."

"왜 따라오…ㅂ!"

목청이 커지자 다시 입을 틀어막는 젊은 남자.

"좋은 말할 때 빨리 대답해. 안 그럼 뒤진다."

윤설이 고개를 끄덕였다.

"내가 너 레드볼인가, 나발인가 받게 해줄까? 댓글에 계속 너 칭찬해주면 되잖아."

이번엔 아까보다 더 많이 끄덕였다. 정말 그래주길 바랐다기보다 그가 원하는 대답을 뭐라도 해야 될 것 같아서였다. 남자가 톤을 낮춰 속삭였다.

"그럼 나랑 한 번 하자. 그럼 내가 너 써줄게. 계속 댓글에 너만 써주면 되잖아. 응?"

"아아…ㅂ!!"

남자는 발버둥치는 윤설을 위에서 힘으로 제압하려 했다. 여기저기 시멘트벽에 부딪히는 두 사람. 손에 닿는 대로 변기 솔을 집어 들고 저항하려 해봤지만 남자의 힘을 이기기엔 역부족이었다. 뜻대로 되지 않아 화가 치민 남자가 주먹으로 윤설의 머리를 연속으로 내리쳤다. 그리고 무릎으로 명치를 찍어 눌렀다. 가슴을 감싸 쥐는 윤설.

"살려주ㅅ…!"

퍽!!!

그러자 "억!" 하는 소리와 함께 남자가 쓰러졌다. 입에선 피가 흘러나왔다. 윤설은 놀란 눈을 치켜떴다. 감방 안에서 치고받고 싸우던 그 아저씨. 광덕이었다. 젊은 남자는 "윽!" 하는 소리와 함께 덤벼들었지만, 역시 아저씨를 이길 수 없었다. 단번에 몸을 돌려 뒤에서 목을 조르자 남자는 벗어나기 위해 아등바등했다. 이때다 하고 화장실 칸에서 도망치는 윤설.

\*\*\*

젊은 남자는 죽었다. 아니, 죽었을 것이다. 사태 진압을 위해 현장에 나타난 토끼 마스크 사내. 젊은 남자는 그가 휘두른 진압봉에 복부와 등을 연달아 맞고 쓰러졌다. 그 뒤 역시 마스크를 쓴 다른 사내들에 의해 끌려 나갔고, 그렇게 안 보인 지 여섯 시간이나 지났어도 감방으로 복귀하지 않으니 다들 그렇게 알고 있었다.

8반 감방은 소란을 일으킨 도의적인 책임이 있다는 이유로 자물쇠가 잠겼다. 내일 아침 식사는 지급되지 않는다. 터벅터벅 구석에 자리 잡고 쪼그려 앉은 윤설이 숨죽이며 고개를 처박고 있었다. 내부의 대화 주제가 조금 전 화장실 사건으로 집중되자 아까보다 더욱 들썩이기 시작하는 두 어깨.

"이런 일이 생겨서… 참… 미안합니다. 내가 괜히 소란을 피워서 아침을 굶게 됐네요."

얼굴에 멍 자국이 남아 있는 광덕이 그렇게 말하자, 잠시 착잡해진 얼굴들. 그러나 금세 오묘한 계산수식이 떠올랐다. 광덕의 머리 위로 슈퍼마리오의 물음표 박스처럼 '1'이라는 숫자가 떠오르는 분위기. 여중생을 성폭행 위기에서 도와줌으로서 선플을 써줄 최소의 1인을 확보한 그는 몸싸움에 흐트러진 상태였지만 표정만은 홀가분해 보였다. 이에 뒤질 새라 오수정이 윤설에게 다가가며 말했다.

"팔꿈치 괜찮니?"

"네? 네…."

"어휴, 타박상이네? 큰일 날 뻔했다. 이럴 땐 얼음찜질을 해줘야 하는데…."

오수정이 밖의 교도관에게 얼음팩을 구해달라는 호소를 하는 동안, 이번엔 신영자가 빈자리를 꿰찼다.

"우선 아이를 쉬게 해야 될 것 같아요."

모두 윤설에게 신경이 쏠리는 동안 한쪽에서 참았던 불만을 터뜨렸다.

"레드볼이 뭐라고… 정말 이렇게까지 해야 되는 건지 최악이네요."

사람들의 시선이 일제히 구석에 앉아 있는 젊은 청년에게 향했다. 훤칠한 키에 준수한 얼굴. 시신 앞에서도 초연하려고 노력했으며, 어떤 일에도 논리정연하고 침착한 대응을 하던 청년, 그리고 윤설이 지목한 아우디 아이디의 주인, 장민환이었다.

"우리 그러지 말고… 힘을 모아 보는 건 어때요?"

"그게 무슨 말인가?"

"솔직히 고백하면… 우리 모두 죄인 맞아요. 악플 안 단 사람이 없죠."

쉽사리 인정하려는 공기가 아니자,

"사실 저도 기억은 안 나지만 달았을 거예요. 이렇게 인정하다니 부끄럽네요."

다시 정적이 흘렀다.

감방 안에 남은 인원 총 여섯 명. 처음에 입소했던 열한 명 중 다섯 명이 죽고 없는 것이다. 한 명은 첫날 죄수복을 벗어 던지고 소란을 피우다 죽었고, 세 명은 몰래 철책을 넘다 죽었고, 또 한 명은 오늘 화장실에서 강간을 시도하다가 끌려간 것이다(그리고 죽었을 것이다).

"에이, 뭐야 이건 또."

그때 기성이 벽을 타고 오르는 이름 모를 작은 곤충을 치기 위해 벽을 두들겼다.

"시끄러워요!"

신영자가 소리쳤다.

"나방 종류야. 거세미 나방이라고. 해가 되는 곤충이 아니니 냅두게."

광덕이 말했다.

그리고 이쯤에서 모두의 의견을 모으고 통합할 필요성을 느꼈는지 잠시 눈치를 보다가 계속해서 말했다.

"저 청년 말대로 우리 서로 반목하지 말고 힘을 합칩시다. 뭐가 됐든 간에. 힘 합쳐서 나쁠 건 없잖소?"

다들 수긍하는 분위기.

"그럼 어떻게 힘을 합치면 좋아요? 솔직히 탈출은 불가능하고….."

영자가 '탈출'이라는 단어를 말할 때는 목소리를 한층 낮추었다. 잠시 고민하던 민환이 다시 입을 열었다.

"칼로 든 자는 칼로 망합니다. 독재자는 독재로 망하고요. 이 말이 뭐냐면, 악플로 쓴 자는 악플로 망한다는 거죠."

"맞는 말이네."

"그러니까 우리… 서로 악플 달지 말아요."

"그게 무슨 소리예요?"

아직 앙금이 가시지 않은 듯 윤설이 새초롬하게 물었다.

"그러니까… 이곳의 게임 룰을 보면 상호발달평가를 하게 되어 있죠. 거기서 공감지수, 즉 선플을 많이 받는 자는 레드볼을 받고 조기 퇴소를 하게 되고요."

"그래. 그게 뭐 어쨌다는 건가? 다 아는 내용이잖나."

민환이 자세를 고쳐 앉고 말했다.

"그건 하나의 함정이에요."

"네에?"

영자가 몸을 움츠리며 말했다. 소름이 돋았다.

"그러니까 너희들이 악플로 잡혀 들어왔으니 서로 레드볼을 차지하겠다고 티격태격 악플을 달며 싸워봐라 이거죠."

"흠…."

"그건 우리를 조기 퇴소시키겠다는 것이 아니라… 운이 좋아 조기 퇴소하는 소수를 뺀 나머지를 모두…."

"죽일 수도 있다는 거로군."

광덕이 대신 말했다.

"여기선 즉결처분이라는 표현을 썼죠."

감방 안은 순간 왠지 모를 싸한 바람이 불었다. 한기가 느껴지는지 여자들은 팔뚝을 비비기 시작했다. 민환이 침을 꿀꺽 삼키고 다시 말했다.

"일찍 퇴소하면 좋지만, 그렇게 하느라고 서로를 비방하는 악플을 달아서 최악으로 치닫는 것은 절대 안 됩니다. 차라리 아예 100일 수감 기간 동안 별 탈 없이 함께 지낼 수 있도록 같이 화합하는 게 어떻겠습니까? 굳이 일찍 나가고 싶다면 그건 그거대로 방법을 강구해보고요. 서로 힘을 합치자는 말입니다. 모두 안 좋은 일로 만나게 된 사람들이지만, 지금으로선 그 방법밖에 없어요. 살기 위해선 뭉치는 수밖에."

다들 서로 눈길을 주고받더니 약속이라도 하듯 저마다 고개를 끄덕였다.

"우리 그럼 각자 소개라도 해요. 서로 수감번호 외에는 모르잖아요. 이러니까 꼭 정말 죄수같아요…."

영자가 그렇게 말하자, 수긍하는 분위기였다.

"우선 제안한 저부터 소개하겠습니다. 저는 스물아홉 살, 장민환이라고 합니다. 공무원 시험 준비하고 있었고요."

"저는 서른여덟 살이고 주부예요. 이름은 신영자고. 아들 둘에 딸 하나 있죠. 애 엄마가 되가지고… 정말 한심하죠?"

"저는… 윤설이요. 중2예요."

"전 간호사예요. 아니… 지금은 조무사인데 곧 간호사가 될 거예요. 스물일곱 살이고요. 이름은 오수정이에요."

모두의 시선이 구석에 앉아 있는 날카로운 인상의 청년 기성에게로 향했다. 마지못해 그가 입을 열었다.

"오글거려 죽겠네."

그리고 소개를 독촉하는 눈빛이 점점 많아지자,

"박기성. 서른 둘."

자기들끼리 눈을 주고받으며 쿡 웃는 여자들. 긴장이 어느 정도 해소되었는지 이미 세 사람은 가까이 붙어 앉았다. 남자들은 모르는 여자들만의 끈끈한 정이 나이와 환경을 초월한 풍경이었다.

"내가 제일 나이가 많나 보구만. 나는 부끄럽지만 올해 오십 둘이오. 개인 자영업하고 있고. 딸 하나 있소. 이름은 김광덕이오. 이렇게 안 좋은 일로 만나게 된 사이들이지만… 어쨌거나 힘 합쳐서 무사히 나가도록 해봅시다. 한번."

모두 두런두런 이야기를 주고받는 동안, 맨 위 구석에 달린 CCTV에서 붉은 센서가 규칙적으로 깜빡거렸다.

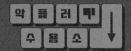

## 2장

# 너희들 중에 죄 없는 자만이
# 먼저 저 여자에게 돌을 던져라

Esc

*Qui sine peccato est vestrum*
*primus in illam lapidem mittat.*
- 너희들 중에 죄 없는 자만이
먼저 저 여자에게 돌을 던져라.-

- 요한복음(John) 8장 7절

# 생존자 명단

이름 : 박기성
나이 : 32세
직업 : 무직

이름 : 오수정
나이 : 27세
직업 : 간호조무사

이름 : 장민환
나이 : 29세
직업 : 사법고시 준비 중

이름 : 신영자
나이 : 38세
직업 : 전업주부

이름 : 김광덕
나이 : 52세
직업 : 인테리어 자영업자

이름 : 윤설
나이 : 15세
직업 : 중학생

# HP엔터테인먼트

***

서울 강남구 청담동 HP엔터테인먼트 사옥.

故 고혜나가 생전 소속되었던 기획사는 입구부터 한산했다. 지하 2층에 지상 4층이었는데 층고가 높은 탓인지, 아니면 외관 리모델링을 한 탓인지 꽤 웅장해 보였다. 중소기획사가 이 정도까지 성장할 수 있었던 것도 다 고혜나 덕분이었으리라. 그렇게 생각하면서 심 과장은 차를 주차시키고 1층 현관 쪽으로 걸음을 옮겼다.

한 달 전까지만 해도 대문짝만 하게 걸어두었던 고혜나의 화장품 CF의 한 컷 화보는 철거된 지 오래고, 어찌나 기자들과 팬들이 와서 들들 볶아댔던지 1층 입구에는 **[회사 관계자 외 출입 엄금]**이라는 푯말만이 떡하니 서 있었다. 심 과장은 사전에 유선상으로 만남을 예약하고 왔기에 1층에서 벨을 눌렀다.

"네. HP엔터테인먼트입니다. 어떻게 오셨나요"

"어제 전화 드린 심 과장입니다."

소속을 언급하지 않는 편이 나으리란 생각이 들었다. 잠시 후 "삐." 하고 슬라이드식의 통유리 문이 열렸다. 사무실의 전반적인 분위기는 적막했다. 입구 데스크에는 이십 대 초반의 경리 여직원이 앉아 있었는데, 이미 몇 차례 경찰과 기자들로부터 시달림을 받았는지 눈초리가 곱지 않았다. '또 시작이구나!' 하고 노골적으로 얼굴의 모든 근육에 담아 말했다. 앵무새처럼 수없이 했던 그 멘트.

"여기서 잠시만 기다려 주세요."

10분 후. 예상대로 대표는 심 과장을 보기가 껄끄러운지, 아니면 고혜나가 그리 된 후로 외부인을 만나기를 기피하는지, 법률대리인인 변호사가 모습을 드러냈다.

"커피 드릴까요?"

"그냥 녹차 주세요."

경리 여직원이 나가고, 심 과장은 가방에서 서류 파일을 꺼내들었다. 변호사의 눈길이 반사적으로 그리로 향했다. 누가 보면 참고인 조사처럼 보일까 봐 직업이나 직장의 성격이 '그런 게' 아님을 어필하기라도 하듯 시답잖은 잡담을 던지는 심 과장.

"요새 밀고 있는 걸그룹 나오는 예능 잘 봤습니다. 걸스클럽 맞죠?"

"그건… 혜나 씨 그룹이었습니다."

"그런가요?"

"네. 요즘 나오는 건 보이그룹이고요."

분위기 전환에는 실패.

"요새 상황도 안 좋은데 이렇게 방문을 허락해주시고, 협조에 응해주셔서 감사합니다."

"그게 제 역할이죠. 궁금하신 거 있으시면 얼마든지 답변해 드리겠습니다."

변호사는 준수하고 깔끔한 인상이었다. 그 반듯한 외모는 처음 보는 이로 하여금 신뢰감을 상승시키는 데 전혀 손색이 없었다. 말투에도 군더더기가 없고, 명함을 보니 강남에서 난다 긴다 하는 법률사무소에서 법무팀장까지 역임했다. '이렇게 유능한 인재가 어떻게 소속 연예인의 악플러는 퇴치를 못했을까?' 생각이 거기까지 미치자 그 무게 삽고 앉아 있는 모습이 여간 부질없어 보일 수가 없었다.

"2020년에 보니까… 한 번 악플러를 집단 고소한 적이 있더군요."

"네. 맞습니다."

"그때가 처음이었나요?"

"아뇨. 그 전에도 있었지만 고소를 취하했어요. 하도 피해자 쪽에서 빌었으니까요."

"물론 그 결정은…."

"혜나 씨가 했죠."

"그런데 또 고소를 하셨다는 거군요."

"네. 혜나 씨도 더는 견디지 못 했고, 회사 차원에서도 고소의 필요성을 느꼈으니까요."

"구체적으로 어떤 사건이 벌어져서 그런 겁니까?"

"특별한 계기가 있었던 것은 아닙니다."

"그렇다면?"

"쌓이고 쌓인 거죠. 혜나 씨가 더는 참을 수 없다고 대표님께 직접 하소연했어요."

"그렇군요. 그런데 대표님께서는 자리에 안 계신가 봅니다?"

심 과장은 불투명 시트지가 붙어 있는 응접실 밖을 내다보는 시늉을 했다.

"차 가져왔습니다."

때마침 여직원이 차를 준비해서 나타났다.

그녀의 등장 타이밍이 적절하다고 생각하는 심 과장. 왜냐하면 변호사는 그 순간 뭐라 대답할지 꽤 곤혹스러운 표정을 하고 있었으니까.

"지방에 일이 생겨서 내려가셨습니다."

물론 진실이라고 믿지는 않는다. 그냥 중소기획사의 대표로서 갑자기 쏟아진 국민적 관심과 경찰의 위압적인 태도, 거기다 고혜나 팬들의 등쌀을 감당하지 못 한 것. 그뿐일 것이다. 더구나 일반 경찰도 아니고, 교정수용소에서 간부가 나왔다고 하니 또 얼마나 치밀하고 살벌하게 탈탈 털어갈까 두려웠던 것이 틀림없다. 도의적 죄라는 것은 직접적인 가해자가 아니어도 살 떨리게 만드는 힘을 갖고 있으니까.

"그 당시 변호사님께서 고소를 진행하셨겠죠?"

"네. 몇 날 며칠을 준비했죠. 고소를 하기 위해 악플들을 수집했는데 너무 양이 방대했으니까요. 직원들을 동원해서 야근을 해가면서까지 악플을 수집했는데, 세상에 다음 날 모아보니 A4용지로 출력한 악플들이 저만한 걸로 세 박스나 되더군요."

변호사는 정수기 옆 바닥에 놓인 빈 라면박스를 가리키며 말했다.

"저런…!"

"그걸 들고 내려가는데, 누가 보면 특검이라도 나온 줄 알았을 겁니다. 지금 생각해도 기가 막히네요."

"안타깝네요."

"그렇죠."

"음… 평소에 고혜나 씨는 어떤 분이셨습니까?"

"네?"

"그러니까… 연예인 고혜나 말고 인간적인 면에서 말이죠. 물론 회사 동료시겠지만 아는 대로 말씀해 주시면 감사하겠습니다."

"인간적인 면에서라… 음… 글쎄요…."

"…."

"아! 공부하는 것을 좋아했어요."

"공부요?"

뜻밖이었다. 고혜나가 학구적인 인물이었나?

"혜나 씨는 대학에 진학하지는 않았습니다. 정규교육은 고등학교가 전부였죠. 하지만 매니저 말에 따르면 언제나 차에 책을 몇 권씩 들고 다닌다고 했어요."

"시집이나 에세이 같은?"

"아뇨. 역사책, 환경에 관련한 책, 정치나 사회적 이슈… 뭐 그런?"

"네?"

"놀라우신가요?"

"역사, 환경, 정치라…."

"혜나 씨가 알면 서운할 반응인데요?"

"아, 아. 그냥 의외여서요."

"유명한 역사 강사의 유튜브 동영상도 즐겨 봤고요. 역사에 관한 베스트셀러는 바로바로 구입해서 읽더군요."

"이런 말씀 좀 그렇지만… 혹시 이미지 메이킹 아니었을까요? 발언이 무례했다면 죄송합니다."

"전혀요."

변호사가 정색을 하고 대꾸했다. 그러면서 깔끔하고 우직한 인상이 마치 여왕을 지키는 병사라도 되는 듯 순간 일그러졌다.

"미안합니다."

"저와 대화를 했을 때 어딘가 남달랐어요."

"어떤 부분이요?"

"혜나 씨가 하루는 제 책상 앞으로 와서는 다짜고짜 병자호란에 대해 묻더군요. 이것저것… 뭐 아는 대로 대답해 드렸죠. 그런데 드라마 촬영 끝나고 와서 하는 질문이 갑자기 생뚱맞단 생각이 들어서 그건 왜 궁금해 하느냐고 물었더니 하는 말이."

"하는 말이?"

"드라마 대사 중에 이런 말이 있었대요. 극 중 아버지 역할이 말썽꾸러기 딸 역할을 하는 혜나 씨에게 '야, 이 환향년아.'라고 하는. 그래서 '**환향년**'이라는 어원에 대해서 자기가 알아봤는데, 그게 사실은 병자호란 때 중국에 끌려가 몹쓸 짓을 당하고 돌아온 여자들한테 하는 말이라는 거예요. 그걸 알고 충격을 받았다면서 병자호란에 대해서 아는 대로 말해 달라고 하더군요. 실은 제가 역사교육학과를 졸업했거든요. 기초적인 역사적 지식이지만 그걸 떠나서 참 기특했어요. 호란 당시 백성들의 생활상을 연구 조사한 논문까지 제가 들춰봤을 정도로."

뜻밖의 정보였다. 연예인을 비하하는 게 아니라, 웬만큼 명문대 나왔다는 연예인들은 뜨기 위해서 학벌을 내세우거나 방송에서 누군가가 언급해주기를 원한다. 심지어 굵직한 공직에 있는 사돈의 팔촌까지 끄집어내는 연예인도 있었다. 진부해보이지만 그럼에도 꽤 효과가 입증된 마케팅이다. 하지만 고혜나는 그 어디에도 속하지 않았다. 정작 본인은 고졸이었고, 조사한 바에 따르면 심지어 부모는 모두 중졸이었으니까.

"그뿐이 아니에요. 해외에 화보 촬영을 간 적이 있었는데, 돌아와서 우리 사무실 직원들에게도 선물을 돌렸죠. 그런데 그게 다 예쁜 펜이나 노트, 다이어리, 독서받침대… 이랬다니까. 꼭 쓰지 않아도 문구점에 가면 노트 같은 것을 무턱대고 사더라고요. 보통 남는 시간에 쥬얼리샵이나 패션몰을 찾는 다른 연예인들과 달랐어요. 아, 참! 경리과장님의 딸이 여덟 살인데, 초등학교 입학할 땐 해리포터 전집을 사줬다더군요."

"왜 그런 성향을 갖게 되었다고 생각하십니까? 혹시 짚이는 데라도?"

"조심스러운 제 개인적인 생각입니다만…."

"편하게 말씀하세요."

"그냥 대학을 가지 못한 열망 때문 아니었을까 싶어요. 물론 대학을 꼭 가야 하는 건 아닙니다. 가고 싶은 사람만 가면 되죠."

"음…."

"근데 혜나 씨는 가고 싶은데 못 간 경우에 속했어요. 공부를 더 하고 싶었을 겁니다."

"집안이 어려웠다는 말은 저도 들었습니다."

"네. 그래서… 저희 사무실에 여직원이 한 명 있는데…."

"방금 그분?"

"네. 그 직원도 고졸이에요. 여상을 나와서 회계를 맡고 있죠. 그런데 그 친구가 야간대학에 갈 수 있도록 등록금까지 대줬어요."

"등록금을 대주다뇨? 누가요? 고혜나 씨가요?"

"네."

정말 놀랄 노자였다. 물론 기부를 몇 천 했네, 몇 억 했네 하는 선행기사는 봤지만. 소속사 일개 경리직원의 대학 등록금까지 대주다니.

"이쯤에서 의구심이 드는군요. 변호사님 말씀대로라면 고혜나 씨는 언제나 성실하고 배움에 열망이 크며, 안타까운 사람을 돕는… 그런 성품의 인물이네요?"

"적어도 저는 그렇게 생각합니다."

"그런데 대체 왜 그렇게 지독한 악플에 시달린 겁니까? 뭘 잘못했다고요?"

"사실은…."

변호사는 잠시 망설이더니 앞에 놓인 찻잔을 입에 가져다댔다. 그제야 찻잔이 앞에 놓여 있음을 깨달은 심 과장. 역시 따라서 마셨다. 식어버린 녹차.

"사실… 회사 대표님께서도 크게 혼을 낸 일이 있긴 있었어요."

"무슨 일로요?"

"혜나 씨가… 선배 연기자이자 톱스타였던 모 여배우를 SNS에서 저격한 일이 있었거든요."

"저격이라고요?"

\*\*\*

주말 연속극에서 복수에 성공하고, 당찬 21세기형 여주인공 역할을
찰떡같이 소화해낸 고혜나. 그리고 그 여파를 몰아 연말 시상식에서는 최
우수연기상 수상, 몇 달 후 할리우드 영화 〈And Butterflies Fly〉에 조연
이지만, 시크릿 키를 쥐고 있는 나비 분장을 한 동양인 자객으로 출연한
덕에 칸 영화제 입성까지! 그야말로 고혜나의 경사, 소속사의 경사였다.

물론 고혜나 자신도 노력했다지만 그 노력에 비하자면 몇 십, 아니
몇 백 배에 달하는 성과물이었다. 바로 찍은 CF만 해도 화장품, 의류,
아파트, 에어컨, 통신사, 온라인게임, 거기다 톱스타들만 찍는다는 주
류 광고까지 다 합치면 무려 서른 개나 되었다. 소속사와 배분하고, 세
금 납부하고, 이것저것 뗀다고 해도 통장에 찍히는 숫자는 실로 어마어
마했다.

다들 그것이 한때라며 물 들어올 때 노 저으라고 질투 어린 충고들
을 쏟아냈지만, 좀처럼 그 불같은 인기가 사그라들지 않은 것은 고혜나
개인의 성격 탓이기도 했다. 떴다고 자만하지 않고 오히려 겸손하고 자
신을 낮췄으니까. 익을수록 숙이는 벼처럼 그녀는 자신을 챙겨준 연속
극의 선배 연기자들을 일일이 찾아다니며 감사를 표시했고, 또 그들의
대학로 연극무대에까지 축하한다며 찾아가는 성의를 보였다. 명절 때마
다 고향에 못 가는 스태프들을 살뜰히 챙기는 등 다들 감동 그 이상의
도가니에 빠뜨린 것은 당연지사!

소속사에서는 고혜나가 그야말로 황금 알을 낳는 거위였다. 그저 그런 걸그룹 출신으로 잘 해봐야 단막극 조연급 연기자가 될 줄 알았던 그녀가 소속사 홈페이지 메인을 장식하는 주력상품이 되었으니, 아니 아예 먹여 살리는 가장이 되어버렸으니 말이다. 소속사 측에서는 계약 만기가 다 되어가자 재계약을 위해 고혜나의 비위를 맞추기 급급했다. 하지만 "떴다고 해서 같이 고생한 사람들 나 몰라라 안 해요. 저 그런 사람 아니에요."라며 흔쾌히 계약서에 도장을 찍은 것. 이러니 대표가 예뻐할 수밖에.

어지간해서는 수많은 시나리오 중에서 고혜나가 고른 작품을 최대한 존중해줬고, 찍기 싫다는 CF는 출연료가 얼마가 됐든 거절했으며, 화보나 영화 촬영 일정 등 그녀의 개인 스케줄에 두말없이 맞춰 주었다. 소속사에 다른 연기자들은 그걸 편애라며 툴툴댔지만, 그런 그들을 먹여 살리는 것조차 고혜나였기에 대표는 거뜬히 묵살할 수 있었던 것. 그렇다. 그녀는 명실상부 HP엔터테인먼트의 여왕이었던 것이다.

그러던 어느 날. 여느 때와 같이 웃음이 나와야 할 대표의 사무실에서 고성이 오갔다. 그리고 잠시 후 나온 고혜나는 인상을 찡그리며 선글라스를 쓰고 회사를 나선 것. 대표 말에 따르면 "오냐 오냐 하니까 이젠 아주 상전노릇을 하네. 그냥 내 상투까지 잡아라. 잡아!"가 전부였다. 분위기가 싸한 데다가 업무의 연장도 아니었기에 입사한 지 얼마 안 된 변호사는 더 관심을 두지 않았지만, 다음 날 아침에 뜬 인터넷 기사를 통해 정황을 알 수 있었다.

[고혜나, 제대로 된 역사의식이 없는 사극은 출연하고 싶지 않아.]

[역사 왜곡에 앞장서는 배우는 되기 싫어요.]

　기사 본문에는 그녀의 선배 연기자이자 진작 성공가도를 달리고 있던 여배우 황민아가 퓨전사극에서 중전 차림의 한복을 입고 있는 사진이 떡하니 실려 있었다. 그 사극은 메이크업이나 등장인물들의 한복이 고증이 필요하다는 지적을 받은, 또 고혜나가 출연을 단박에 거절한 작품이었다.

# 수감 10일 차

\*\*\*

수감 10일 차 되던 날의 아침.

죄수들은 저마다 아침 식사를 하고 감방으로 돌아와 악플을 필사하고 있었다. 오늘 던져준 악플은 꽃미남 연예인 주민혁의 기사에 달린 악플들이었다.

[거지 같이 생긴 게 호빠에서 일하면 딱이네.]

[이 새끼 예전에 군 면제 받으려고 기 쓴 새끼 아님?]

[얘네 가족 다 꼴 보기 싫음. 에미 애비가 아들 등골 빼먹고 살던데 ㅋ]

'어휴… 진짜 루저… 너보단 백 배 낫거든?'

수정은 낄낄대며 신이 난 기성을 보며 눈살을 찌푸렸다. 배우 주민혁은 자신이 가장 좋아하는 배우일뿐더러 사회적으로 기부도 열심히 하고, 팬서비스도 훌륭하기로 소문났기 때문이다. 억지로 없는 말 지어내며 한 글자 한 글자 옮겨 적으면서 뭐라 구시렁댔지만, 다들 거기에 신경 쓸 겨를이 없었다. 누구는 천장을 보고 멍하니 있고, 누구는 필사하다 말고 딴짓을 하고. 제각기 무슨 생각엔가 잠긴 얼굴들이었다.

"넌 누가 와?"

"아무도요… 언닌요?"

"나도. 뭐 좋은 일이라고."

영자와 수정이 그렇게 말을 주고받았지만, 딱 거기까지였다. 더 이어가지 않아도 지금 서로 어떤 기분인지, 뭘 걱정하고 있는지 누구보다 잘 알고 있으니까. 그러면서 그녀들은 조심스럽게 여중생인 윤설을 곁눈질로 훔쳐보았다. 어찌나 깨물었던지 아랫입술이 헐대로 헐어 있었지만, 그래도 윤설은 질경질경대며 초조함을 감추지 못 했다. 비단 오늘 아침에 팬티에 핏빛이 살짝 보여서만은 아니다.

"수감번호 1513!"

철커덩!

쇠붙이 소리에 심장도 내려앉을 뻔했다. 윤설이 반사적으로 벌떡 일어섰다. 키가 166쯤 됐나? 그렇게 서 있는 뒷모습을 보니 말만 중학생이지, 뒤에서 보면 영락없이 성인처럼 봐도 무방했다.

"1층 면회실로 갑니다. 따라 나오세요."

벌떡 일어났을 때와는 달리 막상 나가려니 발이 바닥에 붙은 듯 굳어버린 윤설. 윤설이 안에서 빠져나오자 다시 문은 잠겼다. 안에서 가만히 그 뒷모습을 좇는 사람들.

***

"설아…!" 하고 아빠는 힘주어 불렀고, 엄마는 보자마자 의자에 털썩 쓰러져버렸다. 의연하게 대처하려던 처음의 각오는 어디 가고 윤설은 벌써부터 와르르 하고 무너지는 기분이었다.

"엄마… 아빠…."

학원에 간다고 집을 나가서 그길로 열흘 만의 만남이었다. 그렇게 딸아이가 없어지고 난리도 아니었다. 학원에 전화하고, 친한 친구들 집마다 찾아가고, 덜컥 무서운 마음에 112에 신고도 하고, 두 부부가 안 해본 일이 없었다. 근방 윤설이가 갈 만한 곳은 CCTV 좀 보여 달라고 사정사정을 했고, 혹시 성범죄에 노출이 된 건 아닐까 싶어 같은 반 남학생들은 모조리 용의선상에 올리는가 하면, 이도저도 아니면 가출을 했나 싶어 두 부부가 서로 탓을 미루며 싸우기도 했다. 열흘 넘도록 별별 일이 많았다. 그런데 바로 어젯밤에 걸려온 전화.

― 윤설 학생 부모님이십니까? 여기는 온라인 범죄행위자 교정수용소입니다. 따님께서 이곳에 수감되어 있습니다."

보이스피싱인 줄 알았다. 아니면 전단지를 보고 누군가 장난전화라도 한 줄 알았다. 하지만 퀵배송으로 처음 윤설이 입고 나갔던 옷가지와 가방, 핸드폰 등을 택배로 받아 본 순간, 윤설의 엄마는 실신하기에 이르렀다. 1월 1일 오전에 공중파 3사에 동시 방송됐던 대통령의 대국민 연설을 모르는 바 아니었다. 그 시간에 윤설의 엄마도 커피 한잔을 기울이며 방송을 봤으니까.

'인터넷에 그 못된 악플들을 쓴 사람들을 앞으로 강력하게 처벌하겠다.' 뭐 이런 내용이었는데 자세한 조치방안도 몰랐을 뿐더러 그것이 '수감'해버리는 시설인 줄은 더욱 몰랐고, 더욱이 그것이 내 일이 될 줄은 생각조차 안 해봤다.

지금 이게 꿈인가 싶었다. 뭔가 잘못된 거겠지. 하지만 눈앞에 나타난 딸 윤설은….

"엄마! 내가 잘못했어! 진짜 잘못했어! 엄마 나 어떡해?"

윤설은 엄마 품에 와락 안기더니 대성통곡부터 했다. 기가 찼다. 목이 메도록 한참 울다 정신을 차리고 딸의 얼굴을 떼고 말했다.

"이게 무슨 일이야? 응? 윤설 너 대체 이게 무슨 일이야? 엄마, 아빠가 얼마나 놀랐는지 알아?"

"미안해… 나도 몰랐어. 정말이야."

"얼굴은 왜 반쪽이 됐어? 왜 이렇게 엄마 속을 썩여? 응? 너 이제 어떡할 거야? 여기서 뭐래? 응? 너한테 뭘 어떻게 한 거야? 그 옷은 다 뭐야. 난 몰라…."

면회 제한시간 20분. 정해진 시간 안에 될 수 있으면 이성을 차리고 대처하자는 남편과의 약속은 잊은 지 오래. 하늘이 무너지는 기분에 엄마는 악을 썼다.

"어떻게 키운 내 딸인데. 무남독녀 귀한 내 딸. 공부도 잘하고, 얼굴도 예쁘고, 예의도 바르고 싹싹해서 남들이 다 부러워하던 내 딸. 열 아들 부럽지 않던 내 딸이. 곧 외고 입학이 따놓은 당상처럼 눈앞에 있는 금쪽같은 내 딸이 악플러라니…!"

"그래. 여기서 뭐라고 해? 얼마나 있어야 한대?"

아빠가 대신 물었다. 리처드 기어를 닮은 외모와 관자놀이 옆으로 살짝 브릿지를 넣은 듯한 흰머리는 사십 대 중후반 남성의 섹시한 매력을 한층 더했다.

"백 일…."

그러자 엄마가 또다시 입을 틀어막고 울었다. 이번엔 아예 테이블에 얼굴을 박고. 백 일이면 삼 개월 하고도 열흘이다. 그동안 학교 수업은 어떻게 할 것이며, 곧 외고 입시를 앞두고 있는데 이렇게 공백으로 두다니! 생각이 거기까지 미치자 머릿속이 터져버릴 것만 같았다.

"뭘 어떻게 했기에 네가 여기 온 거야? 아빠한테 솔직하게 말해야 아빠가 도와주지."

윤설은 구석에 자리한 교도관을 힐끗 보더니 힘겹게 입을 열었다.

"나 악플 단 적 없어…."

"그럼?"

"악플을 단 게 아니라… 셀카 찍었는데…."

"얼버무리지 말고 똑바로 말해봐."

"그냥 악플을 내가 직접 쓴 건 아니고, 그냥 유튜브에서 댓글들이 있기에 공감 버튼 눌렀거든…. 그리고 그냥 그 앞에서 셀카 찍고…."

아빠는 어처구니없다는 듯 눈을 줄곧 마주쳤지만, 이윽고 얼굴 가득 안도의 미소가 떠올랐다. 악플 근절 정책을 한답시고 이렇게 닥치는 대로 잡아들이다니. 대충 가닥이 잡혔다. 모든 정책에는 부작용이 있기 마련. 딸아이는 미성년자고, 마구잡이로 끌려온 희생양에 불과하다. 그렇다. 딸 윤설이 그 부작용의 증거였다. 유튜브 댓글에 공감 버튼 누르고,

셀카를 찍었다는 이유 하나로 끌려온 건 길 가는 사람 백 명을 붙잡고 물어봐도 어불성설이다. 아무리 고혜나가 대한민국을 대표하는 톱스타기로서니 그녀의 죽음이 이런 얼토당토않은 파장을 불러일으키는 건 말도 안 된다. 국민적 관심을 악플 근절로 돌릴 만큼 거대한 '음모'가 있지 않는 한. 그런 아빠의 얼굴에서 희망을 엿보았는지 윤설이 의기양양해서 말했다.

"근데 조기 퇴소할 수도 있대. 잘만 생활하면 일찍 보내준대. 집에."

"어떻게? 어떻게 하면 그럴 수 있는데?"

질책이 배어 나오는 질문이었다.

"서로 평가해서 좋은 평가 받은 사람은 레드볼인가? 그걸 받아서 나올 수 있대."

"레드볼? 그게 뭔데? 여기서 그렇게 말했어?"

"응… 그 레드볼이 무슨 점수나 상 같은 건가 봐. 그럼 거기 해당하는 조건대로만 하면 나갈 수 있대."

그렇게 말하면서도 아빠의 눈치를 안 볼 수가 없는 윤설. 이러니저러니 해도 무조건 편 들어주는 엄마와는 성격 자체가 다른 아빠였다. 조기유학을 보내야 되네 마네 엄마가 그렇게 설레발을 쳤을 때에도 일찍 서양 물 먹으면 애를 망친다느니, 기러기 아빠로 만들 거면 이혼도장부터 찍고 가라느니… 언제나 말수가 적고, 엄마가 하자는 대로 하던 아빠였지만, 항상 가장 중요한 시점에서는 묵직한 고집을 피우곤 했다. 그것이 곧 법이고, 진리로 알고 살았다. 엄마가 학원을 여러 군데 보내는 것도 실은 알고 보면 아빠의 허락 없이는 불가능한 일들. 용돈도, 간식도, 쇼핑도, 고민상담도 모두 엄마의 전담 같았지만, 그 모든 것이 가능한

데에는 아빠라는 큰 산이 있었음을 모를 리 없는 윤설. 그렇기에 놀라우리만큼 이성적인 아빠의 꽉 다문 입술과 근심 어린 눈빛이 울고불고 난리치는 엄마보다 더욱 가슴에 사무쳤다.

"일단 알았어. 엄마, 아빠가 또 면회 올게."

"아빠…."

그렇게 면회가 파하고 돌아가는 윤설 부모. 공터 한가운데에 부부의 외제 세단이 어울리지 않게 주차되어 있었다. 여전히 눈물을 훔치며 차에 몸을 싣는 아내. 윤설의 아빠는 끊었던 담배를 입에 물고 라이터를 찾다가 저쪽 정문(이라고 부르기도 애매한) 앞에서 보초를 선 경비대원과 눈이 마주쳤다. 사실 들어올 때부터 기분 나쁜 인간이었다. 게다가 의무복무가 아닌, 어쩐지 따로 고용된 직원이라는 느낌을 떨칠 수 없었다. 나이도 마냥 젊지만은 않아 보였고, 험상궂은 얼굴이 소싯적에 '어깨질'깨나 한 것처럼. 깡패새끼도 아니고. 하여간 기분 나쁜 공간이란 말이야.

"후." 하고 뿌연 연기를 내뿜으며 하늘을 올려다본 윤설 아빠의 눈에 건물 옥상 꼭대기에 걸린 'LOVE'라는 글자가 들어왔다. 녹이 줄줄 슨 채로. 그러다 무슨 생각에서인지 그는 아내에게 말했다.

"당신, 차에서 좀 기다려. 나는 여기 소장이란 사람을 좀 만나고 올게."

다시 수용소 건물로 발길을 돌리는 윤설의 아빠.

재킷이 바람에 쌩 하고 날렸다.

# 사망 1년 전

*****

"반성의 기미가 엿보인다거나 초범이라는 이유로 대부분 처벌이 약했죠. 그래도 필요하시다면 얼마든지 가져가세요."

심 과장은 커다란 라면박스를 품에 안은 채 HP엔터테인먼트 사옥을 나왔다. 세상에서 제일 무거운 게 종이라는 말도 있다. 안에는 사무용 A4용지가 한가득이었다. 이게 다 고소를 위해 수집해 두었던 악플들이라니.

늦은 밤. 바로 집으로 퇴근한 심 과장은 식구들이 먼저 잠든 것을 확인한 후에야 홀로 식탁에 앉았다. 그리고 트렁크에서 꺼내온 박스더미 중에서 손에 잡히는 대로 한 뭉텅이를 올렸다. 한 사람에게 폭격처럼 쏟아진 저주들이라고 생각하니 읽기도 전에 등골이 오싹했다. 대체 그녀는 뭘 그렇게 잘못했을까. 한참을 노려보다가 문득 갈증이 난 심 과장은 냉장고를 뒤졌다. 캔 맥주 하나, 아니 두 개와 먹다 남은 건빵 부스러기를 꺼내 다시 자리에 와 앉았다. 대단한 각오라도 하듯 숨을 크게 내뱉은 뒤, 맨 앞 장부터 읽어 내려갔다.

*** 

[고혜나, 제대로 된 역사의식이 없는 사극은 출연하고 싶지 않아.]
[역사 왜곡에 앞장서는 배우는 되기 싫어요.]

[본문]
역사의식이 올바르게 정립된 배우만이 사극을 찍을 자격이 있다고 생각해요. 그렇지 않고 단순한 재미를 우선시한다면 그것은 사극이 아니라 그냥 판타지 드라마죠. 저도 물론 화려한 공주 역할 너무너무 하고 싶죠. 그런데 제 역할만 신경 쓰고 역사적 고증은 나 몰라라 한다면, 제 드라마를 보고 많은 국민이 역사에 대해 곡해하거나 잘못된 인식을 갖게 될 것 같아요.

누군가는 저에게 "드라마는 드라마로 봐라."라고 하지만, 그 말만큼 무책임하고 맹목적인 변명은 없다고 생각해요. 현대 사회에서 사극이란 더더욱 그렇죠. 제 팬 중에는 어린 친구들이 많은데, 요즘 역사 과목도 필수 과목에서 배제됐다면서요? 그런 와중에 제가 역사를 왜곡하는 드라마에 나온다면 그것이야말로 악영향이라고 판단했어요.

김 감독님은 제가 존경하는 분이지만, 개인적 친분으로 출연하기엔 저도 고민을 많이 했어요. 결국 고사하기로 했죠. 이해해주시리라 믿어요.

이러한 인터뷰 기사가 나가자마자 댓글이 3,000개가 넘게 달렸고, 당시에 방영 초기였던 퓨전사극 측에서는 HP엔터테인먼트에 항의를 해왔다. 지금 막 촬영 중인 드라마에 재를 뿌리냐는 둥, 여주인공인 황민아 씨에게 무슨 억하심정이 있냐는 둥, 고사했으면 했지 왜 그런 악성 인터뷰 기사를 하는 저의가 뭐냐는 둥 하루 종일 HP엔터테인먼트의 전화기는 불이 났다. 그것은 대표의 개인 핸드폰도 마찬가지였다. 급기야 소속사로 긴급 호출된 그녀.

"악의라뇨? 그냥 리포터가 드라마를 고사한 이유가 뭐냐고 묻기에 대답했을 뿐이에요."

"야, 너는 그냥 적당히 둘러댈 줄도 몰라? 뭐 하러 구구절절 속마음을 다 끄집어내서 이 사달을 내냐고?"

"그게 그렇게 잘못한 거예요?"

"지금 잘잘못을 따지자는 게 아니라, 그냥 융통성 있게 좀 대충 얼버무리면 뭐가 덧났냐 이거야. 내 말은."

고혜나 이거 오기만 하면 혼꾸멍을 내줘야지 했던 대표도 고혜나가 막상 눈을 깜빡거리며 당돌하게 나오자 힘을 못 썼다. 틀린 말은 아니지만 "앞으로 좀 조심하겠습니다." 하면 뭐가 덧나나.

"댓글들 보셨죠? 제 욕하는 댓글들도 있지만 대부분 저한테 수긍한다고요. 그러니까 그 드라마에서 난리가 나지. 안 그래요?"

"야, 그건 그런데…."

"전 무개념 배우는 되고 싶지 않아요. 아니 세상에… 조선 역사를 뒤져봐도 정명공주가 말 타고, 활 쏘고 백성을 구한 일은 없다고요. 더구나 광해군을 무조건 나라 망친 폭군으로 그려놓고… 그런 드라마는 확망해야 된다니까요."

"야! 너 입조심 안 해?"

"말이 그렇다고요."

"아, 저게 오냐 오냐 하니까 이젠 아주 상전노릇을 하네. 그냥 내 상투까지 잡아라. 잡아!"

대표가 또 뭐라 뭐라 잔소리를 했지만, 이내 가방을 챙겨 들고 휙 대표 방을 나서는 고혜나. 마침 안에서 옥신각신하는 소리에 귀를 묻고 눈치를 보던 사무실 직원들이 그녀와 눈이 마주치자 황급히 고개를 숙였다. 그대로 나가려다 말고 돌아온 고혜나. 선글라스를 낀 채 변호사에게 이렇게 말했다.

"광해군도 참 운도 없어요. 안 그래요?"

"네?"

"역사는 승자의 기록이라는데, 요새 재평가 받아서 좀 살 만하나 했더니 저런 말도 안 되는 사극이나 나오고. 참 피곤하겠어요."

"아…네. 뭐 그렇죠."

그렇게 고혜나가 다음 스케줄을 위해 매니저와 함께 사라진 후 변호사는 포털 연예뉴스를 눌렀다. [고혜나, 제대로 된 역사의식이 없는 사극은 출연하고 싶지 않아.] 이 기사에는 정말 수천 개의 댓글이 달렸는데, 그중 베스트 댓글 3위는 대충 이러했다.

└ 1위. 솔직히 맞는 말. 사실 역사적으로 광해군은 외교술의 귀재였음.

└, 2위. 그렇다고 선배 저격하는 인성.

└, 3위. 출연료도 셀 텐데 거절하다니ㅠ 좀 멋있는 듯.


그리고 바로 아래 랭킹에는 그 문제의 퓨전사극에 여주인공으로 출연하면서 이번에 고혜나의 저격 대상이던 여배우 황민아의 기사가 있었다. 댓글에는 안 좋은 악플들이 수두룩했다. 내용인즉, 여배우 황민아가 자신의 SNS에 X자가 그려진 마스크를 쓰고, 우스꽝스러운 셀카를 찍어 올렸다가 돌연 3분 만에 삭제를 했다는 것. 대체 그것이 뭐가 문제여서였을까? 뭐가 문제여서 또 네티즌들이 흥분하는 걸까? 변호사는 역시 스크롤을 내려 댓글 목록으로 이동했다. 역시 베스트 댓글 3위에 그 해답이 나와 있었다.


└, 1위. 헐 미친 거 아님? 고혜나 남동생이 언어 장애인인 거 비꼰 거잖아!

└, 2위. 와, 진짜 치졸하다. 저격당했다고 복수하는 것 좀 봐. ㅋ

└, 3위. 황민아 머리 텅텅. 인성 텅텅.

# 수감 11일 차

*****

부모님과 면회 후 윤설은 눈에 띄게 수척해졌다. 펑펑 울며 자신보다 더 슬퍼하던 엄마, 내색은 안 하지만 실망한 기색은 물론이고, 근심이 많아진 아빠. 집에 강아지도 없고, 활력을 불어넣을 자식이라고는 외동딸인 자기 하나뿐인데, 이렇게 수감되어 있으니. 그것도 불명예스러운 '악플'이라는 죄목으로 말이다. 매끼 식사마다 먹는 둥 마는 둥 하던 윤설을 걱정하는 여자들이 위로를 한마디씩 보냈지만 전혀 소용없었다.

감방 안. 지하에 위치한 감방인지라 창문이 없어 밖을 내다볼 수는 없지만, 복도 끝에 달린 작은 쪽문을 통해 빗소리가 희미하게 들려왔다. 감방이 복도 중간쯤 위치해 있었으니, 실은 빗소리가 희미한 게 아니라 그만큼 억수같이 쏟아지고 있다는 뜻.

더욱 가라앉은 공기. 수정은 무엇보다 개운하게 샤워하고 싶은 마음이 간절해서 마른 수건으로 목덜미와 발바닥 등을 닦아내느라 분주했다. 그리고 몇 시간째 벽을 보고 돌아 누워 있는 윤설. 아까부터 윤설을 지켜보던 영자가 문득 눈물을 왈칵 쏟았다.

"언니, 왜 울어요?"

어리둥절한 수정이 물었다.

"아무것도 아니야."

"왜요? 왜 그러는데?"

영자는 한 번 더 풀이 죽어 누워 있는 윤설을 보더니 흐르는 눈물을 주체하지 못 했다.

"쟤 보니까… 갑자기 집에 애들 생각이 나서."

"어휴."

"엄마가… 이렇게 엄마가 못난 사람이어서 이런 데나 끌려오고. 아무것도 모르는 우리 애들은….."

"울지 마요. 곧 나갈 수 있을 거야."

"…."

"아니면 남편한테 애들 좀 데려오라고 하는 건 어때요?"

"안 돼! 그건 안 돼!"

사시나무 떨 듯 파르르 떨며 영자가 이미 잠긴 옷깃을 목 끝까지 여몄다. 아이들한테 이런 모습을 보여줄 수 없었다.

"착한 말을 해야 예쁜 아이야."

"엄마는 고운 말을 쓰는 아이가 좋아."

"우리 아들은 유치원에서 칭찬을 많이 받았네? 엄마 너무 행복하다."

전업주부로 살면서 아이들과 지지고 볶고 지내온 일상들이 눈앞에 펼쳐졌다. 때로는 친구처럼, 때로는 포근한 엄마처럼, 또 때로는 엄격한 선생님처럼. 아이들이 굳이 말을 안 했어도 영자는 알 수 있었다. 삼 남매의 눈에 비친 자신이 어떤 엄마로 각인되어 있는지를. 그런 자식들에게 지금의 이 모습을 보여줄 수가 없었다. 이 낡고 음산한 수용소 건물로 와서 붉은 죄수복을 입고 있는 엄마를 본다? 죽었으면 죽었지 절대 안 될 말이었다. 애초에 윤설을 위로하려던 영자의 마음에 덩달아 그늘이 드리웠다.

"그러니까 자식 보기 쪽팔린 짓은 하면 안 되지."

조금 전까지만 해도 코를 골며 자던 박기성이 언제 깼는지 다짜고짜 쏘아붙였다.

"뭐라고요? 방금 뭐라고 하셨어요?"

"다 들어놓고 뭘 모른 척해."

"그쪽이 뭘 안다고 지껄여요!"

"내가 모르는 건 또 뭔데? 쿡. 솔직히 아줌마도 악플 달아서 끌려온 거잖아."

"그래서 지금 반성하고 있잖아요! 남의 속도 모르면서! 당신 결혼 안 했지? 당연히 애도 없을 테고? 그러니 뭘 알아."

"당연히 안 했지, 결혼. 세상 참 그지 같아. 부모가 된다고 해서 꼭 어른이 되는 건 아닌데, 대부분의 인간들은 무턱대고 애부터 싸지른다니까. 순서를 몰라요, 순서를. 그러니 애새끼들이 뭘 보고 배우냐고."

"뭐, 뭐예요? 말 다 했어? 야! 너 나랑 한번 해보자는 거야?"

정말이지 한판 붙어볼 기세로 영자가 팔을 걷어붙였지만, 주변에서 극구 말렸다. 또 토끼 마스크 사내의 눈밖에 나면 밥을 굶어야 될 수도 있으니까.

"자식한텐 절대 이런 모습 못 보여주지."

아까부터 두 사람의 대화를 듣고 있었던지 광덕이 나직이 중얼거렸다.

"인생 공부 톡톡히 하는구만. 톡톡히 해…."

수정은 광덕에게 더는 위로의 말을 붙이지 않았다. 이미 며칠 전에 그에게 자기 또래의 딸 하나가 있다는 얘기를 들었다. 반에서 1등을 도맡을 정도로 똑똑했지만, 여상을 나와서 바로 취업할 정도로 효녀라고. 위안부 피해 할머니들께 봉사활동하면서 만난 남자친구와 결혼을 앞두고 있다는데 아마 더 괴롭겠지. 혼자 그런 생각을 하며 더는 말을 꺼내지 않았다. 저마다 (충분히 예상이 가는) 생각에 잠겨 있었다. 정적이 찾아왔고, 그 틈을 빗소리가 헤집고 들어왔다. 영자는 분이 가시지 않은 채 여전히 씩씩대고 있었다.

투두둑….

쏴아아아아아….


*** 


쏴아아….

사선으로 쏟아지는 장대비를 바라보며 소장은 옴짝달싹도 안 했다. 벌써 이십 분째 창가에 서서 저러고 있다. 심 과장은 소장이 아무 말이 없자 이어서 말했다.

"그렇게 인기가도를 달렸으면 좋았을 텐데… 고혜나 씨는 계속해서 개인적인 발언을 하면서 이슈의 중심이 되어버린 겁니다."

"이슈의 중심이라."

"네. 선배 연기자를 저격한 발언은 시작에 불과했던 거예요."

"예를 들면."

"정치적 발언을 하기 시작했죠."

그제야 흥미를 느끼는 듯 소장이 시선을 외로 꺾고 물었다.

"어떤."

"뭐 특별히 어느 정당의 편에 서서 정책을 지지한다거나 하기보다는… 화제가 되는 정치뉴스마다 토를 단 거죠. 이건 이렇고 저건 저렇다, 누군 잘했고 누군 잘못했다…."

"정치에 원래 관심이 있었나."

"딱히 그런 건 아니었답니다."

"연예인이 정치에 대해서 뭘 알아. 그저 보이는 대로 믿고 따지고 들 줄이나 알지."

"…."

그것이 소장의 한계라고 심 과장은 생각했다. 일을 해결하는 데 있어 정의라는 미덕을 발휘하곤 하지만. 명문 고등학교를 나와 경찰대 수석졸업, 그리고 출셋길은 탄탄대로인 '엘리트의 벽'을 넘어서지 못했다. 적어도 심 과장의 눈에는 그렇게 비쳤다.

"더구나 SNS에 그렇게 자기 할 말 다하는 고혜나 씨를 기사화한 연예부 기자들도 문제였죠. '자, 오늘 일용할 양식이다. 살기 힘든 중생들

아. 물어뜯어라!' 이렇게 말이에요. 그렇게 네티즌들이 한꺼번에 달려드는데 어떻게 살아남겠습니까?"

"스물아홉 살이면 정신상태도 성숙할 나이 아닌가."

"에이. 요즘 스물아홉 살이 어디 어른입니까? 애죠, 애. 악플로 정신이 무너진 마당에 육체라고 무사했겠어요? 보통 정신력이 아니고서야… 필사적으로 버틸 만큼 버텼겠죠."

"듣다 보니 너는 꽤 고혜나에게 우호적인 입장이야."

"우호적이라뇨."

"애들이 예전에 고혜나 팬이었다지. 너도 시사회에서 사인도 받고."

밤새워 읽어도 다 읽지 못한 악플들. 퇴근하고 하루 세 시간씩 읽는다고 쳐도 열흘은 우습게 지나갈 만큼의 양이었다. 사실을 말했을 뿐인데. 그러면서도 정곡을 찔렸다는 것을 들키고 싶지 않아서 한마디 보탰다.

"부정적일 것도 없지 않습니까?"

"수고했어. 그동안 수감자들의 수감상태와 고혜나 주변인 조사 실태에 대해서 서면으로 요약 보고하도록 해."

"네."

"고혜나 사건 관련해서 들어온 1차 죄수들 말이야. 곧 레드볼 지급할 때 되지 않았어."

"내일입니다."

# 악플 방지 방안에 관한 포럼

*＊＊＊*

일요일 저녁 8시.

입소하고 맞는 두 번째 일요일이었다. 이들은 첫 평가가 무효가 된 후 다시 재평가를 했고, 그 결과를 오늘에야 확인할 수 있었다. 저녁 식사를 마치고 감방에서 대기 중인 죄수들. 서로 주고받는 눈빛이 예사롭지 않았다. 제일 연장자인 김광덕(52)부터 해서 신영자(38), 박기성(32), 장민환(29), 오수정(27), 그리고 제일 연소자인 윤설(15)까지.

남녀를 나누어 앉았던 처음의 배치와는 달리 이제 그들은 서로 허물없이 섞여 앉아 있었다. 모두 둥글게 모여서 말이다. 다만 여성 세 명은 자기들끼리 손을 맞잡고 있었다.

뚜벅 뚜벅 뚜벅….

삭막하게 이어진 기다란 복도에서 교도관이 걸어오는 소리가 들렸다. 소리가 차츰 가까워질수록 그들은 침을 꿀꺽 삼켰다. 마치 다짐이라도 하듯 결의에 찬 눈빛들. 토끼 마스크를 쓴 사내였다. 마스크를 쓰고 있어서 그 너머의 표정을 볼 수 없었지만, 그는 아마 처음과 달리 제법 결속이 다져진 죄수 무리를 흥미롭게 여기고 있음이 틀림없었다. 이윽고 싸늘한 목소리로 그가 입을 열었다.

"모두 1층 다목적실로 이동하겠습니다."

***

허름하게 컴퓨터 두 대만 있던 다목적실.

기분 탓인지 평소보다 서늘한 온도. 한가운데에는 어느새 폭이 넓은 테이블이 떡하니 자리를 차지하고 있었다. 그 위에는 대충 날개가 서툴게 잘려진 사과박스가 놓여 있었고, 의자는 없었다. 그것이 전부였다.

왼쪽 벽에는 사람 한 명 들어갈 만한 크기의 허름한 캐비닛이 유물처럼 자리했지만 쓰임새는 없어 보였다. 평가 결과를 확인하기 위한 비장한 의식치고는 기대 이하로 조촐한 차림에 죄수들은 긴장이 탁 풀렸다. 아니, 내심 안도하고 있다고 해야 맞을 것이다.

토끼 마스크 사내는 아까부터 옆구리에 끼고 있던 파일을 펴고 (이미 사전에 확인했는지) 건성으로 두세 장 넘기며 말했다.

"1주 차 상호발달 평가 결과가 나왔습니다."

그의 착 가라앉은 심드렁한 목소리가 잠깐 방 안에 울려 퍼졌다. 죄수들은 또다시 눈빛을 주고받았다. 아까부터 손을 잡고 있던 영자, 수정, 윤설은 서로 쥔 손에 신호라도 보내듯 힘을 주었다.

"여러분이 평가한 동료 죄수 중에서… 만장일치로 고득점을 받은 죄수가 나왔습니다."

맞잡은 손과 손에서 미세한 두근거림이 전해졌다.

***

"만장…일치라고."

"네, 그렇습니다."

"어떻게 그런 결과가 나올 수 있지."

"글쎄 저도 잘은… 수감 도중 다른 죄수들에게 꽤나 두터운 신뢰를 얻은 모양입니다."

"알겠네. 자세한 건 돌아가서 이야기하도록 하지."

차에서 내린 소장. 마의 단추를 여미던 손길이 부질없어졌다. 언제 어디서인지 단추가 빠진 모양이다. 일하는 하우스키퍼마저 내쫓고 나니 완벽하게 홀아비 신세를 절감하는 순간. 차라리 마의를 벗어둘까 했지만, 이미 까만 관용차는 왼쪽 내리막길로 이어진 지하주차장으로 미끄러지듯 내려갔다. 몇 시간 전부터 내린 안개비로 호텔 건물 앞 인도는 축축하게 젖어 있었다. 회전문을 열고 들어가자마자 화환들이 즐비하게 늘어서 있었다. 국회의원, 각 기관의 장, 그룹 인사기획실 등에서 보내 온 것들이다. 그때 누군가가 중앙 로비에서 아는 체하며 반가이 악수를 청해왔다.

"어서 오시오. 나도 방금 왔습니다."

"오랜만에 뵙습니다."

두 사람은 두런두런 이야기를 하며 호텔 안으로 사라져갔다.

이윽고 도착한 10층 대회의실. 회의실 연단 위에는 **[2024년도 제1차 악플 방지 방안에 관한 포럼 / 법무부 후원]**이라는 플랜카드가 떡하니 걸려 있었다. 그리고 연단에 나가 모임의 주최인 격인 법무부 차관이 기조연설을 10분 여간 늘어놓은 뒤 정식 토론이 시작되었다.

직사각형의 기다란 테이블에는 빳빳한 화이트의 테이블 클로스가 격식 있게 깔려 있었고, 그 위에는 생수와 포럼에 관한 팸플릿이 놓여 있었다. 소장은 [온라인 범죄행위자 교정수용소장]라고 쓰인 네임꽂이 앞에 자리를 잡았다. 총인원은 스무 명이었다. 주최자인 법무부 차관이 먼저 입을 열었다.

"다들 참석해주셔서 감사합니다. 몇 년 전까지만 해도 이런 주제로 모임이 있을 거라고는 생각도 못 했는데 말이죠."

[인권위원회] 기획실장이 받아쳤다.

"그러게 말입니다. 악플 방지 방안에 대해 이렇게 우리가 머리 맞댈 날이 오다니. 그래도 오늘 속 시원한 해답까지는 아니더라도 개선에 도움이 될 만한 의견은 나왔으면 하는 바람입니다."

"자, 우선 여러 사회 각계 전문가들의 의견과 또 국민들의 설문조사를 통해서 간추려 뽑은 방안에 대해서 먼저 소개하겠습니다. 그 방안에는… 첫째로 다들 아시다시피 인터넷 실명제가 있습니다. 둘째로는 처벌 수위를 강력하게 하자는 거고, 셋째는 기존대로 댓글은 달 수 있되 악플일수록 그 댓글의 폰트 색깔을 희미하게 하는 게 어떻겠냐는 의견도 나왔습니다. 그리고 넷째로…."

그때, [한국인터넷협회] 회장이 시큰둥한 얼굴로 말했다.

"실명제는 사실상 불가능합니다."

"왜죠?"

"왜긴 왭니까? 실명제 하면 흔한 이름을 쓰는 사람만 불리하지 않겠소? 예를 들면 김철수가 악플을 달았는데, 전국의 김철수란 김철수는 죄다 용의자가 되는 꼴이 되잖습니까. 반대로 특이한 이름을 쓰는 사람은 더 불리하죠. 예를 들면 뭐 맹귀동이라는 사람이 댓글을 쓰면 그 사람 지인들은 맹귀동이가 인터넷에서 뭘 하고 다니는지 다 알 수 있고 말입니다. 그건 또 하나의 사생활 침해지요. 뭐 다 아시면서 그러시네."

그러자 어디선가 푸념이 터져 나왔다.

"현대인들은 대체 왜 자신의 본명에 책임을 지는 삶을 회피하려는지 몰라."

법무부 차관이 이어서 진행했다.

"이런 의견도 있습니다. 베스트 댓글, 줄여서 베플이라고 하는데 그것을 폐지하자고도 하네요. 이것도 하나의 방법이 될 수 있을까요?"

"그렇다고 볼 수 있죠."

이번엔 [악플방지위원회] 위원장이 말했다. 그녀는 교육자 출신으로 인권단체에 잠시 투신했다가 지금은 총리의 추천으로 악플방지위원회의 수장이 된 인물로 여전히 낭만에 빠져 산다는 지적이 곳곳에서 나오는 인물이었다.

"악플이 베스트 댓글이 되면 그렇게 생각하지 않았던 사람들까지 다수의 의견에 동조하게 만드는 묘한 힘을 갖고 있어요. 기존에 했던 것처럼 누구나 댓글을 달 수는 있되 '베스트' 자체는 폐지하는 것도 좋은 방법이겠네요."

"의견 감사합니다. 처벌 수위를 강력하게 하자는 의견도 나왔는데
요."

"그 처벌 수위라는 것이 명확하지 않잖아요? 게다가 반발도 무시 못
할 테고요…."

역시 이번에도 그녀가 말했다.

"자세히 말씀해주시겠습니까?"

"아직 그 어떤 관련 법안이 발의된 건 아니지만… 제 생각은 좀 위험
할 것 같다는 거예요. 대체 그 처벌이라는 게 어떤 식으로 이루어지는
지가 관건이죠. 지금은 개개인의 인권을 중요시하는 자유민주화 시대인
데, 가령 악플러에게 징역 몇 년 내지 취업제한 몇 년 이런 식으로 대가
를 치르게 한다면 자칫 인권 침해로 변색될 우려도 있고요."

"인권 침해라뇨! 남의 인권 짓밟은 것들이 뭔 놈의 인권 타령이랍니
까!"

[깨끗한 인터넷세상만들기 변호사회]의 회장이 언성을 높이며 따지
고 들었다.

"매일 아침 출근하자마자 우리 변호사회 홈페이지에 보면요. 무료법
률상담게시판에 어떤 글이 올라오는지 아십니까?"

"피해자들이 상담 글을 올리나요?"

"천만에! 오히려 가해자들이 글을 올립디다! '내가 인터넷게임을 하
다가 상대방한테 이래저래 욕을 했는데 상대방이 고소를 한대요. 저 정
말로 고소당할까요?' 또는 '영화배우 누구 기사에 댓글을 달았는데 며칠
후에 연락이 왔어요. 법원으로 출두하래요. 징역 먹을까요?' 더 가관은

뭔지 아시오? '지난주에 회식하고 돌아오는 길에 도로에서 음주측정을 했는데 걸려서 면허증을 제시한 일이 있었습니다. 그런데 경찰이 제가 예전에 악플 달아서 벌금 낸 전력을 확인할 수 있나요?' 이게 대체 말입니까? 막걸립니까?"

"…."

그녀는 상대의 흥분에 최대한 동요되지 않으려는 듯 앞에 놓인 물컵에 입을 가져다댔다.

변호사회 회장은 도통 한번 높인 언성을 낮출 줄 몰랐다.

"도대체 얼마나 가해자들이 구린 게 많으면 그런답디까? 그래놓고도 지 잘못은 생각도 안 하고 지 살 구녕만 찾느라고 바쁘니… 그런데 무슨 인권입니까? 인권은! 거 앞서서 어떤 분이 실명제 하면 안 된다고 하셨지만, 악플러의 힘은 전적으로 그 '익명성'에서 나옵니다! 그 익명성을 아주 그냥 찌개 찌꺼기 걷어내듯 확 걷어내버려야 된단 말입니다!"

한 방 먹은 악플방지위원회 위원장은 꿀 먹은 벙어리가 됐다. 아니, 실은 '그렇게 당신이 감정적으로 대응을 하니 의뢰인들이 하나둘씩 떨어져 나가지'라고 비아냥대고 싶은 마음이 컸다. '운영하던 변호사 사무실이 돈벌이가 안 되니 요즘 추세에 편승해서 그럴싸한 협회 꾸린 걸 모르는 사람도 있나?' 하고 코웃음.

"사실 처벌 수위를 높이자는 데는 동의합니다. 그런데 저는 그 범위에 대해서 생각을 해봤는데요."

가만 듣고 있던 주최자인 법무부 차관도 한 의견 보탰다.

"저는 그 범위를 악플에 공감 버튼을 누른 사람들까지 포함시켜야 된다고 봅니다."

"예에? 재밌는 말씀하시네요. 껄껄."

한국인터넷협회 회장이 흥미롭다는 듯이 물었다.

"쉽게 얘기하자면 세 사람이 있는데 두 사람 사이에서 폭력이 벌어졌다. 그럼 남은 한 사람은 그 폭력을 방관하거나 가해자에게 득이 되는 행위를 할 경우 처벌을 받습니다. 공범이라고도 하죠. 그래서 말인데… 이 악플이라는 것도 일종의 폭력이거든요. 이 폭력이 사회 전반에 걸쳐 만연하니까 오늘 우리가 이렇게 모인 것 아닙니까? 그러므로 저는 그 악플에 공감을 누른 사람 역시 공범이라고 봅니다. 칼을 쥔 가해자에게 얼른 죽이라고 등을 떠미는 것과 마찬가지죠."

"참 법무부 차관다운 말씀이시네요."

악플방지위원회 위원장이 한숨을 쉬며 말했다. 장내 분위기는 한껏 고조되어 있었다. 인권위원회 기획실장이 화제를 바꾸듯 발언했다.

"아까 처음에 말씀하신 악플의 색깔이 옅어지게 하는 것도 좋은 방안 같은데요? 포털마다 자기들만의 기준을 내세워서 반대수가 몇 이상이다 하면 그때부터 폰트 색을 옅어지게 하는 겁니다. 그러다 일정기준을 초과하면 아예 하얗게… 그러니까 눈에 안 보이는 거죠. 기발한 것 같은데요?"

하지만 그럴싸한 대안이 되지 못했는지 분위기는 금세 썰렁해졌다. 이어서 [올바른 기자연합회]에서 대표로 나온 기자가 침묵을 깨고 말했다.

"여러분들의 의견을 듣고 있다 보니까 참 기자로서 부끄럽네요. 저희 기자들 역시 도의적인 책임감을 느낄 따름입니다."

"기자님은 어떤 의견을 갖고 계시나요?"

악플방지위원회 위원장이 한층 부드러운 톤으로 물었다.

"이건 제가 평소에 가끔 생각한 겁니다만⋯."

"기탄없이 말씀해보세요."

"인터넷이 대중화되기 시작하면서 숱한 언론사들이 등장했죠. 저조차도 '그런 신문사가 있었나?' 싶을 만큼 아주 다양해졌어요. 저는 그중에서 가장 악영향을 끼치는 것은 굉장히 정치편향적인 언론과 연예인을 스토킹에 가까운 취재를 하는 언론, 이렇게 크게 두 가지라고 생각합니다. 그중에서도 〈레알티비뉴스〉나 〈miss서치〉같은 삼류 연예잡지사가 문제예요. 그들은 언제나 기사제목에 자극적인 단어를 사용하죠. 속보는 기본이고요. '극단적 선택', '특종', '단독취재', '파경논란', '베일에 감춰진', '깜짝 포착'⋯ 등등. 가짜언론인들이죠. 아니 더 솔직히 말하자면 조회 수의 노예들이에요."

"유명하죠, 거긴."

"게다가 홍보대행사도 문제예요. 그들은 몇 백씩 받아요. 그리고 그들이 쓴 기사가 꽤 알려진 언론사 기사로 나가고요. 나 참. 제가 알던 가장 기가 막힌 것은 미국FDA 승인을 받기도 전인 의료기기를 이미 승인을 받은 것처럼 애매하게 말을 꾸며서 기사를 낸 의료기기회사도 봤습니다. 말이 딴 데로 샜네요."

"아닙니다. 계속해보세요."

"어쨌든⋯ 그런 사이비 언론이 판을 칠 수 있는 것도 인터넷 포털 때문이에요. 기자이면서 한 인간으로 바라는 건데, 솔직히 실시간 검색어 순위를 매기는 것이 아예 없어졌으면 할 때도 있어요. 조회 수를 높이기 위해 자극적인 기사를 쓰고, 그 자극적인 기사가 조회 수가 높아지면 실시간 급상승 검색어가 되고, 결국 포털 메인에 떡하니 뜨고… 이게 계속해서 악순환입니다. 포털에서 트래픽을 쥐락펴락하니까요. 우리나라도 아예 미국처럼 연예가 뉴스를 알고 싶으면 자기가 선호하는 언론사 홈페이지에 가서 보게 해야 해요. 이른바 '아웃링크'죠. 포털은 그냥 검색엔진으로서의 역할만 하게 해야 된다는 거예요. 저는 솔직히 정권이 바뀔 때마다 언론 개혁 좀 시원하게 해줬으면 한답니다. 괜히 시끄러워질까 봐 겉으로 말을 안 해서 그렇지."

"음… 갑자기 예전에 재미있었던 〈연예가24시〉라는 프로그램이 떠오르네요. 매주 금요일 저녁에 연예가 뉴스 보도하던 추억의 프로그램이죠. 그런데 2010년 이후 스마트폰이 대중화되기 시작하면서 누구나 손쉽게 연예인 뉴스를 접할 수 있게 됐어요. 결국 프로그램 폐지로 이어졌죠. 아까운 프로였는데…."

그렇게 악플방지위원회 위원장이 감상에 젖은 얼굴로 맞장구를 쳤다. 이윽고 장내는 정적이 흘렀다. 열변을 토로한 기자의 말에 수긍하면서 착잡한 기분을 감출 수 없었기 때문이다. 팔짱을 끼고 묵묵히 듣고 있던 법무부 차관은 생수를 쉬지 않고 반 정도 들이키더니 한숨을 쉬며 말했다.

"얘기만 들어도 우울하군요. 그런데 참 웃긴 건 그런 악플러들의 대부분은 꼭 나중에 선처를 바란단 말이죠."

"선처란 권선징악이 제대로 작동되는 사회에서나 통용되는 꿈같은 이야기입니다."

순간 모두의 시선이 일제히 한 사람에게 쏠렸다. 토론 시작 후 40분이 지나도록 그 어떤 발언도 하지 않은 [온라인 범죄행위자 교정수용소]의 소장이었다. 법무부 차관은 의아하다는 듯이 말했다.

"물론 악플러 중에는 선처를 맹목적으로 바라는 이도 있지만, 또 일부는 실제로 바뀌기도 하더군요. 극소수여서 문제죠."

소장은 코웃음을 쳤다. 더 이상 당신들과 이 자리에 있는 것이 시간 낭비라는 듯이 장내를 둘러보며 눈을 마주치더니 자리에서 일어나며 말했다.

"그들의 가식에 속지 마십시오. 세상에 가식이 아름다운 건 '연기'밖에 없으니까요."

# 첫 번째 레드볼




\*\*\*


"수감번호 1510번."

토끼 마스크 사내가 그다지 즐거울 것 없는 목소리로 부르자, 박기성이 어색하게 손을 들었다.

"이쪽으로."

박기성은 사내가 손짓으로 가리킨 대로 앞으로 나갔지만, 그가 사과 박스 앞으로 다시 방향을 지시하자 쭈뼛쭈뼛 그 앞에 섰다. 테이블 정중앙이었고, 다른 죄수들의 표정이 일일이 다 보이는 자리였다.

"레드볼 획득을 축하합니다."

"감, 감사합니다….."

"수감번호 1510번은 식사 시 배식 줄을 동료 죄수에게 양보하고, 비오는 날 담요를 양보하는 등의 선행을 했다고 합니다… 쿡…!"

토끼 마스크 사내는 도저히 못 참겠다는 듯이 입을 틀어막았지만 이내 부동자세를 취했다.

그러자 불안한 눈길들이 사내에게 쏟아졌다.

"입소 첫날 공지한 바와 같이 우리 수용소에는 규칙이 있지요. 상호 발달 평가를 통해서 공감지수를 가장 많이 받은 수감자는 '레드볼'을 획득하게 되는데, 그 레드볼은 100일 동안 수감기간을 다 채우지 않고도 나갈 수 있는, 즉 조기 퇴소를 할 수 있는 수단입니다. 하나 고르실까요? 고른 레드볼은 자동이행이 될 테니 고르기만 하면 됩니다."

사내가 턱짓으로 사과박스를 가리키자 그리로 박기성의 불안한 눈길이 옮겨졌다. 박스 안에는 크리스마스 장식 볼을 연상케 하는, 그러니까 여기서 말한 그 '레드볼'이라는 것이 한가득이었다. 그 의미를 알아내지 못한 박기성이 돌연 어정쩡한 손짓을 하며 죄수들에게 구조의 눈길을 보냈다. 이를 알 리 없는 죄수들은 그저 상황을 지켜볼 뿐.

에라 모르겠다는 심정으로 박스에 손을 넣고 뒤적거리더니 아무거나 하나를 들어 올렸다. 반응은 아까보다 더 조용했다. 토끼 마스크 사내가 그것을 건네받은 뒤 볼을 두 손으로 움켜쥐었고, 큰 힘 들이지 않고도 반으로 갈라진 볼이 갈라졌다. 안에는 하얀 종이가 고이 접혀져 있었다. 사내가 펼친 종이를 읽었다.

"수감번호 1510번은 오늘부로 즉각 조기 퇴소가 정해졌으며, 조기 퇴소 조건은 향후 30년간 손목 팔찌 부착입니다. 축하합니다. 박수 치세요."

# 손목 팔찌

***

[형이 악플러 수용소에서 살아 돌아온 후기 푼다. 궁금하면 들어와라.]

한 시간도 안 되어서 조회 수는 순식간에 1,000을 넘겼다. 우후죽순 달린 댓글들.

스크롤을 내려가며 낄낄대다가 이따금 댓글에 댓글을 다는 박기성. 발바닥을 벅벅 긁는 손가락 사이에 목숨이 거의 닳은 담배가 꽂혀 있었다. 다 먹은 사발면 용기 안에는 담뱃재가 눅눅하게 떡 져 있었다.

"에이… 씨발."

키보드에 손을 갖다댈 때마다 덜그럭거리는 소리가 불쾌했다. 기성은 담배를 어금니에 물고 두 손목을 번갈아가며 쏘아봤지만 영 뾰족한 수가 없었다. 500g 정도의 무게를 지닌 팔찌는 금속 재질로 마치 로마 영화에 나올 법한 노예들의 수갑처럼 면적이 넓었다. 나중에 동네 똘마니들을 만나면 촬영용 아이템이라고 한번 놀려나 주려던 처음의 생각도 시간이 지날수록 불편함이 밀려오자 눈 녹듯 사라져버렸다.

벗을 수도 없다. 24시간 원격 감시 시스템이 탑재된 전자 팔찌는 무슨 원리에서인지 몰라도 악플을 다는 즉시 관제본부로 정보가 송출된다는데, 사실 여부는 모른다. 그러나 어겨봤자 좋을 건 없다는 것쯤은 확실하다. 이딴 걸 앞으로 30년이나 차고 살아야 한다니… 차라리 전자 발찌가 낫겠는데. 은근히 성질이 뻗쳐오자 위아래 마른 입술이 잇몸 안쪽으로 말렸다. 그러나 그것도 잠시.

"크크큭… 이 새끼들 뭐라는 거야."

어느새 조용했던 방 안은 낄낄 새어나오는 웃음소리로 가득했다.

"아휴, 담배냄새!!! 새벽에 기어 들어와 가지고 잘 하는 짓이다! 아우, 저 화상 저거. 귀신은 뭐 하나 몰라. 저런 새끼 안 데려가고!"

방문을 벌컥 열고 중년의 여성이 그렇게 소리쳤다. 가느다란 눈썹과 찢어진 눈매가 박기성과 닮은 얼굴. 방 한구석에 기울어가는 간이침대를 발로 걷어차며 더 뭐라 뭐라 하더니 제 발이 아픈지 오만상을 찌푸리며 발을 잡고 동동거렸다.

"아이, 진짜…! 한 번만 더 해! 아주 싹 엎어 버릴 테니까! 씨!"

스무 살에 낳아서 혼자 아등바등 기르느라 지 젊은 날 다 보냈다는 여자는 또 거짓말을 한다. 야간 요양보호사 좋아하시네. 노래방 도우미로 꿀 빠는 주제에. 박기성이 줄곧 보고 있다는 사실을 아는지, 모르는지 하이힐에 혈관이 흉하게 돌출된 발을 욱여넣었다. 엉덩이가 무거워

끙차 하고 일어나면서 몸의 중심을 잡지 못해 펄럭이는 코트. 순간 분 냄새와 향수 냄새가 역겹게 버무려져 풍겼다.

게슴츠레한 눈을 하고 가스렌지 쪽으로 다가간 기성. 아무 냄비나 열어보니 말라비틀어진 참치찌개 찌꺼기뿐. 뿍 하고 시원하게 방귀를 뀌더니 말했다.

"밥이나 하고 가, 배고파!"

"지랄하네. 손이 없어? 발이 없어? 네가 해 처먹어. 등신아!"

이번엔 전기밥솥을 열어봤다. 메주 쉰내가 확 풍겼다.

"집구석 자알 돌아간다… 그동안 나 없다고 외박한 건 아니지? 설마?"

배를 긁으며 불만스럽게 눈을 치켜뜨자, 기성의 엄마는 소리가 나도록 콧김을 내뿜더니 핸드백에서 만 원 세 장을 꺼내 신경질적으로 바닥에 내던졌다. 알면서 더 문제 불거지게 하지 말라는 일종의 타협안이었다.

"알아서 시켜먹어. 새끼야."

"오만 원!"

"저 화상."

기성의 엄마는 지갑에서 만 원짜리 두 장을 꺼내 얼굴에 휙 하고 뿌리더니 도망치듯 현관을 박차고 사라졌다. 몇 번 너울너울 춤을 추다 발등에 떨어진 지폐. 기성은 낄낄대며 중국집에 짜장면 곱빼기와 탕수육 소를 시킨 뒤에 잽싸게 컴퓨터 앞에 앉았다.

[수용소에서 뭐했음? 고문당함?]

ㄴ [ㄴㄴ. 그냥 상담하고, 밥 처먹고, 악플 필사인지 나발인지 하고, 게임 몇 번 하다 끝.]

[왜케 쉽게 풀려남? 진짜 수용소 다녀온 거 맞냐?]

ㄴ [ㅗ 궁금하면 니도 가보든가.]

[형님! 고혜나 악플 어떻게 달았기에 잡혀간 겁니까? 미리 예방하게 팁 좀 알려주십쇼.]

ㄴ [스위트 라이프 캐슬 입성한 거 다 몸 대주고 들어간 거라고 축하한다고 했는데 지랄임 ㅋ]

[그거 하나만 적었는데 끌려간 거야? 약한데?]

ㄴ [아, 그리고 고혜나 레인지로버 구입한 기사 났기에 타고 가다 바퀴 바람 빠져서 뒈지라고도 했음. ㅋㅋ]

.

.

.

.

.

기사 : [일본도 접수한다. 인간 흥행보증수표 고혜나의 활약.]

ㄴ 일본?? 오~ 머리 좋은데?? AV배우 하면 딱이겠다.ㅋㅋㅋ 쪽바리 취향 인정.

기사 : [석양사진 업로드, 혜나야 힘내자! SNS 댓글 달려.]

∟ 저런 독한 년은 쉽게 안 죽음.

∟ 쟤 가정환경부터 밑바닥이라며—— 악만 남아서 기를 쓰고 저 자리까지 올라간 년인데 어떻게 죽음? 그 많은 돈은 아까워서 어떻게 죽냐?


기사 : [할리우드까지 접수한다! 국민배우 고혜나 단독취재.]

∟ 거기 가서 김치 냄새 풍기지 마라. 나라 망신도 아니고——;;

∟ 하다 하다 양키한테도 몸 대준 거야?? 이야, 잘 나가네~


기사 : [신차 구입 고혜나, "안전운전 할거예요."]

∟ 발 연기로 3억 벌고. 살기 존나 편하지?? 그 차 타고 가다 교통사고나 나서 뒈지시길~~~

# 사망 8개월 전

*** 

[발 연기로 3억 벌고. 살기 존나 편하지?? 그 차 타고 가다 교통사고나 나서 뒈지시길~~~]


"혜나야! 어서 와! 주인공이 왜 이렇게 늦어?"

"응? 으응…."

보고 있던 스마트폰을 끄고 서둘러 달려간 자리에는 첫 차인 레인지 로버가 주차되어 있었다. 일반 서민 아파트가 아닌, 이렇게 고급 아파트니까 주차 칸도 독점할 수 있는 거 아니냐며 아빠가 극찬하던 그 1인 칸에 말이다. 고사를 지낸답시고 막걸리를 바퀴에 뿌리며 아빠가 물었다.

"이게 그 에쿠수보다 좋은 거라고?"

벌써 몇 번째 같은 질문이지만, 이번엔 함께 자리한 매니저와 팀장을 의식한 질문이었다.

"응. 대표님께서도 추천해주셨어. 나랑 같이 영화 찍던 태수 오빠 알지? 그 오빠도 이 차 타고."

"히야…."

아빠는 막걸리를 바퀴에 부으며 연신 감탄을 했다. 준비해온 돗자리를 깔고 간단하게 구운 오징어 한 마리와 사과 배 각각 반쪽씩 양옆에 놓고는 절까지 하신다. 한사코 말렸지만 소용없었다. 자고로 새 집, 새 가게, 새 차가 생길 때는 이렇게 고사를 지내야 무탈한 법이라며. 당신께서는 그 누구보다 더 신이 난 듯 보였다.

"우리 딸 뼈 빠지게 일해서 번 돈으로 산 찹니다. 앞으로 우리 딸 좋오오은 일만 생기게 해주시고, 안전하고 또 안전할 수 있게 도와주십쇼. 앞으로 자알 부탁합니다아."

빌고 또 비는 아빠의 목소리에선 미안함이 묻어 나와 있었다. 다들 집에 하나씩은 있는, 주말에는 가족 나들이를 가고, 명절에는 온 가족을 태우고 저마다 고향으로 내려가던 그 흔한 자가용이 그녀의 집에는 없었다. 그저 '자전차'라고 불리는 허름한 자전거 한 대만이 있을 뿐이었다(그마저도 아빠가 지방 공장에서 5년 만근 선물로 받은).

성공한 지금은 레인지로버가 있지만, 성공하기까지 그녀를 있게 만든 것은 자전차였다. 연습실까지 오가는 차비를 아끼기 위해 아빠가 출근 전이면 꼭두새벽마다 일어나서 자전차로 그녀를 태워 서울과 경기도를 오갔다. 혹자는 불가능하다며 코웃음치겠지만, 남들의 불가능도 가능으로 녹여야 했던 것이 그녀에겐 인이 박힌 일상. 더 말해 무엇하랴.

문득, 자전차를 서울 사람들이 보고 비웃을까 두려워 아빠에게는 지하철역 두 정거장 쯤 전에서 내려달라고 했던 기억이 그녀를 움찔하게 만들었다. 아빠는 당신의 자전차를 부끄러워 한 딸의 레인지로버에 좀처럼 눈을 떼지 못했다.

"지 누나가 이렇게 좋은 차 산 걸 알면 녀석이 얼마나 좋아할까?"

아빠가 작게 중얼거렸다.

"다음 주에 준우랑 벚꽃놀이 같이 가자, 아빠."

"그나저나 말이다."

아빠가 그녀에게 손으로 입을 가리며 속닥거렸다.

"네 에미한텐 연락 없지? 번호 차단한 거 맞지?"

"아, 당연…."

윙.

그때, 타이밍 적절하게 온 메시지.

[(예약문자) 고혜나님, 이번 주 수요일은 정신건강의학과 진료일입니다.]

옆으로 밀어 지우기를 누른 후, 이어서 말했다.

"…하지… 차단했고 말고…."

\*\*\*

"혜나야. 다 왔어."

"응. 나 잠깐 차에 있다 내릴게."

화보촬영을 위해 경기도 고양시에 위치한 촬영지에 도착한 고혜나. 시간은 오후 3시 반. 약속시간까지는 아직 30여 분이 남아 있었다. 매니저는 담배를 태우기 위해 차에서 내렸고, 안에는 아직 잠에서 깨지 않은 스타일리스트 두 명만이 피곤에 절어 코를 골았다. 고혜나는 뒷좌석에 앉은 그들을 룸미러로 흘낏 보더니 스마트폰을 꺼내들었다. 그리고는 연예뉴스 탭을 클릭했다.

오늘 있을 화보는 창간된 지 100년이 넘은 패션, 라이프스타일, 뷰티에 이르기까지 업계에서 단연 탑인 〈버진〉. 한국판 〈버진〉이 생긴 이래 첫 표지모델로 그녀가 낙점된 것이다. 오늘은 두 번째 촬영이었는데 그야말로 영광스러운 일이었고, 당연히 기사는 아침부터 뿌려졌다.

[고혜나, 실제 비율 맞아? 8등신의 위엄 눈길.]

랭킹에는 1, 2, 3 모두 고혜나로 관련된 기사. 그중 첫 타이틀을 클릭했는데, 정작 보고자 한 것은 본문이 아닌 댓글이었다.

└ 1위. 노출 민망함. 저런 건 집에서 혼자 찍고 보시길.

└ 2위. 개성그룹 아들은 이미 본 적 있겠지?ㅋ

└ 3위. 애쓰시네요.

두 번째 기사를 클릭했다.

[서 있기만 해도 화보, <버진>의 뮤즈가 된 고혜나.]

└ 1위. 가슴도 없으면서 저런 건 왜 찍음?

└ 2위. 그나저나 선배 저격한 건 사과했어요?

└ 3위. 얘 인성 황민아 저격했을 때 이미 드러난 거 아닌가? 새파랗게 어린 게 아역부터 다져온 20년 차 선배를 까다니. ㅋㅋ

세 번째 기사를 클릭하려던 고혜나는 문득 창문을 두드리는 촬영 스태프의 기척에 화들짝 놀라고 말았다. 손을 흔들며 안으로 곧 들어오라는 제스처였다. 애써 웃으며 손으로 오케이 모양을 하는 고혜나.

"어… 언니 도착했네요. 죄송해요. 저희가 깜빡 잠들었어요."

스타일리스트들이 눈을 비비며 일어나더니 서둘러 메이크업 도구를 챙겨 나섰다. 점퍼를 벗어두고 막 나가려던 그녀는 이미 화면에 뜬 세 번째 기사 본문을 내리기 시작했다. 위로 터치해서 올리는 그녀의 오른쪽 엄지손가락이 파르르 떨리고 있었다.

┗ 1위. 그냥 내 생각인데 얘는 좀 척 좀 안했으면 좋겠음. 아는 척, 잘난 척, 똑똑한 척. 무식하면 가만 좀 있어야 되는데, 정치에 대해서 아는 척하는 거 꼴불견. 고졸이라며.ㅋ 그것도 검정고시라는데. ㅋㅋ

┗ 2위. 재벌하고 사귀니까 갑자기 신분 상승된 것 같은 착각이 드나 봄.

┗ 3위. 헐 <버진>표지모델 이미 딴 애로 내정되어 있었는데 얘가 가로챘다더니… 소문이 맞나 봐. 진짜 저 바닥 뭐 있는 듯.

어떻게 촬영을 마쳤는지도 모른다. 눈부신 조명 앞에서 디렉터가 원하는 대로 또 그동안 몸이 기억하는 대로 포즈를 잡으며 촬영을 한 것이 무려 네 시간이었고, 입은 옷은 총 열아홉 벌이었다. 그러는 동안 딱히 특정한 생각을 한 건 아니었다. 다만 언제나 염두에는 오늘 뜬 기사에 달린 악플들이었다. 선배 연기자인 황민아는 아역부터 차근차근 올라온 20년 차 배우였지만, 자신 역시 16살 때부터 연예계 물을 먹어 와서 십수 년 차인데 모를 리가 없다. 아까 본 악플들은 단지 자신이 갖고 있는 아름다움을 시기해서 단 게 아니라, 비난하기 위해 달았다는 것을.

"혜나 씨. 이거 받아요!"

늦은 밤이 되어서야 끝난 촬영. 뭐에 홀린 듯이 차에 올라타려는 그
녀의 팔짱을 대뜸 누군가 붙잡고 나섰다. 스태프 중 한 명이었다.

"네?"

"이거. 저기 여학생이 혜나 씨 팬이라고."

고혜나는 노트 크기만 한 선물상자를 조심스레 건네받았다. 그리고
스태프가 가리킨 쪽을 보니 정말 어린 여학생이 수줍게 서 있었다. 기
쁨에 겨운 표정이라기보다 팬카페 회원들도 오늘 촬영지를 모를 텐데…
하는 얼굴을 하고 미동도 보이지 않자, 스태프가 머리를 긁적이며 사라
졌다. 여학생은 멀찍이서 90도에 가까운 인사를 했다. 그러면서 또다시
수줍게 웃었다.

"응… 고마워요."

말소리가 들리기엔 다소 애매한 거리였기에 고혜나는 여학생이 알
아보게끔 입을 최대한 뻥긋했다. 그리고 별다른 리액션 없이 그대로 밴
에 올라탔다.

***

오피스텔로 돌아온 고혜나는 침대에 풀썩 몸을 던졌다. 잔잔한 먼지
가 소리 없이 날리면서 머리맡에 걸려 있는 커다란 액자가 눈에 들어왔
다. 팬카페에서 선물한 액자. 모 영화제에서 여우주연을 거머쥐었을 때
울먹이는 그녀의 청초한 모습을 크게 확대하여 만든 것이었다. 마치 영
화의 한 장면 같다.

"남의 눈치를 보지 말고 자신의 인생을 사세요. 여러분!" 하며 취업

예능에서 그렇게 첫 오프닝을 맡았던 고혜나. 그러나 정작 그녀는 역설적이게도 남의 눈치를 보지 않으면 살아남을 수 없는 처지가 되었다. 오히려 또 그것을 조장하는 사무실 대표와 또 동조하는 직원들을 생각하자니 갑자기 속이 메스껍고 답답했다. 그들도 알고 있을 것이다. 혜나 자신이 내뱉은 말들이 틀린 말은 하나 없다는 것을. 중요한 것은 '틀린 말'이 아니라 '재수 없는 말'이어서 문제지.

주방 냉장고에서 생수병을 꺼내서 입을 대고 벌컥벌컥 반이나 마셨지만, 좀처럼 막힌 가슴이 뚫릴 기미가 없었다. 냉장고에 기대듯 서서 멍하니 있던 그녀는 크게 한숨을 쉬며 체념한 얼굴로 다시 침대로 발을 옮겼다. 던져진 가방 안에 빼꼼 나온 시나리오. 한일 합작 영화다 보니 여주인공이 어느 정도 일본어는 해야 된다는 설정인지라 공부가 필요했다. 무심하게 시나리오 뭉텅이를 바람이 일어날 정도로 훑어보던 중. 그녀의 눈에 리본이 달린 베이지색 선물상자가 들어왔다. 화보촬영을 마치고 벤 차량 앞에서 어느 소녀팬의 선물이라고 스태프가 전해주던 그것이었다.

미동도 않고 한참 노려보는 까닭은 저걸 풀어 볼까 말까 하는 눈이 아니었다. 이미 저런 선물은, 아니 그보다 더 정성이 깃들고, 화려하고, 커다란 선물들은 회사 창고뿐 아니라 이 스위트 라이프 캐슬에는 방 두 개를 차지하고도 미어터질 만큼 많았다. 단지 자신의 화려하고 아름다운 모습에 속아버린 어린양에 대한 동정과 야릇한 배신감이 뒤섞이면서 그녀로 하여금 실소를 터뜨리게 했다.

'너도 또 언제 마음이 변할지 몰라. 공부나 해라.'

그녀는 선물을 뜯어보는 대신 시나리오를 보는 쪽을 택했다.

***

HP엔터테인먼트.

한일 합작 영화인 〈오네짱 인 코리아〉에서 섭외가 들어온 고혜나는 일본 측과 협의를 위해 화보가 끝나자마자 사무실로 이동했다. 드라마를 볼 때 가장 크게 여기는 '스토리'가 그녀 입장에서는 불만이었지만, 무엇보다 이번 정권에서 일본과의 새로운 무역 협약을 체결하면서 정치적 기류에서 불거진 작품이었기에 쉽사리 거절을 할 수 없었다. 무엇보다 대표가 이번만큼은 꼭 찍어야 한다고 밀어 붙였다는 게 핵심.

"내 소원은 하루라도 혜나 기사에 댓글이 조용한 거다."

아직 일본 측 관련자들이 도착하기 전. 대표는 그녀 들으란 듯이 말하며 커피를 홀짝 마셨다.

"제가 뭘요? 잘못한 것도 없는데."

"그렇지. 잘못한 것 없지."

시큰둥한 그녀를 곁눈질로 살피던 대표가 다시 홀짝거리며 마시더니 커피 잔을 내려놓고 이렇게 말했다.

"그런데 말이야. 김희진이 걔는 뭐 잘못이 있어서 죽었냐?"

순간, 혜나가 싸늘한 눈빛으로 대표를 노려보았다. 김희진은 HP엔터테인먼트에 몸담았던 여배우이자 수년 전 자살한 인물. 그 당시 그녀는 이미 대한민국 사람들이라면 모르는 사람이 없을 정도로 안방극장의 감초였다. 더구나 잘난 남편과 아역배우 뺨치는 두 남매를 낳아 기르면서 가족예능에도 나올 만큼 단란함을 자랑했다.

뭐 하나 부러울 것 없던 그녀. 그런 그녀가 어느 날 자택에서 목매 숨진 채 발견된 것이다. 죽은 이유는 악플로 인한 마음고생. 사망일로부터 수개월 전 그녀는 우울증 약을 복용하기 시작했고, 팬들의 응원과 남편의 외조에도 불구하고 결코 돌아올 수 없는 강을 건넜다.

악플의 이유는 간단했다. 불우한 가정에서 자라 온갖 구박과 멸시를 받아가며 밑바닥 조연부터 차근차근 밟아온 김희진이 그냥 그런 남자를 만나서 그냥 쭉 불우한 삶을 살며 네티즌들로부터 동정과 응원을 받아야 했는데 그게 아니었던 것이다. 그러니까 쭉 불우해야 할 그녀가 갑자기 모든 걸 다 갖춘 남자와 결혼하면서부터 행복해지고, 부유해지면서 동정 받던 위치에서 남을 동정하는 위치가 된 것. 그것이 그녀가 죽어야 할 이유였다.

"너는 뭘 그렇게 사람을 쏘아보냐? 무섭게시리."

"대표님 말씀 참 그러시네요."

"아, 내 말이 틀려? 김희진이도 잘못한 건 하나도 없었어. 그냥 세상 사람들 눈 밖에 나서 그렇지. 그래서 악플 달린 거 아냐?"

"…."

"걱정되서 하는 말이야, 임마. 과유불급! 항상 마음에 새기라고."

"제가 사람들 눈 밖에 났다는 거예요? 지금?"

"지금 돌아가는 시국을 보면 그래. 솔직히 네가 그럴 짓만 골라서 하잖아."

"제가 뭘요?"

"황민아 씹은 걸로 모자라서 어떻게 했냐? 아, 물론 나야 우리 고혜나가 최고지! 황민아는 쨉도 안 되지. 봐라. 자연미인하고 인조미인하고 비교가 되냐? 근데 말이야. 너 유독 여성 팬이 많은 여배우잖아. 그

뭐냐?… 걸, 걸 크러시의 대명사! 근데 그나마 붙어 있는 여성 팬들을
싹 다 씹어 재끼면 어쩌자는 거야 대체?"

# 백마를 살 돈이 있는 여자

***

"유독 여성 팬이 많았던 고혜나가 갑자기 그 여성 팬들로부터 버림을 받았다….."

"맞습니다."

"어째서."

포럼회장에서 나온 소장은 차에서 대기하고 있던 심 과장에게 남은 보고를 마저 듣고 있는 중이었다.

"처음엔 여성 팬이 많은 이유가 충분했죠. 남자들로부터 성범죄에 노출된 사회적 약자인 여자들을 옹호하는 발언을 많이 하고, 여성의 사회적 진출을 부르짖는가 하면, 또 가정폭력으로부터 생활이 힘들어진 여성 팬들에게 생필품을 지원하는 등… 정말 예쁨 받을 짓만 골라서 했죠. 오죽했으면 걸 크러시라는 별명이 붙으면서 여성들이 유난히 많은 대형 카페에서조차도 신처럼 알아 모셨겠습니까?"

"…."

"그런데 그런 고혜나가 한순간에 그 여성 팬들로부터 버림을 받은 일이 생겼어요. 바로 고혜나가 SNS에 쓴 말 때문이었습니다."

"무슨 말."

"백마를 살 돈이 있는 여자는 백마 탄 왕자를 꿈꾸지 않는다…!"

마치 연극대사를 읊기라도 하듯 심 과장이 비장하게 또 오버하는 표정을 지으며 말했다. 그러자 내내 창밖에 눈길을 묻던 소장이 오묘한 눈빛을 하며 심 과장을 주시했다. 예상외라는 듯이.

백마를 살 돈이 있는 여자는 백마 탄 왕자를 꿈꾸지 않는다….

그야말로 당돌하고 발칙한 발언이 아닌가? 아직도 드라마에서는 가난하지만 알고 보니 재벌 남자, 재수 없지만 키 크고 돈 많은 남자, 이상한 사이코지만 마피아 두목의 아들 등 남자 주인공에게 있어 부와 권력은 필수 요소이고, 그것은 여성 시청자나 여주인공으로 하여금 마음을 움직이고 욕구를 자극시킨다. 그래야만 시청률이 높아지는 것이 부정할 수 없는 현실.

그런데 그런 여자들을 향해 한 방 먹였다?

심기를 건드렸다?

그것도 같은 여자가?

"그런 말을 했다고."

"네. 그러니 악플러들이 개떼처럼 달려든 겁니다. 악플이 장난 아니었어요. 제가 소속사에서 받아온 악플만 해도 한 박스인데, 실은 그

중 절반 이상이 그 발언 이후에 작성된 악플들이더라고요. 한마디로 승
승장구하던 고혜나가 그 말을 내뱉은 날 이후로 곤두박질친 거죠. 하,
참….”

그렇게 말하면서 그는 소장의 눈빛이나 표정에서 감정변화를 읽어
내려 애를 썼다. 직감이 틀림없다면, 소장과 고혜나 사이에는 분명 뭔가
가 있던 게 틀림없으니까.

# 수감 20일 차

***

박기성의 손목 팔찌가 결국 폭발하여 과다출혈로 사망했다는 소식이 전해진 건 20일 차 되던 날 아침이었다. 결론부터 말하자면 퇴소하고 일주일 만에 또다시 악플을 단 것이 죽음의 이유였다.

제일 첫 번째 주자로 레드볼을 획득했던 날, 박기성은 쾌재를 부르며 제공된 사복으로 갈아입기 시작했다. 그는 콧노래를 흥얼거리며 중얼거렸다.

"뭐 앞으로 악플 안 달면 그만 아냐? 하하!"

그러면서 생각해보니 그 정도 손목 팔찌는 다른 레드볼 조건에 비하면 아무것도 아니라는 둥, 더한 조건이 나오기 전에 이 정도에서 끝난 게 다행이라는 둥, 같은 죄수들의 마음을 싱숭생숭하게 만든 장본인이었다. 그런데 그런 박기성이 결국 죽었다니….

당시 두 손목은 지저분하게 절단돼 왼쪽은 현관 앞, 오른쪽은 현관에서 멀지 않은 주방 매트 위에서 발견됐다고. 그날, 현장을 감식하던 경찰 한 사람은 정신적 트라우마를 호소하며, 급기야 휴직계까지 냈다고 한다.

사방이 콘크리트 벽으로 에워싸인 습도 높은 감방 안.

이제 다섯 명이 남았다.

"그럼 성범죄자들이 차는 발찌도… 그렇게 폭발하는 건가?"

김광덕이 제 발목이 시린 착각이라도 드는 듯 어루만지며 물었다.

"어휴, 정말 폭발했으면 좋겠어요. 변태들이 우리나라엔 너무 많다니까요."

수정이 전혀 딴소리를 하며 맞장구를 쳤다.

맨 처음 그들이 서로 얼굴을 맞대고 궁리를 하며, 레드볼을 차지하기 위해 서로 싸우지 말고, 1주 차, 2주 차, 3주 차… 차례대로 레드볼을 받고 나가자고 했을 때 제일 욕심을 낸 건 그녀였다. 더 이상 머리를 감고 싶어도 감지 못 하고, 냄새나는 아저씨들과 한 방을 써야 한다는 불결함에 소름 끼쳐 했으니까. 그랬기에 더욱 첫 번째 주자로 박기성이 뽑혀서 손목 팔찌를 하게 된단 이야기를 들었을 때에도 제일 배 아파한 것도 그녀였다.

하지만 오늘은 어쩐지 표정이 밝았다. 그러게 국으로 가만히 살지 뭐 하러 악플을 달아서 지 명줄을 재촉해.

"아니요. 성범죄자들의 발목에 착용하는 전자 발찌의 경우 폭발하지는 않습니다. 2회 이상, 또는 13세 미만을 대상으로 성범죄를 저지른 자들만 착용을 하는데요. 24시간 실시간 감시 기능이 있을 뿐입니다.”

민환이 대답을 가로챘다.

“그으래? 나쁜 놈들 치곤 처벌이 약한데?”

“네. 그런데 그것도 길어야 10년인데… 그 백수 놈의 경우 30년을 차라고 하니 아마 그 성미에 못 견뎠을 겁니다.”

잠시 민환을 그윽하게 보던 광덕이 자세를 고쳐 앉고 물었다.

“내가 며칠 전부터 궁금했는데, 뭣 좀 물어봐도 되나?”

“뭐든지요.”

“예사 사람이 아닌 것 같아서 말이야. 젊은 사람이 똑똑한 것 같고. 사회에서 무슨 일을 했나?”

민환이 잠시 멈칫했지만, 이내 어깨를 펴고 당당하게 말했다. 충분히 각광받을 만한 위치에 있었으니까.

“사시 준비생이었습니다. 1차까지 합격했고요.”

민환은 ‘합격’을 힘주어 말했다.

“세상에! 이야… 역시… 사법고시면 그 어렵다는 시험 아니야? 그 시험에 1차 합격이면… 옛날로 치면 장원급제네?”

순진한 광덕이 그렇게 추켜세우며 호들갑을 떨자 민환은 저가 뭐라도 된 양 어깨가 으쓱했다. 이제라도 알아주니 비굴하리만큼의 기쁨이 만면에 떠올랐다. 그래, 1차 합격은 이렇게 써먹는 거지. 우스갯소리지만 실제로 있었던 일이 뭐냐면 같이 공부 준비하던 지인 중에는 1차 합격하고, 음주운전을 하자 순경이 그냥 보내줬다는 일화도 있었다. 그것이 진짜인지 여부를 알 길 없지만, 그만큼 무법지대 프리패스였다.

하지만 그것도 잠시, 이내 감방 안의 분위기는 저마다 골똘히 생각에 잠긴 듯했다. 그리고 민환을 보는 눈빛들이 하나같이 복잡했다. 그리고 좀 전까지 의기양양해 있던 민환 역시 괜히 이야기했나 싶은 후회마저 들었다.

'그런데 너같이 악플을 다는 놈이 법관이 된다고? 아서라.'

'미래의 법조인이 이렇게 썩었다니.'

'악플러가 솜방망이 처벌 받는 이유가 다 있었군. 저런 놈이 판사 되면 볼 만하겠네.'

민환은 환청이라도 들리듯 괴로운 얼굴을 했다. 그러고는 갑자기 배가 아프다는 이유로 교도관의 허락을 받고 의무실로 몸을 피했다. 그 순간은 정말 과민성 장염이 재발한 것 같았으니까.

"그나저나… 며칠 후면 두 번째 레드볼을 뽑게 되네요?"

영자가 눈을 반짝이며 말했다.

***

집무실로 돌아온 소장의 말에 심 과장은 자신이 잘못 들은 건 아닌가 귀를 의심했다. 아무렇지 않은 듯 태연한 얼굴로 코트를 벗어 옷걸이에 걸어두는 소장은 두 번 말하는 대신 내선전화기에 대고 커피를 주문할 뿐.

"네? 방금… 뭐라고…?"

"뭐가."

"방금 하신 말씀을 제가 제대로 못 들었습니다."

"아아."

소장은 넥타이를 한 춤 끌러 내리며 의자 뒤로 몸을 깊이 묻었다.

"고혜나 그 여자 말이야. 자살 당하기 딱 좋은 조건들을 갖추었다고."

"네?"

"첫째, 사람들의 비위를 거스를 만큼의 축적된 부. 인간이란 자고로 자신의 비위가 허용할 만큼만 타인의 행복을 축하해주는 동물이야. 그런데 고혜나는 그 이상을 이루어냈어. 남들이 노력만 하면 벌어들이는 정도가 아니라, 죽었다 깨어나도 못 만질 돈을 말이야. 사람들을 배 아프게 한 거지."

"…."

"둘째, 너무 옳은 말만 해서 사람들의 피로도를 높였다는 점. 요즘 대학 안 나온 사람들 찾기가 힘들 만큼 대졸은 필수학력이 되어버린 세상이지. 이런 세상에 대입은커녕, 고졸 그것도 검정고시로 패스한 고혜나가 정치 내지 사회에 대해 자기 의견을 관철시킨다… 그것은 학벌 제일주의 환경에서 교육받고 자라난 네티즌들을 화나게 한 거야. '지까짓게 뭘 안다고 이러쿵저러쿵 떠들어대. 우리라고 그걸 몰라. 누가 누굴 가르쳐. 사회생활도 안 해보고 쉽게 돈 버는 주제에.' 하고 말이야."

"소장님 무슨 그런…."

소장은 아랑곳 않고 풀썩 의자에 몸을 묻으며 말했다.

"셋째, 결혼을 앞둔 상대 남자가 재벌 3세라는 점. 불우한 결손가정에서 태어나 오로지 가진 거라곤 예쁜 외모와 몸매뿐인 이 여자가 너무나 쉽게 팔자를 고칠 현실. 그래서 조급해진 거야, 악플러들은. 자네, 고혜나가 처음엔 여성 팬들이 많다고 했었나. 그건 모두 여성 팬들의 비위를 맞추는 말과 행동을 했기에 성립될 수 있는 관계에 지나지 않아. 영원한 우방이란 없단 뜻이지. 반대로 남성 악플러들은 또 어떤가. 그들이 여자 연예인을 욕할 땐 딱 하나야. 자기가 갖지 못할 것이라면 흠집이라도 내보려는 삐딱한 심리. 굳이 재벌이 아니더라도 고혜나가 자기들과 결혼해줄 리는 만무하지. 허나 자신들이 납득이 될 만한 수준의 남자와 결혼했더라면 그렇게까지 악플을 달지 않았을 거야. 자신들은 백날 천날 벌어도 벌지 못하는 돈, 탯줄부터 금테를 두르고 태어나지 않은 것에 대한 분노. 그것을 재벌이 아닌 만만한 여자에게 풀어낸 거라고."

"하아…."

"짓밟고 싶고, 상처 주고 싶은 피사체의 모든 조건을 갖추었다 이 말이야. 불행하지만 사실이지. 요즘 어린 학생들 연예인이 꿈인 거 그거 문제 있다고. 강철심장을 갖지 않고서야 불가능한 직업이니까."

"소장님!!!!"

참아왔던 것이 끝내 폭발하고 말았다. 오금부터 저리기 시작하더니 타고 올라와 어깨까지 들썩였다. 심 과장은 목을 가다듬고 겨우 억누른 채 말했다.

"그게 지금… 망자한테 할 소립니까? 어떻게 그런 말씀을 하실 수가 있어요?"

"…."

"세상에 자살 당하기 딱 좋은 조건이 어디 있습니까?! 고혜나 씨 49제가 막 며칠 전이었다고요"

"…."

"좋은 데 가라고 빌어줘야 되는 것 아닙니까?"

***

　더 있다가는 분을 주체하지 못해 선을 넘을 것 같은 기분이 들었다. 심 과장은 외근을 가겠다며 서둘러 집무실을 빠져나왔지만 분노의 열기는 좀처럼 식을 기미를 보이지 않았다. '후.' 하고 머리칼을 쓸어 올리며 계단을 내려왔다. 그때, 중앙 1층 현관을 가로 질러가는 교도관과 죄수 한 명.

　"잠깐."

　심 과장이 불러 세웠다.

　"어디로 가나?"

　토끼 마스크를 쓴 사내가 말했다.

　"죄수가 복통을 일으켜서 의무실에 가고 있습니다."

　"복통? 의무실?"

　심 과장이 의심 가득한 눈초리로 훑자 민환은 움찔하여 애써 시선을 마주치지 않으려 노력했다. 그러면서 좀 더 진실을 증명해 보이기라도 하듯 허리를 구부정하게 숙였다.

　"흥. 아픈 사람 같아 보이진 않는데? 왜? 청진기라도 갖다대면 살 것 같아?"

　"…."

　역시 민환이 모른 체하고 시선을 딴 데 두고 서 있었다.

　"넌 약 먹고 치료해야 살 것 같지? 고혜나는 네 놈이 악플만 안 썼어도 살 수 있었어!"

＊＊＊

소장의 시선이 줄곧 수북한 상담 파일에서 떠나질 않음을 깨달은 그녀가 입을 열었다.

더 지체하기엔 급한 성미인 걸 누구보다 잘 아니까.

"덕분에 악플러들 상담도 하고 좋네요."

"나중에 정교수 이력에 도움 될 거야, 두고 봐."

이에 정민영은 풋 하고 웃더니 서류를 넘기며 말했다.

"몇 가지 조건으로 나눠서 설명해드리죠."

"좋아."

"일단, 크게 악플을 다는 이유는 세 가지예요. 첫째, **자신의 열등감과 자격지심을 표출하는 케이스.** 아주 대표적이죠. 대부분의 악플러가 이 카테고리니까요. 수감자 중에는 음… 보자… 신영자. 오수정. 아, 그리고 장민환이 있네요."

"계속해봐."

"신영자의 경우 프로필을 보니 상고 졸업 후, 경리로 오래 일한 회사에서 공장장님의 소개로 그 댁 장남과 결혼을 했어요. 그 후로 쭉 전업주부로 살아온 인물이고요. 경제적으로 쪼들리는 거야 이 세상 대부분 부부가 겪는 일이라지만, 신영자의 경우 집 안에 있는 시간이 많아지면서 다른 맘카페 회원들과 자신을 비교하기 시작했어요. 그녀들이 사는 집 평수, 시댁에서 얼마를 해줬다, 자식들은 얼마짜리 영어유치원을 다닌다… 뿐만 아니라 비교대상은 연예인도 있었죠. TV에서 보이는 여배우들의 여가생활과 살림살이 하나하나에도 동경과 시기가 동시에 범벅이 된 거죠. 자연스레 그들과 자기 자신의 차이점이 가져오는 간극은 부부싸움을 초래했어요. 그리고 뒤늦게 들어온 한참 나이 어린 윗동서에 대한 질투가 극에 달했을 땐, 이미 고혜나가 그녀의 희생양이 된 후였고요."

"음…."

정민영은 다음 페이지로 눈길을 줬다. 그동안 한 사람씩 불러내 면담해온 면담 파일이었다. 거기에는 살아온 환경, 직업, 그리고 대인관계 등에 대한 개인적 사항이 빼곡하게 기록되어 있었다.

"오수정도 비슷한 양상이에요. 학창시절엔 아이돌 공연을 쉽게 접할수 있고, 놀거리가 풍부한 서울에 대한 막연한 동경이 취직과 함께 현실화된 거예요. 하지만 막상 서울에 와보니 자신보다 잘난 학력, 잘난 외모, 잘난 스펙을 가진 사람들로 붐비는 게 현실이죠. 오는 손님들은 저마다 중국인 큰손들, 내지는 대학 입학선물로 성형 삼종세트를 하러 오는 있는 집 아이들…. 그런 와중에 조무사로 취업했지만 허드렛일에 가까운 일을 하면서 환상은 산산조각이 났고, 나름 그런 현실을 타개하고자 4년제 대학 진학의 꿈도 키웠지만…."

"키웠지만."

"녹록지 못한 거죠. 게다가 적은 월급으로 남들과 보조 맞추느라 매달 카드값도 어마어마했고요."

"둘은 알겠어. 그리고 장민환은."

"장민환은 사회성이 부족한 타입이었어요. 앞서 말한 둘과는 달리 대학교 2학년 때부터 본격적으로 고시 준비에 몰입하며 다소 고립된 일상을 보냈고요."

"고시 준비할 땐 누구나 그렇지."

"네. 그리고 몇 차례 낙방과 슬럼프를 겪으면서 우울증도 생겼고…. 그런데 인생이란 게 참 야릇해요. 외롭고 힘이 들 때 타인의 행복이 왜 그리 눈에 자주 밟히는지. 맞아요. 장민환은 이미 자기보다 몇 발짝은 앞서 승승장구하고 있는 동기들을 보면서 자격지심이 폭발한 거예요. 그 결과….""

민영은 커피 한 모금을 마신 뒤 이어서 말했다.

"스스로에 대한 채찍은 가학이 되고, 가학은 외부를 향한 공격으로 변한 거죠. 공부를 오래 한 사람들도 스트레스 풀 곳이 필요해요. 장민환은 고혜나를 그 대상으로 삼은 거고요."

소장은 문득 자신의 고등학교 시절을 떠올렸다. 코트라에 근무하며 일평생 북미 지역을 누비고 다니던 외교관이었던 외삼촌을 동경했던 그 시절. 막 88 서울올림픽이 한창이던 그때. '세계는 서울로, 서울은 세계로' 슬로건에 심취해 이미 마음은 화려한 글로벌 무역전선의 선두에 서 있었다. 솔직히 말하면 비행기를 타고 다니며 외국을 누비는 삶이 그저 부러웠다고 해야 맞다. 하지만 수차례의 대입 낙방으로 고배를 마신 그가 결국 선택한 것은 경찰대학교였다. 순경 출신으로 평생을 파출소에서 근무하신 아버지의 영향 때문이었다.

사실 원해서 간 곳도 아니었다. 거기다 남보다 일 년 늦게, 그것도 겨우 입학한 탓에 더욱 학업에 매진하여 졸업할 때는 수석을 거머쥘 수 있었지만, 그럼에도 불구하고 열등감과 공허함은 쉬이 사라지지 않았다. 그것은 마치 고대의 이집트인이 바라보는 천창과도 같아서 아무리 하염없이 바라고 원해도 그 끝을 몰랐으니까. 하지만 그렇다고 해서 누군가를 악플로 괴롭히는 것은 결코 용납이 안 되는 행위다.

민영은 잠시 감상에 젖은 그의 얼굴을 흘낏 보더니 말했다.

"**둘째, 자신의 우월감은 확인하고 싶고, 남들로부터 인정받고 싶은 경우.**"

"….."

"박기성이에요."

"뭐….."

소장이 몸을 앞으로 당기며 다음 말을 기다렸다. 머릿속에는 입소 당시 꽤 반항적인 인상에 냉소를 흘렸던 박기성의 얼굴이 스쳐 지나갔다.

"박기성은 상담을 하면서 참 특이하다는 생각을 갖게 하는 인물이었죠. 제 눈을 똑바로 보지도 못했고, 말도 잘 못했어요. 더듬거나 떨었다는 게 아니라 두서가 없다고 해야 되나? 하지만, 그가 남긴 악플들은 아이러니하게도 모두 베스트 댓글이 됐다는 점…?"

"베스트 댓글이라….."

"네. 솔직히 말하자면, 다른 악플러들, 그러니까 속이 꼬인 사람들을 대변하는 악플을 많이 달았어요."

"그가 공감을 샀다는 건데. 그게 우월감과 무슨 상관이지."

"바로 그거예요. 모든 게 첨단화 되었지만 과거에 비해 가독성이 떨어지는 현대인들에게 기사 본문을 모두 읽기란 곤욕인 시대가 왔죠. 동시에 누군가를 지적하기를 좋아하지만, 옳고 그름을 판단할 능력이 떨어진 시대고요."

"좀 더 쉽게 말해봐."

"한마디로 그런 시대에 베스트 댓글이란 기사와 대세여론을 간결요약하게 보여주는 하나의 장치라 볼 수 있죠. 요즘 사람들 대부분 귀찮으면 기사도 안 읽고 베스트 댓글부터 보려고 스크롤 내리잖아요. 박기성은 그 장치 위에 군림했던 거예요. 스스로 태어나선 안 될 사람, 그리고 실패자라고 여겨왔지만, 인터넷 세상에서는 많은 이들의 박수갈채와 공감을 얻을 수 있었으니 말이죠."

"아… 이해되는군."

"그죠? 그러니 악플을 끊기 힘들었겠죠. 아니, 오히려 행복을 얻었다고 봐야겠네."

"그렇게 들으니 불쌍하네. 인생이."

"셋째, **비하를 통한 자존감 회복**. 여기엔 김광덕이 속하죠. 실제로 끌려온 수감자들 중에 가장 극악무도하고 입에 담을 수 없는 악플을 쓴 사람이 바로 그였어요. 저까지도 몸서리쳤으니까요. 그렇다고 그가 소시오패스냐? 전혀! 오히려 실제로 만나본 김광덕은 대화를 하면 할수록 굉장히 여리고 소심한 인물이었어요. 근면성실하게 살아가는 소시민. 또 어딘가 자신감도 없어 보였죠. 무슨 말을 할 때마다 제 반응을 살피곤 했으니까요. 그는 연이은 주식 실패와 다른 형제들에 비해 뒤처지는 삶을 살면서 자존감이 곤두박질을 친 상태였어요. 때문에 일하고, 자는 시간을 제외하면 늘 주식 게시판에서 살다시피 했는데, 거기선 그는 이미 주식으로 성공한 자산가가 되어 있더군요. 심지어 다른 사람들에게 현재 돌아가는 추이와 동향까지 자세하게 설명할 만큼 훈계하는 역할에 익숙해 보였고요. 그런 김광덕의 눈에 쉽게 돈을 벌고, 쉽게 성공해서 어린 나이에 부와 명예를 모두 차지한 고혜나가 얼마나 미웠겠어요."

"그자도 딸 사랑이 대단한 인물 같던데. 어떻게 남의 딸에겐 그렇게 가혹했지."

"맞아요. 그야말로 딸바보더군요. 딸에 대한 자랑을 어찌나 하던지… 그것도 악플을 다는 기폭제가 됐어요."

"자신의 딸이… 악플을 다는 이유가 됐다라…."

"자신의 딸은 힘들게 사는데, 또래의 고혜나는 전혀 다른 화려한 삶을 사니까 비교될 수밖에요."

"그런 식으로 따지면 인생이 피곤하지 않을까."

"봐요. 여기는 수용소라고요. 정상적인 사고를 갖고 있는 평범한 사회와는 다른. 알겠죠?"

긴 한숨을 쉬며 다리를 꼬는 소장.

"게다가 엄청난 효자였어요. 신혼부터 무려 15년간 자기의 친모뿐 아니라 장모까지 모셨다네요."

"인간이란 어디까지 다중적일 수 있는 건지. 쭉 듣고 있자니 처음으로 부임한 것이 후회스럽군…."

"그건 피차일반이에요. 온라인 범죄에 대한 논문을 국제학술지에 쓰지만 않았어도 나도 오지 않았을 거예요. 이게 다 형 때문이라고요."

잡념에 얽히고설킨 소장의 머릿속은 '형'이라는 단어에 순식간에 말끔해졌다.

아, 그렇지. 1990년대 초반 같은 롯데 팬이어서 사직구장을 함께 누볐던 그 더벅머리 선머슴 같던 여자아이가 바로 눈앞에 있는 이 녀석이지. 소개팅 당일 청 나팔바지에 찐빵 모자를 쓰고, 겉멋만 들어서 한쪽 어깨에 삐딱하게 가방을 메고 들어오던 그 녀석.

그런데 그 녀석이 지금 하얀 가운을 입고 새초롬하게 앉아 있는 정신의학과 의사라는 걸 깨닫자 세월이 그만큼 흘렀음에 피식 웃음이 났다. 그 시절, OB 팬과 패싸움이 벌어졌을 때 어디서 났는지 쇠파이프를 휘두르더니 줄행랑을 쳐버리던 추억도 한몫한 것일 게다.

　"별꼴이야. 왜 웃어요?"

　"아니야. 그런데 한 사람이 빠졌네."

　"누구?"

　"윤설."

　"미성년자 악플러들은 많아요. 그런 경우 대부분 인격이 덜 형성된 상태에서 남을 괴롭히면서 얻는 재미와 스릴에 빠진 경우죠."

　"…."

　"사실 상담을 했을 때… 그 녀석, 딱히 이렇다 할 문제점도 안 보였고…."

　"그게 전부는 아닐 텐데."

　"내가 묻고 싶은 말이에요."

　정민영은 문 쪽을 괜히 힐끗 보더니 언성을 낮추고 물었다.

　"증거도 없다며? 근데 왜 붙잡아 온 거예요?"

　"증거가 없는 게 아니라, 아직 빈약할 뿐이야."

　"그건 더 위험한데?"

　"내가 알아서 하지."

　"어련하시겠어요."

　"그건 그렇고. 어떻게 돼가나."

　"뭘요?"

"치료 프로그램 말이야."

"생각 중."

"지난 주말에 서점을 가보니까 정신수양에 좋은 책들 많던데. 자기계발이나 에세이도 좋고. 뭐 알아서 하겠지만."

"나 정신의학과 교수고, 또 자타공인 독서애호가긴 한데… 그건 좀 아닌 것 같아요."

"왜."

"성격 개조하는 데 책을 동원하는 게 효과적이라는 것에 난 동의할 수 없어. 가끔 나보다 더 의사 같은 우리 팔십 두 살 친정아빠 말에 따르면 있지, 성격이란 건 타고난 심보거든. 그런 심보를 고작 낭만과 열정에 넘치는 자기계발 책 몇 권으로 바꿀 수 있다? 발상 자체가 판타지라고요. 심리학에서도 성격이란 건 변하지 않는 것으로 본다고. 사실이 그렇잖아. 우리나라에 자기계발 책만 수만 권인데, 왜 시간이 갈수록 인성에 결함이 있는 사람들이 늘어가는 건데? 왜 악플은 늘어가고, 그로 인한 온라인 범죄는 끊이지를 않을까?"

그러면서 주섬주섬 파일을 챙기고 집무실을 떠나려는 민영.

뒤에 대고 소장이 말했다.

"벌써 퇴근하려고."

"오늘 금요일이야. 나 좀 봐주라. 일찍 퇴근해야 한다고."

"아주 멋대로군."

"초과수당 줄 거 아니면 말아요. 내일 쌍둥이들 캠프 떠나는 날이어서 챙겨줘야 해. 싱글맘 노릇하기 바쁘다고요. 소장님도 얼른 퇴근하셔야죠. 이혼했다고 집안에 소홀하는 건 아니지?"

그러나 선뜻 대답이 나오지 않았다. 치기 어린 시절, 그녀가 반했다는 그 어색한 웃음만 지을 뿐.

# 농아 재활원

***

　운전대를 잡고 아스팔트 도로를 노려보는 심 과장은 아무리 생각해
도 이해가 되지 않았다. 소장은 정말이지 알다가도 모를 위인이었다. 집
무실을 박차고 나왔을 때만 해도 피도 눈물도 없는 매정한 인간이라고
만 생각했지만, 또 곰곰이 그의 행적을 곱씹어 볼수록 석연치 않은 구석
이 있었다.

　故 고혜나의 발인식 날.

　발인식은 언론 노출 없이 고인을 조용히 보내주고 싶다는 유족의 뜻
에 따라 비공개로 진행되었다(그 후에는 일전에 본인이 3억 원을 쾌척한 경
기도 용인시 '평화당'에 묻힐 터). 소속사 대표를 비롯한 관계자와 일부 절
친했던 연예인 몇 명, 그리고 몇 없는 가족이 전부였던 썰렁한 발인식이

었다. 심 과장은 비공식 조문단에 포함되어 참석했는데(당시 수용소 개관을 앞두고 있었기에) 그 어디에도 소장은 보이지 않았다.

발인식이 끝나고 근처 식당에서 마련된 조촐한 식사 자리.

고인에 대해 두런두런 이야기가 오가는 가운데, 모 개그우먼이 "악플계의 만리장성인 나도 사는데 왜 혜나가 죽냐고요? 왜!" 하며 울부짖었다. 물론 그것은 또 다른 비극이다. 그 개그우먼처럼 악플에 덤덤해진다는 것은 연예계 바닥에서 뼈가 굵은 패잔병들에게 쉽게 찾아볼 수 있는 딱지 굳은 상흔이기 때문이다. 그들 사이에서 그것은 때로는 훈장처럼 여겨지고, 때로는 앓고 있는 중병처럼 여겨졌다. 반대로 악플러들에게 자살 연예인이란 대체 가능한 공공재쯤으로 여겨졌다. A연예인이 죽었으면, B연예인이 있다. B연예인도 죽으면? 잠시 명복 빌어주고 잊으면 끝. 곧 C연예인이 나타날 테니까.

아무튼 비탄에 젖은 한탄이 듣기 버거워 밖으로 나온 심 과장은 입에 담배를 물고 라이터를 찾느라 안주머니를 더듬고 있었다. 그때, 저 멀리 납골당 입구에 서 있는 익숙한 모습. 흐릿한 피사체가 뚜렷해지면서 정체가 드러났다.

'소장님?'

심 과장은 알아봤지만, 너무 멀리 떨어진 탓에 소장은 이쪽을 못 본 모양이었다. 그는 그 자리에서 한참을 내리는 함박눈을 고스란히 맞으며 서 있었다. 무슨 이유에서 뒤늦게 나타났을까? 소장은 무슨 생각을 하고 있으며, 고혜나와 무슨 관계였을까? 멀리서나마 그의 표정을 읽을 수 있었다. 착잡하고 공허한 얼굴이었다.

***

얼마쯤 달렸을까? 한적한 시골마을로 접어들면서 언제 내렸는지 눈이 소복이 쌓여 있었다. 겨울의 깨끗한 햇살이 반사되어 한층 더 눈부신 눈밭. 한 걸음씩 뗄 때마다 사박사박 소리가 귓가에 정겹게 들렸다. 이렇게 보니 마음이 포근해지는 곳이다. 심 과장이 차를 몰고 외근을 온 곳은 다름 아닌 경기도 양평에 위치한 한 농아 재활원.

차를 아래에 주차시키고 조금만 걸어 올라가자 이윽고 '가톨릭 농아 재활원'이라는 푯말이 보였다. 이곳은 고혜나가 생전에 봉사활동을 하러 종종 온 곳.

"저 기억하시죠? 일전에 연락 드렸던."

"그럼요. 기억하다마다요. 이쪽으로 앉으세요."

온화한 얼굴을 한 원장 수녀가 자리를 안내했다. 따로 응접실이 있는 것은 아니고, 사무실로 쓰이고 있는 공간에 작은 테이블을 마련한 게 전부였다. 벽면 중앙에는 성모 마리아의 그림이 걸려 있고, 스테인드글라스 창을 투과하는 겨울 미명에서 온기가 느껴졌다. 테이블 앞에는 작은 석유난로에서 아늑한 아지랑이가 피어올랐다.

"아이들은 안 보이네요?"

"뒤에 텃밭이 있는데, 선생님이 데리고 나갔어요."

"그렇군요."

"그 텃밭도 클라라가 사비로 구입해서 기증한 거죠. 우리 곁을 떠났지만 함께 있다는 기분이 든답니다."

"클라라라면?"

"혜나 씨 말이에요. 천주교 신자거든요. 모르셨어요?"

"신자인 줄은 몰랐습니다."

원장 수녀는 텃밭 이야기에서 생전 고혜나의 환경보호 캠페인까지 주제를 넓혀갔다. 이미 외국에서 실시되고 있는 인간의 분뇨 거름을 이용한 농작물 수확에도 관심이 많은 데다가 될 수 있으면 세제를 쓰지 않는 청소, 농약을 쓰지 않는 유실수 등에도 관심이 많아 가톨릭 방송에서 편성한 〈굿은비가 내려도〉라는 환경 다큐 프로그램의 내레이션까지 맡았다는 것까지. 그리고 톱스타임에도 소속사와 상의 없이 그런 비주류, 비인기 프로그램을 촬영해서 한동안 잡음을 겪었다는 푸념까지도.

"그렇게 착실한 신자여서 봉사하러 왔었군요."

심 과장이 화제를 전환시켰다.

"물론 그 이유도 있는데⋯."

원장 수녀가 잠시 뜸을 들이더니 다짐한 듯 말했다.

"혜나 씨 남동생 준우가 우리 재활원에서 지내고 있거든요."

기사를 통해 이미 알고 있던 바를 원장 수녀가 먼저 입 밖에 꺼내준 것이 괜히 고맙게 느껴지는 심 과장. 이야기를 하는 데 있어 물꼬는 터진 셈이다.

"그럼 남동생도."

"언어 장애를 갖고 있어요."

"아."

심 과장은 최대한 자연스러운 반응을 연출하려고 애썼다. 원장 수녀의 경우 장애아동에 대해 편견을 가진 세상 사람들을 많이 접해왔기 때문에 응당 표정만으로도 속을 읽어낼 수 있으리라는 판단에서였다.

"아주 어릴 때까지는 같이 살았다고 해요. 그런데 말을 할 때가 됐는데 이상하더래요. 그래서 발달에 문제가 생긴 것 같아 진단을 받았다는데…."

"…."

"참! 실은 우리 재활원에 준우가 들어오게 된 것도 혜나 씨 부친의 뜻이었어요."

"아버님께서 말인가요? 어머님은요?"

"혜나 씨가 어릴 때, 그러니까… 준우가 걸음마를 막 뗄 때쯤에 집을 나갔다고 하네요."

거기까지는 알아내지 못한 사실이었다. 그 후로 만난 적은 없느냐고 묻고 싶었지만, 역시 고맙게도 원장 수녀가 그것에 대해 이야기를 했다.

"혜나 씨가 마음고생이 심했죠. 부친께서도 지방에 일을 다니느라 남매를 보살필 여력도 안 되고. 더구나 혜나 씨도 어릴 때부터 끼가 있어서 서울의 기획사에서 스카웃도 되고. 하는 수 없이 우리 재활원에 맡긴 거예요."

"그랬군요."

"늘 봉사하러 올 때마다 준우를 살뜰히 챙기던 누나였지요. 그런데 혜나 씨가 유명세를 타던 어느 날, 연락이 끊긴 혜나 씨의 모친이 우리 재활원을 찾았어요. 딸과 연락할 방법이 없다면서요."

'돈이 필요했겠지.'

심 과장은 그렇게 속으로 코웃음을 쳤고, 역시 이어진 스토리도 크게 다르지 않았다. 고혜나의 모친은 집 나간 지 십수 년간 다른 남자'들'

과 사실혼 관계에 있었고, 그 이후에도 금전적인 문제로 그녀를 괴롭혔던 것이다. 이 부분에 대해서는 그저 루머로 떠돌던 얘기였는데, 원장 수녀의 말을 들어 보니 마냥 루머로 치부하기엔 아귀가 딱 들어맞았다.

"혜나 씨는 사랑이 가득한 사람이었지만, 한편으로는 언제나 사랑을 필요로 했어요."

"안타까운 사람이네요."

"재활원 사람들 모두가 혜나 씨를 그리워해요. 유명 연예인이라 바쁠 텐데도 한 달에 두 번은 꼭 왔으니까요. 그런데 이젠…."

"…."

"그래도 자주는 아니지만, 가끔 고혜나 씨의 열혈팬분들이 오시니까요… 하늘나라에서 보고 있겠죠."

대화에 너무 몰입한 나머지 원장 수녀는 문득 세상을 떠난 그녀를 떠올리며 눈물짓고 있었다. 그때 원장 수녀 너머로 이쪽 이야기에 줄곧 귀를 기울이고 있던 소년의 얼굴이 보였다. 문 뒤에 서서 빼꼼 얼굴만 내밀던, 큰 키였지만 아직 16~17세쯤 되어 보이는 앳된 얼굴이었다.

# 생존자 명단

~~이름 : 박귀성~~
~~나이 : 32세~~
~~직업 : 무직~~

이름 : 오수정
나이 : 27세
직업 : 간호조무사

이름 : 장민환
나이 : 29세
직업 : 사법고시 준비 중

이름 : 신영자
나이 : 38세
직업 : 전업주부

이름 : 김광덕
나이 : 52세
직업 : 인테리어 자영업자

이름 : 윤설
나이 : 15세
직업 : 중학생

# 수감 26일 차

＊＊＊

일요일 오전.

두 번째 레드볼의 당첨자가 나오는 날이었다. 기대와 긴장으로 술렁이는 감방에 찬물을 끼얹은 건, "수감번호 1512번. 가족이 면회를 왔네요. 함께 이동하실까요?"라는 토끼 마스크 사내의 말이었다. 한창 다음 레드볼에는 어떤 조건이 쓰여 있을지 열띤 토론을 벌이던 수많은 눈이 일제히 수정에게 쏟아졌다.

"가, 가족이요…?"

제일 먼저 든 생각은 두려움. 부모님이 전라도에서 이곳까지(정확히 이곳이 어딘지는 모르겠지만) 오는 동안 느꼈을 분노에 대한 두려움이었다. 감당할 자신이 없었다.

그냥 면회를 거절할까? 거절해도 될까? 곧 나갈 테니까 나가서 빌때 빌더라도 지금 모습은, 이렇게 죄수복을 입고 머리도 며칠째 안 감아서 떡 진 이 몰골을 보여줄 자신이 없었다. 그건 서울 가서 간호학과 입학해서 멋진 간호사로 살겠다며 집을 박차고 나온 수정 자신이 용납할수 없는 꼴이었다. 짧은 순간 동안 이런저런 생각에 휩싸인 수정의 속마음을 읽기라도 하듯 토끼 마스크 사내가 재촉했다. 다정하지만 차가운말투였다.

"자, 어서."

걷는 템포가 느려지는 것은 어쩔 수 없었다.

*\*\**

면회실 안에는 싸구려 누빔 조끼에 시장표 스카프를 목에 둘러맨 엄마와 작업복을 연상케 하는 곤색 점퍼 차림의 아빠가 앉아 있었다. 신기하게도 평소 어딜 가든 두리번거리며 부끄러움을 자아내던 모습들이 오랜만에 마주하자 든든함을 불러 일으켰다. 수정은 왈칵 눈물이 나려는것을 억지로 참았다.

"요로코롬 들어앉아이쏭께 존냐?"

"…"

"니 에민 아주 그냥 심난시럽다, 이 써글 년아."

"어허, 이 사람아. 말 좀 골라서햐아."

아빠가 옆에서 보초를 선 교도관의 눈치를 보는지 다소 촌스러운 경례를 하며 비굴한 웃음을 흘렸다. 그러면서 엄마의 옆구리를 쿡쿡 찌르는 것도 잊지 않았다. 하지만 엄마의 분노를 이길 재간이 없던지 그 짓도 몇 번 하다 말았다.

"…."

"시집도 안 간 년이 앞으루 워쩌구 살려구 지랄염병을 해쌌다? 이? 아주 간이 배 밖으루 텨났나벼 저거시. 너 여가 워덴줄 알어? 대통령이 직접 만들라 시켰디야! 고거시 무신 소리냐? 나랏님이 아주 발 벗고 나섯쓩께 니 신세는 요걸루 끗다 이거여, 이 오살헐 년아!!"

"어허이 자네! 하나뿐인 자식헌티 그람뒤야? 야 속은 워떠컸어? 이라고 죗값 받고 있는디?"

"시방 사람 열불나 죽겄는디 옆에서 워쩌그 그래 조잘댄대요!!!"

"이미 엎질러진 물인 게 글체…."

아빠가 다시 깨갱하고 말았다.

"부모 가심에 대못을 박어두 유분수지. 아주 집구석을 절딴을 내라. 절딴을!"

"아 무슨 절단이야…! 그런 거 아니야!"

용기내서 반항했지만 안 그래도 큰 눈을 더욱 부라리며 속의 분노를 끌어올리는 엄마의 얼굴을 보니 수정도 자신이 없었다. 복도를 걸어올 때 스멀스멀 올라오던 불효의 죄책감은 어느새 반발로 이어졌고, 또 그것은 자신에 대한 분노로, 또다시 닭똥 같은 눈물로 쏟아지고 말았다. 또 그건 그것대로 답답하다며 엄마가 가슴을 쳤다. 소리가 나도록 쳤다. 아빠는 교도관에게 "담배 쪼까 태움 안 되겄지요이?" 하다가 한 번 더 엄마에게 바가지를 긁혔다.

"미안해. 엄마… 아빠… 내가 잘못했어."

"잘못헌 건 아냐? 이? 알긴 알어? 테레비에 허구헌 날 악플런지, 개플런지 시답잖은 소리가 나오기에 나가 고것이 순전히 넘의 자식 얘긴 줄로만 알았지. 내 자식일 줄은 몰랐다??? 휘매… 이라서 자식새낀 겉 낳지 속 낳는 게 아니라고 했나부네이. 옛말 틀린 거 하나 읎어. 이, 읎어."

그렇게 한참을 대포처럼 폭격하던 엄마는 눈을 질끈 감았다. 그러면서 가슴을 어찌나 쳐대는지 저 자그마한 가슴이, 등이 뚫어질 만큼 쳤다. 아니 엄마는 그렇게 뚫어지더라도 이 막막한 현실에서 벗어나고 싶을 것이다. 수정이 용기내서 말했다.

"엄마. 나 조기 퇴소할 수 있어. 오늘 있잖아… 그… 여기 규칙대로 동료 죄수들한테."

순간 '동료 죄수'라는 말에 엄마의 눈이 희번덕거렸다. 다시 말을 고쳤다.

"동, 동료들한테 평가 좋게 받으면 그게 가산점이 되어서 일찍 나갈 수 있대. 이 주에 한 번씩 하는데 오늘이 내 차례야. 나 오늘 나갈 수 있어."

"왐마. 참말이여?"

아빠가 화들짝 놀라 물었다. 엄마의 기분을 풀어 주기 위해 더 과한 반응을 보이는 거라는 사실을 모를 리 없는 수정이 역시 들떠서 말을 덧붙였다.

"응! 나 오늘 엄마, 아빠랑 같이 내려갈 수 있어. 나 이제 엄마, 아빠 말 잘 들을게. 정말 반성 많이 했어."

# 국가비상사태

\*\*\*

대선 당시 내걸었던 공약을 지키기 위해 대통령이 시행한 정책들은 언제나 여야 싸움을 부추기기에 충분했다. 악플러를 근절하기 위한 것에 대해 반대해서가 아니라, 그 정책들로 말미암아 대통령의 지지율이 높아지니 총선은 물론이고, 차기 대선에까지 영향을 끼칠까 두려웠기 때문이라고 해야 맞다.

물론 악플로 따지자면 야당 의원들 역시 자유로울 수 없다. 자녀의 학업과 병역은 물론이고, 재산증여와 그것과 떼려야 뗄 수 없는 관계인 탈세, 위장전입, 불법투기 등 비난할 것이 천지인 야당 의원들은 악플에 이미 이골이 날대로 났기 때문에 그 심각성을 누구보다 잘 알고 있었다. 하지만 대통령의 인기가 많아지는 것이 악플에 시달리는 것보다 그들에게는 더 견딜 수 없는 복통이었다.

그리고 새롭게 발생한 문제가 있었으니 바로 단순 여야의 다툼에서 그치는 것이 아니라, 국가적인 화두로 떠올랐다는 것이 핵심. 청와대 게시판이 일반 국민부터 사회적 민간단체, 기업 등의 각축장으로 변모해 버렸다는 것을 이야기하는 게 아니다. 가장 중요한 '청년고용'에 브레이크가 걸렸다는 사실이다. 그야말로 사회기능이 마비되기 시작했다.

[미친 거 아니에요? 남의 인터넷 기록을 왜 뒤져봅니까?]

[사생활 침해도 가지가지 하네요.]

[그런 식으로 하면 모두 백수 되라는 것밖에 더 되나?]

[이건 또 다른 기업의 갑질입니다. 반드시 고쳐야 합니다.]

[여기가 사회주의 국가도 아니고 대통령께서 이에 대한 시원한 대답이 필요합니다.]

이 모든 것이 〈악플 근절에 대한 국민과의 대화〉 방송에서 익명의 청년들이 보내온 쪽지들이었다. 오전에 해당 프로그램을 생방송으로 녹화하고, 청와대로 돌아온 대통령은 안색이 어두웠다. 다수의 공기업 및 대기업에서는 기존 채용 시 1차 필기시험, 2차 인성/적성검사, 3차 면접으로 3단계 과정을 통과해야 했다. 하지만 악플 근절에 대한 대통령의 강력한 의지의 입김이 닿으면서 채용수순도 바뀌었는데, 바로 2차 인성/적성검사 중 인성검사 대신 댓글 전력을 확인한다는 것. 그것에 대한 조항은 이미 입사 지원 시 작성해야 될 서류에 기재되어 있었다.

청년들이 뒤늦게 강력하게 반발할 수밖에 없는 것은 (잘 읽어보지도 않는 깨알 같은) 개인정보제공활용 동의서에 '지난 5년간의 댓글 확인에 동의' 항목 때문이었다. 토익 점수와 대학교 학점, 그리고 해당 직무시험 준비에만 열을 올렸던, 그래서 합격이 예정되어 있던 숱한 지원자들이 뒤늦게 우후죽순 떨어지고 말았다. 아니, 자발적으로 합격을 거부했다고 해야 맞다. 하지만 지난 5년간 자사를 비방한 댓글을 쓴 지원자 또는 인성 면에서 큰 결함이 발견되는 지원자를 떨어뜨리는 것은 도덕적 측면에서 전혀 문제될 것이 없다는 것이 기업 측의 주장. 그럼에도 불구하고 반발은 계속됐지만, 그 반발마저도 익명 뒤에서 이루어졌을 만큼 악플러의 수는 어마어마했다. 그런 그들이 선택한 것이 역시 익명(!)으로 글을 남길 수 있는 청와대 게시판이었다.

"평소에 그렇게 물고 뜯던 회사가 높은 연봉과 풍부한 복지혜택을 준다니까 입사를 희망한다는 것은 좀 아니지 않나? 아무리 자본주의 사회라도 말이야. 몰랐으면 몰랐지. 그 실체를 알고 나면 자네 같아도 안 뽑지 않겠나?"

"맞습니다."

"그런데도 그 난리들이라니."

"다만 기업 측에서 지난 댓글 전력을 확인한다는 것에 대해 동의를 구하는 방식이 다소 반발을 불러일으킬 만했으니까요."

"그건 기업 내부의 채용 정책상 문제 아닌가?"

"아무래도 부작용이라고 보는 견해가···."

"부작용이라니. 좌우지간 진실이 드러났다는 점에서는 오히려 순기능 아닌가?"

"네··· 아, 참. 오늘 아침 여덟 시부터 광화문에서는 또 집회가 열렸다고 합니다."

"무슨 집회?"

비서관이 잠깐 속으로 말을 고르다가 조심스레 입을 열었다.

"학부모…들이 일부 교육인 단체와 연계해서… 열었다고 합니다."

"그게 무슨 소리야? 학부모들이라니?"

"네, 그러니까 한 달 전부터 전국적으로 실시한 [인터넷 혐오표현 근절교육] 때문입니다."

"그게 뭐 어쨌다고?"

"고3 수험생 자녀를 둔 부모뿐 아니라, 초중생 자녀를 앞둔 모든 학부모들이 모였습니다. 입시에는 그 교육과정이 전혀 불필요하니 즉각 중단하라는 것이 그들의 주장입니다."

"뭐야?"

"그런데… 학생들도 반발이 꽤 심합니다. 어떤 학생들은 그 과목을 수강하지 않고 학교 밖으로 이탈하거나 하교하여 사교육을 받으러 가는 경우도 많다고 합니다."

"그 부모에 그 자식들이구만."

"어떻게 보십니까?"

"뭘 어떻게 봐? 당장 명문고, 명문대 가는 것에만 급급하지. 자식들 인성을 신경 쓰지 않는 위인들이니 자식들이 그 모양 그 꼴이지. 코사인 탄젠트가 중요한 게 아니라 인성이 중요하다고 인성이. 나는 말이야. 우리 대한민국의 미래가 참 암담해."

***

국회.

씩씩대는 야당 의원들의 입김으로 열기가 대단했다.

"이놈도 잡아가고, 저놈도 잡아가고. 아, 싹 다 잡아가면 아닌 말로 다가 소는 누가 키우냐 이겁니다!"

"맞습니다! 이건 대통령이 자신의 지지율 상승에 치중한 나머지 하나만 알고 둘은 모르는 처사입니다!"

"솔직히 털어서 먼지 안 나는 사람? 나와 보라 그래요! 너무 깨끗해도 탈이 납니다. 사람이 적당히 지저분하고 세균이 있어야 사람이지. 한 톨 먼지 없이 깨끗하면 탈이 난다 이겁니다."

"인권 운운하던 대통령이 가해자 인권은 깡그리 무시해도 되는 겁니까? 아, 가해자는 사람도 아니에요?"

그때, 한 국회의원 비서관이 헐레벌떡 와 그이에게 귀엣말로 뭔가를 보고하는 눈치였다. 심드렁한 얼굴로 듣던 의원의 두 눈이 별안간 휘둥그레지면서,

"죄수가 철도에 몸을 던지다니?"

그러자 너 나 할 거 없이 스마트폰으로 최신 뉴스를 보는 사람들.

장내는 걷잡을 수 없이 술렁거렸다.

# 두 번째 레드볼

***

서울 광화문에 위치한 금싸라기 명당자리에는 박정희 경제개발 시대에 크게 부흥했던 석유회사 본사 건물이 떡하니 세워져 있었다. 이 높이 12층 건물 옥외에 설치된 LED전광판은 유명 톱스타들의 CF나 속보, 제야의 타종행사 또는 국가적 귀빈이 오거나 대통령의 담화가 있을 때에 특히나 제 몫을 톡톡히 했다. 때문에 전방 300미터에서 도로가 막혀도 운전자들은 그 전광판을 통해 그 시각 도로 교통 상태나, 그날 있었던 큼직큼직한 사건사고를 접하는 재미가 있을 정도였다. 그런 전광판에 오수정의 사진이 떠올랐다.

장엄한 레퀴엠을 연상케 하는 제목 모를 바이올린곡이 배경음악으로 깔리면서 그녀의 평소 셀카 사진들 일고여덟 장이 차례로 화면을 가득 메웠다. 눈밭 위에서 찍은 사진, 친구들과 여행 갔을 때 찍은 사진, 고아원와 미혼모 보호시설에서 자원봉사하며 찍은 사진, 아버지 환갑잔치 때 찍은 사진, 연초에 적은 감사노트 인증샷, 그리고 초중고 졸업사진까지. 마치 일대기같이 소개되는 그 사진들 하단에는 고정된 멘트가 자막으로 박혀 있었다.

전라남도 북구 OO동 출생.
생년월일 : 1998년 12월 9일.
북구여중, 북구여고 졸업. OO보건전문대학 보건과 졸업.
서울 강남 OO성형외과 재직 중 수감.
부 : 오귀행.
모 : 장정자.

도로에 정차된 차에서는 아예 창문 밖으로 고개를 내밀고 보는가 하면, 길 가던 행인들은 뜨악한 표정으로 입을 가리거나 또는 더 자세히 보려고 미간을 찌푸리기도 했다. 찰칵찰칵 인증샷을 찍는 어린 학생들도 있었다. 곧이어 그녀의 악플들이 화면에 이어졌다.

기사 : [고혜나, 아빠랑 쇼핑 왔어요.]
  ㄴ 개극혐. 무능한 가장이 딸이 돈 버니까 등골 뽑아먹네. 울 아빠는 나한테 용돈 한 장 달라고 안 하는디. ㅋ
  ㄴ 그냥 시골 아재 같은데 꾸민다고 달라짐?ㅋㅋㅋ

기사 : [겨울철 피부 관리 팁! 여배우 고혜나가 푼다!]

└, 지랄.ㅋ 성형한 거 다 티 남. 내가 직접 봤는데, 얘 서울 강남의 모 피부
   과 VIP임. 근데 그게 다달이 결제하는 거. 한 달에 천 넘음. 저번에 웬 뚱
   띠 아재랑 같이 와서 결제하는데. 둘이 무슨 사이인진 아무도 모름. ㅋ

기사 : [고혜나. NBS 주말연속극 여주인공으로 낙점.]

└, 얘 스폰이 누굴까?

└, 내 친구가 그러는데 어떤 뚱띠 아저씨가 피부과 한 달 치 결제해줬다고
   함. 근데 그게 월 1,000.

기사 : [여배우 고혜나, 다리 부상에도 링거 투혼.]

└, 아픈데 사진 찍을 정신은 있나?ㅋ 생긴 거 꼭 말기 암 환자 같음.ㅋㅋㅋ
   ㅋㅋㅋㅋㅋ

기사 : [고혜나, 산불 지역에 성금 3억 쾌척.]

└, 야, 그 돈 다 우리가 시청해줘서 번 돈인 거 알지?

└, 다들 칭찬해주지 마세요. 기부하면 나중에 돌려받는 거 많다고 들음.
   그리고 기부해서 이미지 좋아지면 또 CF 찍어서 돈 범. 얍삽의 끝을 달
   리네.ㅋ 그러면서 칭찬해달래. ㅋㅋ

기사 : [고혜나, 신부수업 중?]

└, 동영상 본 사람 손.

└, 어휴, 진짜 낯짝 두껍다. ㅋㅋㅋㅋ

기사 : [연말시상식. 별들의 모임을 빛내는 고혜나.]

ㄴ, 동료 배우들은 봤을까? 고혜나 동영상? 내 동료라면 옆에 스치는 것도

소름 끼칠 듯. 다들 피하세요.~~

# 사망 7개월 전

***

밤 열한 시.

늦은 시간이니만큼 통유리 너머에는 비교적 한가한 고속도로가 가로등에 반사되어 매끈하게 뻗어 있었고, 잔잔한 한강 위로는 몇몇 별들이 희미하게 떠 있었다.

스위트 라이프 캐슬.

[동료 배우들은 봤을까? 고혜나 동영상? 내 동료라면 옆에 스치는 것도 소름 끼칠 듯. 다들 피하세요.~~]

다음 화면을 넘기니 이번에는 모자이크 처리가 된 동영상 캡처 이미

지가 첨부됐다. 실은 진짜 그녀와 관련된 영상도 아니다. 모자이크 처리를 할 필요도 없었다. 하지만 문제는 그 밑으로 줄줄이 달린 악플들.

"우우웨에에엑!!!"

후다닥 달려간 세면대에 마신 것을 모두 토해버렸다.

촤아아…!!!

먹은 것도 없이 쓴 물까지 꿱꿱거리며 뱉어내고 간신히 물로 입을 헹구는 혜나. 숨을 몰아쉬며 고개를 들자 거울에 비친 모습. 거기엔 인기 여배우 고혜나가 아닌, 연예인이 되겠다고 동생을 재활원에 버리다시피 두고 온 열네 살짜리 여자아이가 있었다. 촌스러운 앞머리, 까맣고 비쩍 마른 얼굴에 푹 들어간 볼, 욕심이 덕지덕지 묻은 입꼬리, 그리고 외로운 눈빛. 한 번 더 입을 헹구고 비틀거리며 화장실을 나섰다.

거실에는 선물로 받은 양주병들이 아무렇게나 널브러져 있었다. 모귀한 자리에서 식전 와인, 식후 와인을 구별하지 못 해 망신을 빚은 일로 대표가 잔뜩 사다 놓은 것들이었다. 격에 맞는 습관을 길들여야 한다고. 철퍼덕 하고 소파 앞의 바닥에 주저앉았다. 그러면서 대리석 테이블 모서리에 무릎을 부딪쳤지만 대단한 통증임에도 불구하고 아무 느낌도 나지 않았다. 계속 머리를 때렸다. 그 댓글이.

**[동료 배우들은 봤을까? 고혜나 동영상? 내 동료라면 옆에 스치는 것도 소름 끼칠 듯. 다들 피하세요.~~]**

언젠가 찍은 전쟁영화에서 포로로 적군에게 끌려가는 신이 아직도 잊히지 않았다. 당시 그녀는 두 손목을 뒤로 결박당한 채, 눈가림을 하고 줄줄이 엮여 무작정 앞만 내디뎠는데, 그때가 생각났다. 그냥 끌려가는 것과 앞이 보이지 않은 채 끌려가는 것은 두려움의 크기가 어마어마한 차이가 있다는 것을. 어디로 흘러가는지, 어디까지 흘러가는지, 그리고 어떻게 되는지 그 무엇도 가늠할 수 없는 늪 같은 공포.

혜나는 꼭 그것이 자신이 처한 현실과 다를 바 없다고 생각했다. 차라리 나락으로 떨어졌으면. 그럼 발을 딛고라도 서 있을 텐데 말이다. 허공에 붕 뜬 채 언제 또 어떻게 어디까지 떨어질지 모르는 막막함. 숨이 막혔다. 한없이 추락하고 있는 중.

숨을 고르기라도 하듯이 들숨, 날숨 일정 속도로 반복하던 그녀가 문득 눈물을 흘리기 시작했다. 이미 눈물 콧물로 번드르르하게 얼룩진 하얀 티셔츠 어깻죽지에 다시 얼굴을 묻었다. 눈에서는 줄기차게 눈물이 흘러내렸다. 속 깊은 곳에서 용암 같은 불덩이가 마구 치솟았다. 나 좀 꺼내달라고. 푹, 러그 위로 얼굴을 묻은 그녀. 어깨가 몇 번 세게 흔들리더니 흐느끼는 소리가 새어나왔다. 그리고 이번엔 아예 소리내어 울기 시작했다.

"엄…마…."

하필 이럴 때 빌어먹을 그 단어가 나오다니! 자신과 남동생을 버린 여자가 왜 하필 이렇게 힘들 때 생각이 나는 걸까? 더욱 분해서 끅끅대고 가슴을 쳤다.

몇 달 전부터 루머가 돌았다. 고혜나가 살고 있는 스위트 라이프 캐슬을 지은 개성그룹 손자와의 스캔들이. 물론 처음부터 비즈니스 관계는 아니었고, 소개로 좋은 만남을 유지했던 건 사실이었다. 처음 본 자리에서 호감을 갖게 되고, 그 후 몇 번의 데이트가 있었다. 그것이 죄가 되지 않기에 굳이 숨기려고 노력해본 적도 없었다. 다만, 대표는 쉬쉬하자며 결혼할 게 아닌 이상 숨기자고 성화였지만.

연예계에서도 알음알음 알려진 내용. 동료 연예인도 소개시켜줬고, 인터뷰에서 짓궂은 리포터가 거기에 대한 언급을 했을 때에도 굳이 감추려고 하지 않았다. 물론 결혼까지 가면 좋지만 설령 헤어진다 하더라도 젊은 남녀가 만나다 헤어지는 거야 자연스러운 이치라고 생각했으니까. 하지만 세상은 재벌 3세와 사귀는 고혜나를 가만두지 않았다.

어느 순간부터 증권가 지라시에서 시작했는지는 몰라도 '고혜나'라고 포털에 검색을 하면 연관 검색어에 '성관계 동영상', '재벌과 여배우 영상', '고혜나 동영상', '고혜나 동영상 유출', '고혜나 A호텔' 등이 뜨기 시작한 것. 초반에 대수롭지 않게 넘긴 것이 화근이었다. 싹수가 보일 때 잘라 버려야 했는데, 손 쓸 겨를 없이 걷잡을 수 없게 퍼져 버렸다.

말이라는 것이 그렇다. 꼬리에 꼬리를 물다 보면 그 물린 부분에 반드시 흠집이 나기 마련.

단순 연관 검색어나 추측이 아닌, 인터넷에 떠도는 디테일한 (목격담을 가장한) 장문의 글들은 더욱 그녀를 괴롭혔다. 언제 어디서 누가 어떻게… 육하원칙에 따라 쓰인 불확실한 글은 그녀가 침묵할수록 진실인 양 굳어졌다.

대체 어느 누가 침묵이 금이라 했던가? 침묵은 누군가에겐 미덕이지만, 그것이 통용되지 않는 사회에서는 방관이고, 외면이고, 포기였다. 악플러의 목적이 대상자로 하여금 자기의 악플을 보게 함이 아니라(볼 확률이 없다는 것쯤은 그들도 잘 알고 있으니), 남들도 자신과 똑같이 생각하게 만드는 것이라면 결과적으로 목적은 달성한 셈이었다. 여론이 악플러의 바람대로 흘러가고 있으니까.

회사 측에서도 난리였다. 회사 건물을 몇 층은 지어 올리는 주력상

품에 흠집이 났으니 당연한 결과였다. 유명 포렌식 전문가들에게 의뢰한 결과(또 고혜나의 결백도 있었고), 그 동영상 속 여자는 고혜나를 닮은 체형이나 키가 전혀 다른 제3자라는 것. 그것도 베트남에 국적을 둔 여성. 잘못된 연예뉴스를 낸 언론사에 정정 보도를 요청했지만 소용없었다. 그건 그때뿐이었다.

'고혜나' 하면 '성관계 동영상'이 하나의 등식처럼 붙어 다녔다.

[동료 배우들은 봤을까? 고혜나 동영상? 내 동료라면 옆에 스치는 것도 소름 끼칠 듯. 다들 피하세요.~~]

"나 아니란 말이야아…!"

러그에 얼굴을 묻고 악을 쓰고 우는 고혜나가 혼잣말로 중얼거렸다.

"다들… 팬이라고 할 땐 언제고… 진짜 아닌… 우우우웨!"

또 속이 뒤집어지는지 다시 꿱꿱거렸지만 쓴 물만 나왔다. 얼룩진 눈물로 벌건 얼굴. 입술까지 흐르는 코를 닦으려고 테이블 위 휴지에 손을 뻗던 손길이 허공에서 몇 번 헤매다 옆에 어느 상자를 바닥으로 떨어뜨렸다.

몸을 겨우 일으킨 그녀. 더듬더듬 시선이 머문 자리엔 떨어진 상자에서 빠져나온 편지 하나가 있었다. 얼마 전에 받은 그 선물상자. 아기 푸우가 그려진 예쁜 편지지였다.


고혜나 언니께.

언니 안녕하세요? 저는 소혜라고 해요.

언니의 오랜 팬이었어요. 저는 언니가 '걸스클럽'으로 활동할 때부터 너무 너무 팬이었어요. CD도 다 샀고요. 크리스마스 캐롤 음반도 샀어요. 노래가 너무너무 좋은 거 있죠!

사실 제 꿈도 가수랍니다! 그래서 걸스클럽을 보면서 꿈을 키웠어요!

아, 그런데 사실… 전 콘서트에 가본 적이 없어요… 왜냐하면 걸스클럽은 해외공연을 안 오잖아요? 참고로 저는 미국에서 살았거든요. 한국에 들어온 지 얼마 안 됐어요. 아빠 일 때문에요!

대신에 한국에 온 뒤로는 언니가 나오는 드라마는 빠짐없이 다 봤어요. 사람들은 언니가 갑자기 연기한다고 했을 때도 다들 뭐라 했지만, 전 정말 언니를 응원했어요. 언니는 정말 연기를 잘 하니까요! 진짜예요! 본방송도 무조건 챙겨보고, 나중에 소장하려고 다운도 다 받아놨어요! 아! 오해하지마세요. 유료로 다운 받은 거니까요! 푸히히!

그리고 사실 결정적으로 제가 진짜, 진짜 팬이 된 건 농아 재활원에서 언니를 처음 봤을 때였어요! 언니는 기억 못 하시겠지만 저도 거기서 아빠랑 봉사활동 하거든요! 헤헤. 자주는 아니고 정말 가끔 아주 가끔 갔는데요. 하필 제가 간 날 언니가 온 거였어요! 꺅!

보통 연예인들은 봉사활동 하러 올 때는 매니저나 카메라맨 데리고 다니던데… 언니는 정말 혼자만 와서 봉사하는 거 보고 너무 충격 받았어요. 진짜 '우아' 싶더라고요. 아이들한테도 너무 잘해주고, 궂은일도 다 하고, 힘든 목욕도 다 한 명 한 명 해주고… 그리고 맛있는 것도 사주고… 그래서 아이들이 언니만 오면 되게 따르나 봐요! 제 말은 잘 듣지도 않는 애들이! 혼내줘야지! 헤헤, 장난이고요.

제 평소의 우상이던 언니가 봉사활동도 열심히 하는 모습 보고 저는 열혈 팬이 됐답니다! 아, 참! 그리고 저는 꿈이 바뀌었어요! 언니처럼 연기자가 되고 싶어요! 부모님은 저보고 이랬다저랬다 하냐고 뭐라 하세요. 언젠 피아니스트, 언젠 가수, 또 이번엔 연기자냐고요. 이번엔 진짜예요! 헤헤. 꼭 연기자가 돼서 언니랑 연기도 해보고 싶고 그래요! 그럴 날이 올까요? ㅠ.ㅠ

그리고 있잖아요! 언니, 요즘 언니가 멋있는 말한다고 사람들이 시기 질투해서 막 뭐라 하던데요. 전혀 신경 쓰지 마세요. 그 사람들은 다 언니가 부러워서 그러는 거예요. 부러우면 진다고 하던데. 그 사람들은 다 패배자예요. 그러니까 언니 너무 속상해 말고 그 사람들을 그냥 안타깝게 여기세요.

언니는 지금도 충분히 잘 하고 있어요! 언니를 응원하는 팬들이 얼마나 많은데요! 물론 저 소혜도 있고요! 이 말 꼭 전해주고 싶었는데 아마 실제로 만나면 입도 뻥긋 못 할 거예요^^ 그래서 이렇게 편지에 쓴답니다! 으캬캬~

앗! 언니 저 이만 편지 써야겠어요! 언니가 나오는 드라마 할 시간이에요! 본방 사수해야 된단 말이에요! 앗! 이제 한다. 한다!!! 언니 진짜 그만 쓸게용!

안녕히 계세요.~

심소혜 올림.


아기 푸우가 그려진 예쁜 편지지 위로 방울 하나가 번졌다.

방울 둘이 번졌다.

방울 셋이 번졌다.

# 수감 30일 차

***

*- 어이! 나 여기 동남구 국회의원인데 거기 소장 바꿔!*

이렇게 시작한 통화가 벌써 삼십 분째 이어지고 있었다. 심 과장은 내선전화를 돌린다고 진짜로 돌리면 어떡하느냐고 행정실에 가서 눈치를 주고 왔지만, 그때까지도 전화는 끊길 기미가 없었다. 일일이 대꾸하는 소장을 보며 드는 생각은 저렇게 끊어놓고 혹여 불똥이 저한테 튀진 않을까 싶은 심 과장. 옆에서 서류 정리를 하는 척했지만 까놓고 말하자면 소장의 안색을 살피러 왔다고 봐야 맞다.

*- 당신 말이야! 아무리 죄수라도 그 전광판에 떡하니 사람 사진 띄워놓고, 신*

상정보 올리고! 그럼 쓰겠소? 당신은 인권이라는 것도 몰라? 지금이 군사정권 시대야! 앙!

그 의원은 안 그래도 자신의 고향이자 지역구에 수용소가 있는 것만 으로도 꺼림칙하다는 이유로 악플근절 정책 자체를 줄곧 반대해온 인물 이었다. 그런데 그것이 국가적, 아니 세계적인 이슈로 떠오르며 각국의 일간지와 뉴스에도 오르내리자 지역 주민들로부터 반발을 미어터지도 록 접수받은 상태. 화가 날 대로 날 수밖에 없었다. 총선도 다가오고 여 러모로 바빠 죽겠는데 짜증나게 별 시답잖은 것들이 초를 치고 있어.

- 자살이라니? 철도에 뛰어들어 자살이라니, 그게 말이요? 방귀요?

고압적인 헤르츠가 수화기 너머로 터져 나왔다.

- 소장 같아도 죽고 싶지 않겠소? 어떻게 낯을 들고 다니냐 이 말이야! 그건 명백한 인권 침해라고! 지금 여론이 들끓고 있다고! 시집도 안 간 앞날이 창창한 아가씨가 철도에 뛰어들어 자살하니 그 부모 속은 속이겠냐고? 내 말은.
- 의원님 말씀 잘 들었습니다.
- 듣지만 말고 똑바로 하라 이 말이요!
- 그런데 의원님. 죽은 고혜나의 부모 심정은 생각해보셨습니까.
- 뭐요?
- 오늘 이틀 전에 죽은 죄수는 단 하루만, 아니 단 몇 시간만 고통받고 죽었다 지만, 고혜나는 몇 년을 고통받다 죽었습니다. 게다가 고혜나는 자택에서 극단

적 선택을 했다지만, 그 죄수는 공공에게 피해를 줘가면서 생을 마감했지요. 얼마나 이기적인 행동입니까.

- 당신 지금 뭔 소리를 하는 거야?

- 수용소 설치는 절대적으로 필요한 부분이었습니다. 대통령께서도….

- 이 사람이 정말! 아, 제도적으로 시급한 건 알겠는데! 그렇게 폭력적으로 나가면 어떻게 하나 이 말이야. 똑같은 사람이 되겠다는 거밖에 더 되지 않나?

- 의원님.

- 사람이 말이야. 용서할 줄도 알아야지!

- 의원님.

- 아, 그놈의 의원님 타령은! 뭘! 할 말 있소?

- 의원님, 몇 년 전에는 군에 입대한 자제분이 선임병으로부터 폭언을 들었다는 이유로 그 선임병을 영창 보내는 데 입김을 불지 않으셨습니까.

- 뭐야?

- 그리고 제대 후에는 취업 문제에 불이익을 주신 걸로 알고 있습니다.

- 내, 내가 언제! 이 사람이 없는 말을 지어내고… 이 사람 가만 보니까 큰일 날 사람이구만?

- 내 자식이 당하면 부모는 피가 거꾸로 솟는 법입니다. 내 자식이 귀하면 남의 자식도 귀한 법이고요.

- 그럴 때일수록 용서를 해야지! 당신, 공직에 있으면서 관용이 얼마나 큰 미덕인지 몰라?

- 용서란 용서받을 가치가 있는 자에게만 쓰이는 단어입니다.

- 휴… 이보쇼! 그러니까 내 말은 소장? 거 나중에 그런 못된 악플러 놈들 다 벌 받을 건데… 뭐 하러 우리 이 산 좋고, 물 좋은 곳에 그런 무서운 걸 지어서 설

레발 치냐 이 말이오, 내 말은. 나중에 하느님이 벌주겠지!

- 전 하느님을 믿지 않습니다.

- 아, 그럼 부처님도 있잖아! 알라신도 있고! 누구든 벌주겠지! 그걸 왜 소장이 걱정하나? 앙?

- 살아 있을 때 받아야 벌이지요. 죽은 다음에는 벌을 받는지, 안 받는지 어떻게 압니까? 막말로 뒤지면 끝 아닙니까.


심 과장은 놀라 벌어진 눈을 소장에게서 떼지 못했다. 제대로 화가 난 게 분명했다.


- 당신 말이야! 대통령 백 믿고 설치나 본데! 대통령이 언제까지 케어해줄 줄 알아?

- 저는 대통령의 지시와 명령으로 이 자리에 앉은 것이 아닙니다. 사회적 책임감으로….


그러자 수화기 너머에서는 고성이 쏟아지더니 일방적으로 끊은 모양이었다. 뭐라고 하는지 모두 알아들을 순 없지만, 옆에 있는 심 과장의 귀에도 '뭐 이딴 또라이 새끼가 다 있어!'라는 말은 분명히 들렸다.

"죽은 죄수의 부모가 뭘 어쨌다고."

소장은 아무렇지 않게 수화기를 내려놓더니, 전화가 오기 전 보고받은 내용을 다시 되물었다. 막 끊은 통화 속 분기는 온데간데없이 사라지고.

"예?"

"아까 말이야. 자살한 오수정 부모가 뭘 어떻게 했다고."

"아… 아! 오수정의 모친이 자기 딸을 살려내라며 우리 수용소를 상대로 경찰에 고소를 하였습니다. 그리고 시민인권단체에서도…."

"됐어. 그 문제는. 남은 죄수들 수감생활은 어떻게 되어가고 있나."

***

인생은 끼리끼리다.

학벌, 직업, 거주지, 기본정서나 교육환경, 더 나아가 사회와 역사를 바라보는 관점과 의식 수준까지도. 그러나 보통 이 '끼리끼리'라는 말은 타인 한정 표현이다. 막상 본인에게 적용되는 일은 드물기 마련이다.

감방 안.

네 명의 남은 죄수는 김광덕, 신영자, 장민환, 그리고 윤설. 이렇게 악플러들끼리 모여 앉아 있자니 서로가 서로를 혐오스러운 눈초리로 보았다. 네 사람은 바둑판 좌우상하의 귀(검은 점)에 착석한 것마냥 떨어져 있었는데, 특별히 오가는 대화는 없었다. 오히려 대체 누가 어떤 악플을 달았을지 나름 추측하고 가늠해보는 눈치들이었다.

죄수 오수정이 철도에 뛰어들어 자살했다는 이야기는 죄수들에게 큰 충격으로 다가왔다. 처음 손목 팔찌가 폭발하여 과다출혈로 사망한 박기성의 경우, 원체 곁을 내주기 힘들 만큼 음산하고 낯빛이 안 좋았던 지라 크게 동요되는 법이 없었는데, 오수정의 경우는 달랐다. 이십 대 특유의 싹싹함과 패기, 조기 퇴소할 수 있다는 격려를 불어넣던 동료 죄수였기에 더욱 그랬다. 하지만 그건 그녀가 자살하기 전의 일이다. 정확히 말하자면 그녀가 단 악플이 세상에 밝혀지기 전이라는 뜻.

    └, 지랄ㅋ 성형한 거 다 티 남.

    └, 얘 스폰이 누굴까?

    └, 생긴 거 꼭 말기 암 환자 같음.ㅋㅋㅋㅋㅋㅋㅋㅋ

    └, 야, 그 돈 다 우리가 시청해줘서 번 돈인 거 알지?

    └, 동영상 본 사람 손.

    └, 어휴, 진짜 낯짝 두껍다. ㅋㅋㅋㅋ

    └, 동료 배우들은 봤을까? 고혜나 동영상? 내 동료라면 옆에 스치는 것도 소름 끼칠 듯. 다들 피하세요.~~

1층 다목적실에 모여 동료 죄수의 죽음을 애도할 때, 앞 스크린 화면에는 그녀의 악플들이 영화의 엔딩 크레디트처럼 올라갔다. 그 배경에는 그녀의 평소 셀카 사진이 번갈아가며 화면에 띄워졌다. 착잡한 얼굴들은 점차 속 모를 얼굴로 변했다.

오수정의 악플을 혐오스러워하면서 또 한편으로 놀라워하면서, 그리고 다른 한편으로는 몸속 혈류에 '동질감'이라는 성분이 흐르는 것을 깨닫고 소스라치게 놀라는 자신을 보면서.

"다음은… 다음 레드볼은… 누구…죠?"

더 이상 '레드볼'은 구명줄이 아니었다.

시한폭탄으로 다가왔다.

# 사망 6개월 전

***

바람기 하나 없는 하늘은 쾌청하고 맑았다. IC에서 빠져나와 면사무소가 있는 읍내로 진입하자 도시와는 다르게 낮은 건물들이 등장하면서 풍경이 달라졌다. 좀처럼 보기 힘든 이용원, 분주한 떡 방앗간, 차창을 반쯤 내리자 어느 한약방에서 다리는 한약재 찌꺼기의 냄새가 기분 좋게 코끝을 엄습했다. 서울에서 준비해온 선물들이 트렁크에 한가득했지만, 이내 간식을 빼먹었다는 사실을 깨달았을 땐 이미 고속도로 한가운데였다.

마트에서 나온 고혜나의 두 손에는 커다란 검은 봉지가 네 꾸러미나 되었다. 마트라고 해봐야 자그마한 30평 남짓의 창고형 도매상점. 비틀거리며 간신히 차 뒷 칸에 욱여넣은 그녀는 운전석에 몸을 실었다. 보조

석에는 한일 합작 영화인 〈**오네짱 인 코리아**〉 시나리오와 동시에 섭외가 들어온 또 다른 영화 시나리오인 〈**꽃은 지지 않는다**〉가 겹쳐져 있었다. 그녀는 운전대에 가만히 손을 올렸지만, 여전히 시선은 두 시나리오에 가 있었다.

〈**오네짱 인 코리아**〉는 한일 양국의 톱스타들이 출연하기로 사전에 예정되어 있어 아직 크랭크인에 들어가지 않았는데도 언론에서는 떠들썩한 대작이었다. 여기서 말하는 대작은 작품성이나 향후 수상 레벨을 염두에 두고 하는 말이 아닌, 한일 두 정부에서 긍정적으로 검토 중이고, 또 예산 지원을 아끼지 않는다는 것을 의미했다. 진작부터 홍보도 시끌시끌한 데다가 남주인공은 한창 주가를 올리는 일본의 톱스타 나카무라 카이토, 그리고 여주인공은 제1순위로 고혜나에게 섭외가 들어온 것이다.

줄거리는 대충 이렇다. 한국의 여대생과 일본의 남고생이 펜팔을 주고받으면서 우정을 쌓게 되고, 시간이 흘러 그 남고생이 오네짱(누나)이라고 불렀던 한국의 여대생을 만나기 위해 한국으로 여행을 온다는 것이다. 서로 얼굴을 모르는 상태에서 오네짱을 찾으러 다니는 남고생의 에피소드를 그린 영화라나?

반면에 〈**꽃은 지지 않는다**〉의 경우 단일 주인공이 고혜나로 정해져 있었다. 그렇기 때문에 책임감이 만만찮은데, 실은 고혜나가 고민하는 것은 따로 있었다. 이미 연기력에서는 입지를 탄탄히 다져온 그녀. 더욱이 〈**오네짱 인 코리아**〉의 경우, 위에서 다 봐주니 촬영만 열심히 하면 되는 데다가 출연료도 톱에 걸맞은 수준일뿐더러 원한다면 그중 절반을 선지급 해줄 수 있단다.

하지만 〈꽃은 **지지 않는다**〉의 경우 신예감독, 주연을 제외한 이름도 들도 보도 못한 100% 신인 배우들, 또 저예산에 낮은 출연료. 그리고 줄거리가 문제였다. 그것은 일제시대 때 일본으로 끌려간 할머니들의 스토리를 담고 있었다. 하나부터 열까지 모든 면에서 극과 극을 달리는 두 작품이었다.

이미 돈 욕심은 부릴 만큼 부린 그녀로서는 사실 작품성에 더욱 관심을 가질 나이다. 그러나 대표는 "이왕이면 돈도 많이 주고, 한일 양국에서 밀어주는 걸 해야지. 뭐 하러 긁어 부스럼 만드는 영화를 찍고 있냐? 돈도 안 되는 거."라며 줄곧 반대 입장을 고수해왔다. 요즘 한일 양국 간에 분위기도 좋은데, 괜히 '옛날 일'을 들먹거려서 재 뿌리지 말라며. 일단 알겠다고 좀 더 고민을 해보겠다고는 했지만, 역시나 손길이 더 가는 건 〈**오네짱 인 코리아**〉였다. 일본 진출을 할 수 있는 절호의 기회⋯!

"아, 몰라⋯ 어떻게든 되겠지."

혼잣말을 토하며 핸들을 꺾었다. 재활원을 향해 달리는 차 안에는 어느덧 그녀의 콧노래가 흘러나왔다. 보고 싶은 사람들, 그리고 봐야 할 사람이 기다리고 있기에.

\*\*\*

레인지로버가 저 멀리서부터 먼지바람을 일으키며 존재를 드러냈을 때, 재활원 마당에서 마냥 기다리던 아이들이 일제히 손뼉을 치며 뛰쳐나왔다. 아침부터 목 빠지게 기다리던 고생이 한순간에 보상받는 순간이었다. 원장 수녀가 다친다며 조심하라고 손짓을 하고, 소리를 쳐도 소용없었다. 수십 명의 아이들이 저희들끼리 신이 나서 백미터는 먼저 달려 나갔다. 차츰 다가오면서 차의 속도가 현저히 줄어들고 차에 들러붙은 아이들. 그중 몇몇은 차에 몸을 실으려고 안간힘을 썼지만, 이내 뛰쳐나온 수위 아저씨의 제지에 그 꿈을 이루지는 못 했다.

재활원 마당.

차에서 꺼내온 선물꾸러미와 간식들. 선생님들이 거들었지만 몇 번을 왔다 갔다 할 만큼 한 보따리였다. 산 중턱 고요했던 재활원에 잔치가 열렸다. 간만에 시끌벅적하고 웃는 소리로 가득했다.

"지난주에 못 와서 죄송해요."

"오늘 온 것만도 어디예요. 나는 오히려 클라라가 너무 자주 와서 고맙고, 미안하기만 한데."

원장 수녀가 어깨를 어루만지며 말했다.

"이거 아이들 속옷하고, 운동화랑 티셔츠예요. 아, 그리고 저 박스에 든 건 수영복이에요. 제가 협찬 받은 건데 너무 좋아서 아동용으로 구입했어요. 요 앞에 계곡 있으니까 아이들 놀기 좋을 거예요. 아, 참. 그리고…."

"세상에! 뭘 이렇게 많이 준비했어요! 이게 다…."

원장 수녀는 벌어진 입을 다물지 못했다. 제 자식을 키워도 이렇게 살뜰히 키우진 못 할 것이다. 피 한 방울 안 섞인 남의 자식, 그것도 가끔 봉사활동을 하러 오는 아이들에게 이렇게 섬세하게 하나하나 챙기다니. 그것들은 모두 원장 수녀가 재활원 예산으로 구입해야지 하던 올겨울 품목들이었던 것이다. 놀라움이 감동이 되고, 감동은 눈물이 됐다.

눈가를 훔치며 원장 수녀가 말했다.

"너무 고마워서 어쩌지? 클라라?"

"고맙긴요. 제가 할 수 있는 거라곤 이것 밖에 없는데….'

"으아! 우우 아!"

그때였다. 키가 큰 멀쑥한 남방 차림의 소년이 달라붙었다. 준우였다.

"고준우! 너 저번에 누나가 사준 반팔 티 왜 안 입고, 맨날 똑같은 남방만 입어? 안 그래도 못 생긴 게!"

남동생을 보자마자 대뜸 눈부터 흘기는 혜나. 준우는 그런 누나에게 말했다.

"이…어. 어!"

"언제 입었어? 누나가 볼 때 입어야지!"

"헤헤."

벙그레 웃는 준우는 이제 열여섯 살이 됐다. 동생이라기보다 마냥 아들 같은 남동생. 준우는 보자마자 잔소리를 하는 누나가 좋은지 영 곁을 떠날 줄 몰랐다.

"자아, 여러분!"

원장 수녀가 좌우를 환기하고 손뼉을 쳤다. 선물로 받은 점퍼를 입고 간식을 뜯기 바쁜 아이들이 건성으로 쳐다봤다.

"우리 모두 혜나 언니, 혜나 누나에게 '고맙습니다.' 할까요?"

원장 수녀가 가로로 댄 왼쪽 손등 위로 오른손의 옆면을 두 번 치며 말했다. 입을 한껏 벌리며 "고맙습니다." 하고 외치는 친구도 있었고, 또 수화로 말하는 친구, 아니면 아예 품에 달려들어 꼭 안아주는 어린 친구도 있었다. 남동생 준우는 괜히 어깨를 툭툭 치며 장난을 쳤다. 얼마 만에 웃어보는 걸까.

이 개구쟁이들. 때 묻지 않은 아이들. 혜나 저를 오롯이 받아주고, 또 묵묵히 기다려주는 주님께서 보내신 천사들. 안식처. 아이들을 한 명 한 명 끌어안는 혜나의 눈에서 눈물이 핑 돌았다.

"아, 참. 우리 아기 선생님도 오시네!"

원장 수녀가 가리킨 문 앞에는 그때 선물과 팬레터를 준 여중생이 서 있었다. 봉사활동 하러 온 학생들 중에 가장 어린 친구라고 사전에 말씀하신 게 기억이 났다.

"반가워…! 오늘 나왔구나!"

편지 속 장난기는 어디 가고, 여중생은 수줍어하며 학교 선생님께 인사하듯 고개를 반쯤 수그렸다. 그리고 웃으며, 오케이 손 모양을 두 눈에 가져다대다가 내린 뒤, 오른손 집게손가락으로 목 부분을 쓸어내렸다.

"(보고 싶었어요, 언니!)"

"…?"

순간 멈칫했다.

수화를 해…?

그리고 서둘러 어색한 웃음을 되찾았다. 미처 말하지 못한 사실을 뒤늦게 알려주기라도 하듯 원장 수녀가 옆에서 말했다.

"저 학생도 아이들과 같아요. 소혜예요. 심소혜. 가끔 봉사 오는 학생이에요."

***

몇 번이나 자책했는지 모른다. 자신의 오만함을. 편견 따위는 없는 성숙한 인격이라고 자부했던 착각을. 팬레터에서 '미국에서 살았다'라든지, '아빠 일'이라든지, '꿈이 피아니스트'라든지 단서가 되는 단어들을 통해 무엇을 유추해낸 것일까? 스스로가 속물처럼 느껴졌다. 잘사는 집에 태어나서 세상 물정 모르고, 연예인 뒤꽁무니나 쫓아다니며 경제적으로 여유로워 이 꿈 저 꿈 다 찔러 보는 철부지 여중생으로 결론을 내린 것이 틀렸다. 틀려도 단단히 틀렸다. 허탈한 느낌은 심지어 패배감마저 불러일으켰다.

눈앞에 선 아이는 말끔한 얼굴에 두 손을 공손히 모으고, 무슨 말만 해도 까르르 웃는 영락없이 주변에서도 볼 수 있는 아이였다. 신상 핸드폰도 갖고 있지도 않았고, 좋은 운동화를 신고 있는 것도 아니었고, 교복 남방 대신 입고 있는 것도 평범한 브랜드의 무지 티셔츠였다. 대개 아이돌을 하겠다고 연습실을 들락거리는 적당히 영악하고, 적당히 패셔너블한 아이들과는 너무나도 다른. 어쨌거나 고혜나의 예상을 송두리째 엎어버린 아이였다. 더구나 한때 가수가 꿈이라지 않았던가? 지금은 연기자가 꿈이라고 했지, 참! 그런데 그 아이는 말을 못했다…! 전혀 못했다! 그런데 가수를 꿈꿨어…? 연기자가 되고 싶다고? 어떻…게?

가장 힘이 들 때 손을 건넨 사람은 쉽게 잊히지 않는 법. 동영상 루머와 악플로 입에도 못 대는 양주를 사발째 들이키던 그날 밤, 소혜의 팬레터는 큰 힘이 되었다. 아니 마약처럼 퍼져서 마음에 온기를 불어 넣었다고 해야 맞다. 그런 고마움은 소혜라는 아이의 모습을 그녀 멋대로

'높은 수준의 구세주'로 그려냈는지 모른다.

보이는 것은 얼마든지 꾸며질 수 있으며, 들리는 것은 얼마든지 오염될 수 있다.

그래, 있는 그대로를 인정해야 한다. 더구나 소혜는 농아다.

그런 소혜를 두고 혜나 자신은 실망을 했는가? 거꾸로 동정을 했는가? 진지하게 생각했던 마음의 무게가 돌연 가벼워지지는 않았는가? 뻥 뚫린 고속도로를 내달리면서 혜나는 스스로에게 물었다.

제 안에는 독단과 선입견이 없었는지.

# 생존자 명단

~~이름 : 박카성~~
~~나이 : 32세~~
~~직업 : 무직~~

~~이름 : 오수정~~
~~나이 : 27세~~
~~직업 : 간호조무사~~

이름 : 장민환
나이 : 29세
직업 : 사법고시 준비 중

이름 : 신영자
나이 : 38세
직업 : 전업주부

이름 : 김광덕
나이 : 52세
직업 : 인테리어 자영업자

이름 : 윤설
나이 : 15세
직업 : 중학생

# 수감 40일 차

***

감방 안에 창문이 없는 것을 처음으로 다행이라 여겼다. 그리고 굳게 믿었다. 면회 온 아버지와 어머니를 그냥 돌려보낸 것은 잘한 일이라고. 오늘은 수감 40일 차. 세 번째 레드볼을 추첨하는 날. 주인공은 장민환이었다.

누가 죽었건, 또 어떻게 죽었건, 그래서 몇 명의 죄수가 남았건 간에 약속은 약속이다. 세 번째 레드볼을 장민환이 받기로 했고, 그들은 그 약속을 지켰을 뿐이다. 처음 박기성이 죽었을 때는 다소 놀랐을 뿐이었고, 두 번째로 오수정이 자살했을 때 비로소 공포로 다가왔다. 때문에 세 번째에 장민환에게 레드볼을 주기로 평가를 한 것에는 아무도 이견이 없었다. 오히려 과연 이번엔 어떤 조건이 내걸려 있을지 관심이 쏠릴 뿐.

앞날을 예측할 수 없는 돌다리에 먼저 떠밀린 기분이었지만, 각오를
해야 했다. 손목 팔찌? 좋다. 평생 악플을 남기지 않는다면 그깟 손목
팔찌쯤은 아무것도 아니다. 박기성 그자가 아둔하고 경솔했을 뿐이다.
시내 한복판에 얼굴 공개? 그것도 좋다. 자신이 저지른 악플에 대한 대
가라면 얼마든지 받아줄 기세였다. 그 정도도 이미 각오했으니까. 또 뭐
가 있을까?

"수감번호 1511!"

장민환이 벌떡 일어났다. 남은 이들의 시선도 사냥감을 숨죽이고 지
켜보는 듯 노련하게 움직였다.

"퇴소 준비하세요. 레드볼 조건은 귀가 완료 시 전해집니다."

"네… 감사합니다."

마지막에 "감사합니다."라고 말할 때는 지나치리만큼 저자세였다.
그걸 캐치해낸 남은 죄수들이 서로 눈짓을 주고받았다. 비웃음이나 조
롱이 아닌 미심쩍음에 가까운.

그는 살아남을 수 있을 것 같았다. 짧은 시간이었지만 함께 한방을
쓰고 지내면서 몸소 터득한 사실이었다. 누구처럼 경솔하지 않고, 누구
처럼 나약하지 않았으니까. 놀라울 만큼 이성적이고 배포가 두둑한 청
년이니까. 김광덕은 도망치듯 감방을 나서는 그의 뒷모습을 보고 그렇
게 생각했다.

$$***$$

"경기도 민족외고 졸업, 한국대학교 법학과 졸업, 거기다 사시 1차 합격… 이건 엘리트구만."

장민환의 프로필이 기록된 서류를 내려놓으며 소장이 말했다.

"네. 그렇게 똑똑한 인재가 왜 자기 인생을 스스로 망치는지."

"인생 망치는 데 학벌의 고하를 따져서 뭐하나. 오늘 레드볼을 차지했다고."

"네."

"음… 어떤 악플을 달았지."

"저 그게…."

파일 뭉텅이를 들고 있던 심 과장이 말끝을 흐렸다.

"수감번호 1511. 그러니까 장민환이는… 악플을 달았다기보다는…."

# 사망 5개월 전

\*\*\*

"그게 뭐 어때서? 내 동생이랑 찍은 사진 올리는 것까지 일일이 허락받아야 돼?"

매니저한테 화낼 일이 아니었다. 실은 대표한테 하는 말이었다. 촬영을 끝내고 오피스텔로 돌아오는 차 안에서 대표의 말을 전해들은 이상 자기도 모르게 신경질적으로 튀어나온 것이다. 그걸 모를 리 없는 십년지기 매니저가 여유롭게 고개를 끄덕이며 맞장구쳤다.

"대표님, 원래 SNS에 예민하잖아. 그러려니 해."

"몰라. 남 셀카 올리는 것까지 일일이 신경 쓰고. 누가 일 안 한대?"

재활원에서 봉사활동을 하고 온 날 저녁.

고혜나가 SNS에 셀카를 올린 것이 화근이었다. 아름다울 것 없는 성장환경 때문에 겉으로 드러나지 않은 가정사가 있다는 것쯤은 팬들도 이미 알고 있는 실정. 때문에 대표는 고혜나가 놓아 남동생을 공개하는 것을 내심 탐탁지 않아 하는 눈치였다. 밀고 있는 콘셉트 자체가 수수하고 친근하기보다는 도도하고 범접하기 힘든 부잣집 딸이었으니까. 봉사활동 하겠다는 거야 좋은 일 하겠다는데 말릴 순 없겠지만, 그래도 동생은 좀 숨겨두지 싶었던 것이다.

그래도 선행을 했으니 선플이 달리고 반응이 좋을 거라는 예상과 달리 연예계 바닥에서 잔뼈가 굵은 대표는 이미 네티즌들의 생리를 잘 알고 있었다. '그것도 잠깐'이라는 것을. 자고로 '공인의 선행은 짧고, 과오는 길다'는 것이 대표의 평소 지론이었다. 여기서 '과오'가 가리키는 범주에는 그녀의 남동생도 비껴나갈 수 없었다.

어차피 공개되면 익명에 숨은 사람들이 뭐라 물고 뜯을지 모르니 공개하지 말자고 했지만, 혜나는 그럴 수 없다. 내 동생이 어디가 어때서? 죄 진 것도 없는데?

하지만 그것은 악플러가 판단할 몫.


[저런 병신을 낳고도 미역국 먹었을 니 에미가 불쌍하다. 그래도 누나 잘 만나서 호강하고 살 줄 알았는데 누나란 년은 지 입에 풀칠하기 바빠서 동생 버린 거임?]

[미친년아. 인스타그램에 올리려고 동생 찾아가서 고새 셀카 찍었냐? 그럴 시간에 네 얼굴이나 뜯어 고쳐. 자연 미인이 아니라 넌 그냥 자연인이야. ㅉㅉ]

[남동생은 알고 있냐? 너 개성그룹 손자랑 그렇고 그런 사이인 거? 컴퓨터

못하게 해라. 네 동영상 볼 수도 있으니까 이 더러운 년아.]

[존나 뻔뻔하네. 말도 못하는 네 남동생 연예계 데뷔시키려고 밑밥 까냐? 그냥 평생 혼자 살면서 노가다나 시켜라. 사회에 방생시키지 말고. ㄴㄴ]

[웃는 거 자폐아인 줄. ㅋㅋㅋ]

[그땐 기형아 검사 없었음? 그냥 낙태해버리지. ㅉㅉ 그래서 에미가 도망 갔지. ㅋ]

이 모두가 인스타그램 DM(Direct Message)으로 온 공격들이었다. 혜 나는 이전에 받은 DM을 한참 내려 일일이 확인했다. 내리는 엄지손가 락이 파르르 떨렸다.

[세금은 제대로 내냐? 씨발년아? 대한민국 참 조옷 같네. 너 같은 건 세무 조사해서 콩밥이나 처먹어야 되는데. ㅉㅉ 나도 연예인이나 해볼까 보다. 염 병.]

엘리베이터에 몸을 실은 고혜나는 스위트 라이프 캐슬 8층에 도착해 문이 열렸지만, 좀처럼 발이 떨어지지 않았다. 아이디를 보자 얼어붙은 것처럼 서 있었다. 몇 달 전, 고소를 취하해줬던 악플러와 동일 인물이 었다. 부모님의 기대가 크다고, 그동안 봉사활동도 열심히 잘 해왔고, 열심히 시험 준비 중인데 스트레스 받아서 그런 실수를 저질렀노라고, 한 번만 봐달라고 손이 발이 되도록 싹싹 비는 영상을 보내오던.

**미래가 창창한 법대생**이었다.

# 세 번째 레드볼

*** 

"학교의 명예를 실추시킨 장민환은 반성하라!"
"반성하라! 반성하라!"

그 시각 한국대학교 총학생회에서는 검은 마스크를 쓴 학생들 수백 명이 사열종대로 행진을 하고 있었다. 전 국민의 관심이 쏠린 세 번째 레드볼의 주자, 장민환에 대한 [부끄러운 동문 1위! 장.민.환.]이라든가, [故 고혜나님께 한국대학교가 대신 사과드립니다.]라는 플랜카드와 함께.

그중에는 조선시대 칼(목에 채우는 나무판자)을 쓴 죄수 코스프레를 하는 학생들도 있었다. 또 중간쯤에는 네 명의 학생들이 잡고 행진하는 두루마리 모양 커다란 플랜카드에는 [세금은 제대로 내냐? 씨발년아? 대

한민국 참 조옷 같네. 너 같은 건 세무조사해서 콩밥이나 처먹어야 되는데. ㅉ
ㅉ 나도 연예인이나 해볼까 보다. 염병.]이라고 쓰여 있었고, 한 귀퉁이에
는 양복 차림을 한 장민환의 수험표 사진. 그리고 그 위로 실제로 뭉친
콩밥이 좌우에서 날아들었다. 그들이 본관 앞을 지날 즈음 법학과 학생
들도 행렬에 합류했다. 분노의 열기는 점차 커져만 갔다.

"사법고시 1차 합격 무효화하라!"

"무효화하라! 무효화하라!"

"대한민국 미래의 법조인이 악플러다! 사법고시 1차 합격 무효화하
라!"

"무효화하라! 무효화하라!"

그들을 에워싸던 본교 학생들은 저마다 이 행렬을 스마트폰으로 촬
영하여 실시간으로 SNS에 중계하였고, 급기야 방송사에서도 취재 나온
기자들의 카메라에도 이 모습이 여과 없이 담겼다. 학생들은 분노했다.

대한민국 일류대학인 한국대학교 법학과에서 여배우를 죽게 만든
1급 악플러가 졸업했다니 그만한 모멸과 수치도 없을 것이다. 심지어
우수한 성적으로 졸업해 사법고시 1차까지 무사히 패스한 인재라니.
악플러에 대한 분노는 그동안 쌓여온 사법부에 대한 불만으로 번지기
시작했다.

법무부에서도 장민환 건에 대해 난관에 봉착해버렸다. 이미 1차 객
관시험을 통과한 합격생을 단지 악플러라는 이유만으로 무효화할 수 없
는 노릇. 하지만 국민적 반발이 대단하고, 해외 언론에서도 속보로 다루
었으니 사안이 사안이니만큼 대책마련이 시급했다.

그럴 수밖에 없는 것이 고혜나 사건과 연루되어 수감된 죄수들 중에

서 장민환이 가장 고학력자였으며, 그 사건만 아니었다면 무사히 사법 연수원에 들어와 원하는 대로 뭐가 됐든 됐을 인재였으니까 말이다.

"그래도 그렇지. 공무원법 33조 어딜 봐도 장민환을 합격에서 배제시킬 만한 조항이 없단 말입니다."

"그럼 어떡합니까? 안 그래도 판사에 대한 불신이 하늘을 찌르는데, 이 와중에 장민환을 그대로 합격시키잔 말입니까?"

"그렇게 되면 안 털리는 놈이 없지요."

"다른 악플러들이 결국 어떻게 됐습니까? 그런데 장민환이만 별 탈 없이 끝내버리면, 아마 국민들의 항의와 불만이 법무부든, 청와대든 아마 폭주할 겁니다. 그거 감당할 자신 있어요?"

"그래도 갑자기 탈락시키면…."

"소탐대실이란 말도 있습니다. 장민환이를 이대로 합격을 유지시킨다면 나중에 우리에게 화살이 돌아올 겁니다. 안 그래도 대통령이 사법부 개혁시키려고 혈안이 됐잖아요."

\*\*\*

경기도 부천시 ○○ 아파트. 낮 두 시.

"장민환! 야, 이 자식아!"

현관문을 열자마자 결혼해서 따로 나가 살고 있는 큰누나가 대뜸 소리부터 질렀다. 거실 소파에 앉아 초조한 얼굴로 스마트폰을 만지작거리던 민환은 그 소리에 소스라치게 놀라 벌떡 일어났다.

"너 진짜! 앞으로 어떻게 살려고 그래!"

이미 한 차례 울고불고한 모양인지 큰누나의 눈두덩은 새빨갛게 부어 있었다. 누나는 혼자 무너진 세상을 간신히 떠받치고 있는 사람의 얼굴을 하고 있었다.

"너 왜 그랬어? 왜 그랬냐고! 이 자식아! 너 앞으로 어떡할래? 너 고시고 뭐고 다 끝장나면 어떡할 거냐고!"

"아씨! 뭐가 어쨌다고!"

"뭐? 이게 어디서 큰소리야!"

"이미 합격한 거 지들이 어쩔 건데? 나 판사된다고! 걱정 말라고! 법에도 그렇게 나와 있는데 감히 누가 대한민국 법을 어겨!"

"너 정말…!"

"사람 속 뒤집어 놓을 거면 때려 쳐. 안 그래도 지금 싱숭생숭하니까."

민환은 소파에 널브러진 점퍼를 낚아채듯이 들고 현관 밖으로 사라져버렸다.

"난 몰라! 정말 난 몰라!"

큰누나는 거실바닥에 주저앉더니 가방을 내던지며 엉엉 울기 시작했다. 나이 차이가 나는 막냇동생은 아들 같은 존재. 근데 그 애가 갑자기 악플러라니. 앞날이 어찌 될지 불 보듯 뻔했다. 아니, 어젯밤 아홉시 뉴스, 또 오늘 아침 뉴스, 그리고 인터넷에도 민환의 앞날을 예측하는 기사에는 검은 그림자가 드리워져 있었다.

"아빠…!"

불현듯 떠올라 안방 문을 열었다. 안에는 민환의 아버지가 작은 몸을 더 작게 웅크리고 앉아 있었다. 주변에는 담배꽁초와 술병이 나뒹굴었고, 안주라고는 센베이 과자 부스러기뿐이었다.

"미안하다."

"그렇다고 이렇게 있으면 어떡해요?"

"정말 미안하다…."

나무라듯 술병을 주섬주섬 치우는 큰딸. 그 모습을 가만 보는 민환
의 아버지는 피를 토하고 싶은 심정이었다. 그러다 시선은 벽에 박힌 액
자들로 고정됐다. 민족외고 입학과 졸업사진, 외국어 웅변대회 사진,
한국대학교 법학과를 졸업할 당시 학사모를 쓴 사진…. 이제 보니 모두
막내아들의 사진뿐이다. 자식이 셋인데 사진은 막내 놈뿐이다.

내가 저것들한테 어떻게 했던가? 큰딸, 작은딸이 하고 싶다는 음악공
부, 미술공부는 팍팍 밀어주지 못해도, 막내는 아들이랍시고 공무원 시
험에 책값하라며 돈 백만 원 척 하니 주고, 다달이 용돈까지 줬으니 말이
다. 말을 안 해서 그렇지 아마 저 속은 속이었을까? 어디 다리 밑에서 주
워온 자식은 아닐는지 이 아비를 원망하고 또 원망했을 것이다. 아들 녀
석 뒷바라지를 하기 위해 낮에는 택배, 밤에는 대리기사를 마다하지 않
고 했으니. 퇴직 후 편히 살라며 용돈을 챙겨준 딸들의 얼굴을 이제 어
떻게 마주한단 말인가. 지들 살기 빠듯해도 그저 남동생만 잘 되면 좋
겠다는 그 살뜰하고 가여운 마음들을 또 어떻게 어루만져 준단 말인가.

오팔년 개띠. 우스갯소리가 아니고 정말 개처럼 살아왔다.

남들 학생모 쓰고 학교 다닐 때, 국민학교만 간신히 졸업하고 부천
에 올라와서 이 일 저 일 전전하다가 나이 서른 넘어 겨우 공장에 자리
를 틀었다. 그곳에서 30년 가까이 벌어먹고 살면서 개 같은 인생이지만
잘 견뎌왔다. 언젠가 보상의 날이 올 거라고 믿었으니까. 내 아들만 판

사가 된다면. 저거 하나 믿고 사는데, 떡하니 까만 판사복을 입고 '땅땅 땅!' 하고 판사봉을 두드리며, 근엄한 얼굴로 세상을 내려다볼 것 같은 금쪽같은 내 아들의 화양연화가 멀지 않으니 개 같은 인생이지만 그 래도 살 만했다.

하지만 그 꿈은 산산조각이 나버리고 말았다. 기특하다 못해 경이롭 기까지 했던 아들은 이제 도피자 신세가 되고 말았다. 판사봉을 두드리 는 대신 거꾸로 국민들의 몽둥이에 개처럼 두들겨 맞으며 개처럼 쫓겨 나 개처럼 죽을 것이다. 개 같은 인생은 지 아비만으로도 족한데 말이 다.

그럼 안 되지. 안 되고 말고. 암, 이것이 다 업보다. 몇 대인지 모를 저 먼 조상 누군가가 지은 죄가 아마 대를 거쳐 내 아들에게 박힌 게 뻔 하다. 그것은 마치 피할 길 없는 무병처럼 내려와 내 아들을 옭죄고 있 다. 그렇게 둘 순 없다. 민환의 아버지는 오한에 걸린 것처럼 파르르 떨 었다.

"아빠… 괜찮아?"

큰딸이 울먹이며 끌어안았다.

***

그날 저녁 일곱 시.

민환의 아버지는 아파트 베란다에서 투신을 했다. 품 안에 발견된 유서로 추정되는 메모에서는 모두 자기가 떠안고 갈 테니 제발 아들의 합격을 부디 취소시키지 말아 달라는 글로 빼곡히 적혀 있었다. 수신인은 '존경하는 법무부 장관님 앞'으로 적어뒀지만, 끝내 전해지지는 않았다. 그 전에 이미 장민환의 사법고시 1차 합격이 취소되었기 때문이다.

그로부터 며칠 후, 장민환이 술에 잔뜩 취해 SUV를 끌고 지방법원 내부까지 들어와 1층을 들이 박은 일로 구속됐다가 얼마 후 풀려났다는 기사가 짤막하게 떴을 뿐, 그 후 그가 어떻게 됐는지는 아는 이가 없었다. 그저 두 누나에게 [다 내가 잘못했어.]라는 짤막한 메시지가 마지막이었다고 한다.

# 생존자 명단

~~이름 : 박커성~~
~~나이 : 32세~~
~~직업 : 무직~~

~~이름 : 오수정~~
~~나이 : 27세~~
~~직업 : 간호조무사~~

~~이름 : 장민환~~
~~나이 : 29세~~
~~직업 : 사법고시 준비 중~~

이름 : 신영자
나이 : 38세
직업 : 전업주부

이름 : 김광덕
나이 : 52세
직업 : 인테리어 자영업자

이름 : 윤설
나이 : 15세
직업 : 중학생

# 수감 51일 차

***

PT자료 앞에 선 야당 신진 의원의 얼굴에 불빛이 아른거렸다. 모두들 스크린에 뜬 이미지에 눈을 떼지 못 했다. 유명 결혼정보업체에서 제공한 통계자료였다.

"보십시오. 재산, 학벌, 키와 몸무게, 그리고 부모의 재산과 직업 등 회원들의 등급을 매기는 항목에….."

지휘봉을 '탁탁!' 두드리는 부분으로 의원들의 눈길이 쏜살같이 꽂혔다.

"결. 혼. 전. 댓. 글."

"…."

"이렇게 결혼 전에 예비 신랑, 예비 신부의 댓글을 확인하는 사람들이 많아졌습니다. 그럼 어떻게 됐을까요? 결코 아름답고 행복한 결과가 나올 리 없잖습니까? 그럼 그건 또 어떻게 이어지느냐?"

다시 지휘봉을 '탁탁!' 두드리자 화면이 바뀌었다. 이미지 사이트에서 따온 서양남녀 모델이 서로 등을 진 모습이었다.

"파혼입니다. 파혼!"

"당연한 결과구만."

중진 의원이 대꾸했다.

"그렇죠. 파혼율이 높아질수록 결혼율은 낮아진다는 겁니다. 다시 말해서 결혼율이 낮아지니 출산율도 덩달아 낮아지겠죠. 물론 결혼정보 업체 회사에서는 이걸 기회 삼아 자기네들끼리 클린지수라는 것을 도입 했다고 하는데…."

"그게 뭔가?"

"클린지수. 그러니까 과거에 인터넷에 쓴 댓글의 오염도를 측정한 지수죠. 뭐 기준은 없습니다. 자체적인 거라서. 이 결혼정보업체에서 든 예를 들자면, 적당히 비꼬는 댓글만 달았는지, 아니면 심하다 싶은 댓글이되 법적으로 문제없는 교묘한 댓글을 달았는지, 아니면 실로 법 에 저촉되는 댓글을 달았는지 등등을 점수로 매겨 환산한 겁니다."

"가지가지들 하고 앉아 있네!"

다른 누군가의 입에서 볼멘소리가 튀어 나왔다.

"아니 우리 땐 그냥 적당히 마음 맞고, 조건 맞으면 부모님께 허락 구하고 결혼했는데, 요즘엔 얼굴 보는 건 기본이고, 재산이며, 빚이며, 입맛부터 성깔까지 따지질 않나. 이젠 하다 하다 댓글까지 따지니 원."

"그러게 말입니다. 하지만 문제는 그다음입니다. 보실까요?"

신진 의원은 야심찬 표정으로 다음 화면으로 PT자료를 넘겼다. 가족관계증명서의 전면을 스캔한 이미지였다.

"여기 하단을 보십시오. 삼진아웃제라고 해서 세 번 악플로 조사를 받게 되면 이렇게 비고란에 그 전력을 기입하게 됐습니다. 당연히 젊은 층들은 취업률이 낮아지게 되죠. 회사에 제출을 할 수 없거든요. 왜냐하면 면접까지 잘나가다가 막상 최종 입사 시에 기본인적서류를 내야 하는데, 저렇게 떡하니 '이 사람 악플러요.'라고 쓰여 있는데, 그걸 누가 제출할 수 있을까요?"

"쪽팔려서 원."

"맞습니다. 쪽팔려서 결국 입사를 포기하게 됩니다. 백날 천날 정부에서 일자리 창출이다, 고용촉진이다 뭐다 정책을 내세우지만, 아니 이렇게 등본에 낙인을 찍어버리면 어불성설이 아니고 뭐란 말입니까?"

"이건 고용파탄이고, 가정파탄이야. 아, 가장이 돈을 못 벌어 오는데 어떤 집구석이 남아나겠어?"

머리가 희끗한 원내대표가 긴 침묵을 깨고 한마디 했다. 그는 처음부터 악플러 근절 정책을 내세우는 것은 유치한 포퓰리즘의 일환이라고 사사건건 비판해온 대표적 인물이었다.

"대통령이 착각을 해도 단단히 하고 있어. 악플러를 다 잡아내면 대한민국에 몇 사람이나 남아 있을 것 같나? 그렇게 정치를 하면 안 돼."

다른 이들이 그의 의견에 동의한다는 듯이 고개를 끄덕이며, 모두들 그를 향해 몸을 비틀어 앉았다.

"더구나 신종 보이스피싱이 기승을 부린다고 합니다."

빔 프로젝터 앞에서 조명을 받으며 발표했던 신진 의원이 아예 옆으로 다가와 말했다.

"신종 보이스피싱?"

"네. 언젠가 뉴스에 나온 적이 있죠. 기혼 남성에게 무작위로 전화를 걸어 모텔 방문기록을 갖고 있으니 돈을 입금해라 뭐 그런 사건 말입니다. 실제로 그중 30%가 입금하는 실수를 저질렀습니다. 신종 보이스피싱은 그 모방 범죄입니다."

"모방 범죄라."

"그렇습니다. 남녀노소 막론하고 전화를 걸어 당신의 악플을 적발했다고 하고 현금 50만 원을 입금하라는 전화 말입니다. 뒤가 구린 사람의 심리를 이용한 거죠."

"환장하겠구만. 아니 거기에 속는 띨띨이도 있단 말이야?"

"최근에 대통령이 악플러와의 전쟁을 선포했으니 속는 사람이 더 많을 수밖에요."

"그럼 신고를 해야 될 거 아냐? 신고를!"

"신고를 해도 소용없습니다."

"어째서?"

"그게…."

"뭐 보복이라도 오나?"

"아닙니다. 보복이라기보다는… 그….."

문득 말문이 막힌 신진 의원이 말을 더듬었다.

원내대표가 눈을 가늘게 뜨고 물었다.

"거 혹시… 자네 얘긴 아니지?"

"제 얘긴 아니고… 그러니까 그게….."

그때, 누군가 얄밉게 말을 가로챘다.

"같이 살고 있는 장모 얘기라고 합니다."

"염병하고 자빠졌네."

"죄송합니다. 장모님이 노래교실 회원 한 분하고 사이가 안 좋아져서… 문화센터 홈페이지에 그만…."

원내대표가 재떨이를 던지는 시늉을 하자 신진 의원이 잽싸게 팔꿈치로 온몸을 감쌌다.

"집구석 단속이나 제대로 하란 말이야!"

"명심하겠습니다!"

"좌우지간 종교계니, 인권단체니 걔들 시위하는 데 가서 얼굴이나 좀 비추라고. 그리고 이번에 폐간된 그 뭐야. 레알… 레알… 미, 미스인가? 뭔가."

"〈레알티비뉴스〉와 〈miss서치〉입니다."

옆에 있던 중년의 여성 의원이 한 글자 한 글자 정확한 발음으로 힘주어 대답했다.

"그래. 그 대표들 찾아가서 얼굴 좀 비춰. 잘 구슬리라고. 근거도 없이 기자를 자르고 폐간 시키는 건 언론탄압이다, 이거야. 빙신들이 지들 탄압하는 줄도 모르고 들고일어나도 모자랄 판에 깨갱하기는. 아, 대체 언제까지 지들 밥그릇을 하나하나 챙겨줘야 되냐고? 왜! 아주 떠먹여 달라고 그러지!"

"저 의원님. 그것보다 가장 중요한 건덕지가 남아 있습니다."

신진 의원이 말했다.

조금 전에 있었던 굴욕을 만회하려는 의지가 엿보이는 얼굴이었다.

"뭔데?"

"죄수들 중에 미성년자가 있다고 합니다."

"미성년자…?"

"네. 청소년법에 위배된다고 합니다."

"청소년법 위배라…."

"대한민국 형법상 만 14세 미만은 처벌대상이 아니거든요. 근데…."

"근데?"

"생일이 아직 안 지난 학생이 수감되어 있다고 합니다."

"그럼…? 만으로는…."

"13세죠."

그러자 원내대표의 입꼬리 한쪽이 씰룩 올라갔다.

***

남은 사람은 세 사람. 김광덕, 신영자, 윤설.

얼추 레드볼에 대한 감이 잡혔다. 죽기 아니면 까무러치기. 살아 돌아가기 위해서라면 그 어떤 모욕과 손가락질도 감내해야 한다는 것. 그 것이 설령 어마어마한 무게로 자신과 가족을 짓누를지언정 말이다. 그 건 온몸으로 터득한 교훈이었다.

"벌써 세 사람이나…."

김광덕이 말끝을 흐렸지만 거기엔 '죽었다'가 생략되었음을 모를 리 없었다. 박기성은 손목 팔찌 폭발로 사망, 오수정은 철도에 뛰어들어 자 살, 그리고 장민환은 부친 사망 후 구속됐다가 풀려났지만 그 후로 실종이 된 상태. 더구나 장민환은 그 이후에 다른 전력도 밝혀졌는데, 바로 여자 화장실 몰카 영상 유포혐의.

추가 수사가 들어가자 이미 그는 잠적한 상태였으며, 결국 수배가 떨어지고 말았다.

선례에 비추어 보자면 대단한 각오를 안 할 수 없었다. 무조건 살아남자. 몸을 낮추고 살아남자. 어차피 지은 죄에 대한 대가를 치르는 것이고, 그것만 무사히 넘기면 된다. 겸허히 받아들이면 된다. 억울할 것 없다. 김광덕은 속으로 몇 번이고 되뇌었는지 모른다.

"다, 다음은⋯ 누구예요?"

윤설이 두 사람을 번갈아 보며 물었다. 두 사람의 시선이 동시에 부딪혔고, 영자가 입술을 깨물며 고통스러운 얼굴로 말했다.

"매도 먼저 맞는 게 낫겠죠⋯?"

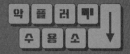

3장

# 잘못을 저지른 자는
# 교정을 받아야 한다 |

Esc

잘못을 저지른 자는
교정을 받아야 한다.

- 세네카(Lucius Annaeus Seneca)

# 사망 4개월 전

**\*\*\***

공황장애로 처방받은 약은 한 꾸러미나 됐다. 한 달 후에 다시 오라
는 의사의 말을 상기하면서 가방에 아무렇게나 집어넣는 혜나. 백미러
에 비친 얼굴이 평소보다 무겁게 느껴졌다. 메이크업 탓인가…? 이른
아침부터 샵에 들러 머리며, 의상까지 꼼꼼하게 신경 쓴 것은 오전에 있
던 절친한 동료 배우의 결혼식 때문이었다. 가수에서 배우로 전향하는
과정에서 많은 조언과 도움을 아끼지 않던 동료였다. 할리우드까지 진
출한 그녀였지만, 힘든 시기를 함께 보낸 동료의 경사만큼은 기존 스케
줄까지 변경해가면서라도 꼭 참석하고 싶었다.

여느 톱스타가 항상 그렇듯 남의 경조사에 참석할 때면 언제나 스포
트라이트를 받고, 주변 동료 연예인들의 시기와 부러움을 한 몸에 받는

일이 다반사. 그러다 차츰 그런 일이 눈에 띄게 줄기 시작했다. 모르는 바 아니다. 동영상 루머가 돌기 시작하면서니까.

식이 진행되는 동안 그녀는 동료들이 아닌 일반인들과 테이블을 함께했다. 그러다 멀리서나마 얼핏 그녀를 알아보고, 동료 연예인 몇몇이 말을 걸어오면 반가우면서도 어색한 미소가 얼굴에서 떠나질 않았다. 자신에게 말을 걸어주고 아는 체해주는 것이 송구스러우리만큼 고마워서. 솔직히 말하면 비굴한 태도에 가까웠다.

결혼식에서 그녀의 포지션은 부케를 받는 것이었다. 그날의 신부인 동료는 괜히 부케로 말미암아 언론에 구설이 오르내릴까 봐 염려했지만, 정작 당사자는 생각이 달랐다. 동료의 결혼식을 돋보이게 해주고 싶었던 탓도 있었고, 그렇게 되면 으레 기사가 날 테니 그것이 사귀고 있는 남자친구(개성그룹의 손자)에게도 하나의 결혼압박으로 적용될 거라는 나름의 계산에서 나온 행동이었다. 그녀는 남자친구와 진지하게 결혼을 원했으니까. 하지만 여자친구가 요즘 무슨 일로 고민인지, 또 어디가 어떻게 아픈지 통 관심도 없는 남자. 이제 그만 연예활동을 중단하고, 가정을 꾸리고픈 마음을 내비칠 때마다 일부러 딴 데로 화제를 돌리는 남자.

윙.

잡념에 빠져 병원 건물 주차장에서 시간 가는 줄 모를 때 전화가 왔다. 대표였다. 사무실 번호인 02로 걸려오는 대표의 전화. 가만 액정을 내려다보다가 오랜 울림 끝에 받았다.

- 혜나야, 어디냐?

- 잠깐 볼일 보러 나왔어요. 무슨 일이세요?

- 무슨 일은. 어제 <오네짱> 제작사에서 연락이 왔어.

- 아….

그제야 어젯밤의 부재중 전화가 떠올랐다. 대표에게서 연락이 왔지만, 아직 결심이 서지 않아 보류하고 있던 작품 〈오네짱 인 코리아〉. 그러면서 한편으로는 아직 제대로 된 시나리오도 나오지 않은 저예산의 **영화 〈꽃은 지지 않는다〉**가 내심 마음에 걸리기만 했다. 완벽한 시놉시스에 완벽한 출연진, 저명한 감독, 빵빵한 예산, 고액의 출연료… 더 뭐가 아쉽냐며 전화기 너머에서 뭐라 뭐라 하는 대표. 그녀는 결심한 듯 말했다.

- 알았어요. 찍을게요.

- 정말이지?

- 네. 뵙고 얘기해요.

반색을 하며 떠들어대는 대표의 전화를 끊자마자 이번엔 문자메시지가 물밀 듯이 밀려왔다.

[언니 결혼해???]

[기사 떴다. 혜나야, 너 그 남자랑 정말 약혼했어?]

[혜나 씨. 이거 보면 전화 주십시오. <고조선일보>의 연예부 고환웅 기자입니다.]

[혜나야, 축하해!!!]

[너 뭐야~ 부케 무슨 의미야??]

예상대로 기사는 속전속결로 인터넷 포털을 장악했다.

[청담동 유명 식기 매장에서 고혜나 포착, 결혼임박??]

[고혜나, 동료 결혼식에서 부케 받아. 좋은 소식 있나?]

[예비 재벌가 사모의 포스]

[부케 받은 고혜나, "다음은 제 차례예요."]

포털에는 뉴스, 웹사이트, 이미지와 동영상에 이미 오전에 있었던 결혼식 자료가 깔려 있었다. 천천히 스크롤을 내리다 카페 글이 노출된 부분에서 멈췄다. 강원도 어느 지역의 유명한 맘카페였다.

[고혜나 부케 받는 거 보셨어요??]

글쓴이 : 0_JA

[본문]

고혜나 진짜 보통내기가 아니네요. 저렇게 부케 대놓고 받는 거 보면…^^

재벌 남자가 좋긴 좋은가 봐요. 저렇게라도 해서 붙잡고 싶을까요??

저라면 애써 키운 울 아들이 엄마 없는 애 데려오면 정말 속이 무너질 것 같아요.

더구나 그 친엄마란 여자가 어릴 때 애 버리고 도망간 여자라네요?ㅠ 이제 나타나서 돈 뜯어간다는데… 어휴, 정말 끔찍하네요. 그런 집을 사돈으로 두다니.

만약 결혼하면 진짜 개성그룹 망할 것 같아요. 이건 매매혼이랑 뭐가 다르나요? 재벌가 돈은 다 친정으로 빼돌리겠죠 뭐.

솔직히 그 동영상 사건도 있는데~ 거기다 자식 등골 뽑아 먹는 친정엄마 둔 며느리라니… 총체적 난국이네요. 에효.ㅠ

저도 아들만 둘인지라 남의 일이 아니네요.ㅠ


ㄴ 말씀이 지나치시네요. 이건 좀 아닌 듯?

ㄴ 헐, 고혜나 엄마가 도망갔대요?

  ㄴ (글쓴이) 네. 어릴 때 바람나서 도망갔대요.

  ㄴ 처음 들어요. 충격이네요. 고혜나 씨 불쌍. ㅠㅠ

ㄴ 님, 이런 거 쓰면 명예훼손으로 잡혀가요. 동영상 사건은 루머 아닌가요?

  ㄴ (글쓴이) 루머면 왜 개성그룹 주식이 내려가나요? 아니 뗀 굴뚝에 연기 안 나죠.

ㄴ 듣고 보니 그러네요. 저도 울 아들이 저런 집에서 자란 여자 데려오면 억장 무너질 듯.

  ㄴ (글쓴이) 그죠? 그죠? 내가 다 속상.ㅠ

ㄴ 누가 보면 님네가 재벌인 줄 알겠어요.;;

  ㄴ 그러게요. ㅋ 재벌 걱정 그만하시죠. 알아서 잘 살겠죠.

ㄴ (글쓴이) 재벌은 아니지만.^^ 남편이 법원 행시 5급 공무원이에요. 됐나요?^^

┗, 와, 남푠분 짱짱!

　┗, (글쓴이) 감사해요.~ 유누맘님.^^

┗, 저도 여자고, 주부지만요. 질투 난다고 해서 이렇게 쓰면 안 되죠. 지난 게시글 보니까 자녀도 셋이나 두신 분이… 저렇게 동영상이니, 친정엄마니 루머 만들면 정말 고소당해요. 고소당하기 전에 내리는 게 좋을 거예요.

　┗, 공감. 진짜 이 글쓴이 이상한 여자 같아요. 자격지심 열폭이라니. 좀 사이코 같아요.

　┗, 저분 무료 나눔 글에 댓글 단 거 보니까 원주에 사는 것 같네요. 남편이 공무원? 닉네임이 0_JA면 이름이 아마 영자 같은데. 저기요. 영자 씨?ㅋ 철 좀 드세요.

　┗, (글쓴이) 세 분 모두 댓글 캡처했어요. 모욕죄로 고소할게요.^^


한동안 스마트폰에 집중하던 그녀의 입에서 자조 섞인 탄식이 흘러나왔다.

"정신과 치료는 내가 아니라 니들이 좀 가봐…."

# 네 번째 레드볼

***

뒤도 돌아보지 않고 무조건 뛰었다. 처음 입소할 당시 입었던 옷가지와 소지품 등은 모두 집으로 보내진 상태였기에 수용소에서 나누어 준 간단한 사복차림이 전부였다. 차비 3만 원을 들고 내달리는 동안 다짐에 다짐을 했다.

'전광판에 얼굴이 뜨더라도 살자. 또 악플 안 달고 앞으로 착하게 살면 돼. 그리고 누가 뭐라 하건 간에 당당하게 살자. 난 이제 죗값 다 치른 거니까. 끝난 일이니까. 리셋된 거야. 이걸로 끝이라고.'

수감되어 있는 동안 내내 수용소가 어디 지역에 있는지, 집으로부터 얼마나 떨어져 있는지 궁금해 미칠 노릇이었지만, 막상 조기 퇴소하고 집으로 향하는 마당에 그건 굳이 들춰내고 싶지 않았다. 무엇보다 집에서 울며불며 엄마를 기다리고 있을 삼남매. 두 달 가까이 얼마나 엄마가 보고 싶었을까? 밥은 잘 먹었을까? 애들 아빠가 목욕은 잘 시켰을까? 밤에 울며 잠들지는 않았을까? 그러자 화살은 그 어린것들을 어미로부터 강제로 떼어 놓게 만든 수용소에게로 향했다.

'두고 보라지. 무슨 시련이 와도 꿋꿋하게 산다. 절대 안 죽어!'

그리고 대선 때 유재영 대통령에게 한 표를 던졌던 스스로를 질책했다. 꽁꽁 얼었던 손과 발, 마음이 녹기 시작한 건 도착하기까지 한 정거장을 앞둔 버스 안에서부터.

○○ 아파트 1단지. 103동이라는 페인트로 굵게 쓰인 건물 외벽을 보자 심장이 두근거렸다. 자주 가던 단지 내 마트, 청과물 상점, 공인중개사 사무실, 중화요리집, 치킨집… 평소엔 그렇게 무심했던 풍경들이 하나하나 새삼 감동으로 다가왔다. 얼룩진 차창을 투과하는 햇살마저 감개무량하게 느껴졌지만 감흥이 깨진 건 버스에서 내린 후였다.

1층 공동현관을 후문으로 들어가자 반사적으로 우편함에 눈길이 쏠렸다. 잡다한 우편물과 전단지 따위가 입이 터져라 박혀 있었다. 두 손으로 움켜쥐고 꺼내려니 빡빡해서 잘 빠지지도 않았다.

"과태료 납부 고지서? 교통법규 위반?"

날아든 과태료 납부 고지서가 한 다발이었다.

"이게 다 뭐야? 취학… 통지서!"

아차! 예비소집일이 1월 10일. 그날은 영자가 수용소에 첫 입소한 날이기도 했다. 큰애 초등학교 입학에 관해 맘카페 회원들과 이런저런 학교 동정과 일정에 대해 이야기를 주고받았던 게 떠올랐다.

'입학이 바로 내일이라니! 그래! 이건 운명이야! 내 새끼들 잘 키우

라고 하늘이 도와준 거야!'

뒤숭숭한 마음을 안고, 아파트 12층을 향해 엘리베이터에 몸을 실었다. 9층, 10층, 11층… 차츰 왁자지껄한 소리가 가까워졌다. 아파트는 복도식으로 이루어져 있었다. 엘리베이터 축을 중심으로 좌우 4라인, 5라인으로 나뉘어졌는데 영자는 5라인이었다. 이윽고 도착한 12층. 하지만 5라인 입구에 선 영자는 반사적으로 그 자리에 굳어버렸다. 웅성거리는 사람들 속에서 부녀회장과 시어머니가 옥신각신 다투고 있었다. 아니, 일방적으로 시어머니가 밀리는 쪽이라고 봐도 무방했다.

"이사를 가셔야지 어떡해요? 이렇게 다들 주민들이 난린데."

"그렇다고 갑자기 이런 법이 어딨수?"

주민들 앞에서 절절매는 시어머니를 보니 돌아가는 사정이 금방 파악이 됐다.

"우리 아파트 동대표들끼리도 그렇게 의견일치 봤다니까요? 안 그래도 삼마트가 없어지면서 집값 오르긴 글렀구만… 악플러가 살다뇨?"

"악플러가 산다고 집값 떨어지다니요? 아닐 거예요. 그리고 당장 집을 알아볼 수도 없어요. 이 집 대출금 문제도 있고, 우리 아들이….."

"됐다니까요? 우리 아파트에 주로 어린 자녀 둔 가구가 많다는 거 몰라요? 애들 정서에도 안 좋고… 아니, 저게 누구야? 할머니 며느님 아니에요?"

문득 부녀회장과 눈을 마주친 영자가 움츠러들면서 숨을 곳을 찾았지만, "야!" 하고 시어머니가 냅다 소리를 지르는 바람에 사람들에게 발각되고 말았다.

"어, 어머니….."

딱 십 년 전.

댁의 아드님과 결혼을 해야겠습니다 하며 부른 배를 디밀고 그 집에 찾아갔을 때 콧등에 내려앉은 안경을 쓰고 말없이 신문만 보시던 시아버님보다 무서웠던 것이 바로 만면에 웃음을 띤 시어머니였다. 손이 귀한 집인 데다 형도 장가를 안 가고 있으니 아마 우리 엄마는 임신했다고 하면 버선발로 나올 거라 남편이 호언장담했지만, 현실은 달랐다.

대학은 나왔냐, 부모님은 뭘 하시냐, 친정 오라비는 어디서 뭐하고 사느냐, 모아둔 돈은 얼마며, 지병은 있냐 없냐, 결혼 후에도 일을 할 거냐 말 거냐, 당신 아들과 결혼하려는 '저의'는 또 무엇이냐 등등 드러내놓고 '나는 너 같은 며느리 자리가 매우 마음에 안 든다.'를 사방으로 내풍기던 위인이었다. 그런 위인의 코를 다는 아니더라도 그나마 반쯤이라도 누른 것이 아들 둘에 딸 하나 낳은 업적 덕이다. 그 후로는 시어머니가 아주 무섭다거나 눈칫밥을 먹느라 명절 전날부터 한숨 푹푹 내쉬는 일은 드물었다. 그런데 그 순간, 온몸의 신경이 곤두서는 기분이었다. 인사드리러 간 그 첫날보다 무서웠다.

"저게 아주 집안 말아 먹으려고 작정을 했구나! 작정을 했어!"

눈 질끈 감고 인파를 헤치고 오는 영자를 향해 시어머니가 악다구니를 썼다. 주위에서 수군대는 시선은 예상대로 곱지 않았지만 애써 외면했다. 현관문은 반쯤 열려 있었고, 거실에는 삼남매가 꼬질꼬질하게 앉아서 짜장면을 먹고 있었다. 영자를 발견한 막내딸이 "엄마!" 하며 달려오려다 남편의 손에 제지당했다. 주춤거리던 막내딸이 지 아빠 눈치를 보더니 도로 돌아갔다. 남편은 현관 쪽은 쳐다보지도 않고 간이식탁에 앉아 등만 보이고 있었는데, 그 큰 덩치에 가려 보이진 않았지만 분명

술잔을 기울이고 있었으리라.

"여보…."

"너 여기가 어디라고 들어와."

"미안해. 여보."

"뭐? 맘카페 같은 건 안 한다고?"

"….."

"악플러들은 모조리 경찰에 잡혀가야 된다고?"

"여보, 그게…."

"애들한텐 악플 쓰지 말라고 가르쳤지?

"….."

"너… 고혜나 씨 죽은 그날. 삼가 고인의 명복을 빈다는 댓글까지 달았더라?"

"여보, 그만…!"

"가증스러운 년."

영자는 고통스러운 얼굴로 두 손을 모았다. 물끄러미 자신을 바라보는 두 아들의 눈빛을 이겨내기 힘들었다. 녀석들은 초등학생들이라 아예 모르지는 않을 것이리라.

"미안해…. 일단 들어가서 얘기하자, 응? 내가 다 말할게."

"너 같으면 소름 끼쳐서 살겠냐?"

쨍그랑!

그때, 왼편 싱크대로 소주병이 던져졌다. 찢어질 듯한 소리와 함께 흩어진 유리 파편들.

"왜 술병은 던지고 지랄이야! 애들 보기 부끄럽지도 않아?"

"너 남편한테 말버릇이 그게 뭐냐?"

시어머니가 복도에서 윽박질렀다. 벌겋게 달아오른 얼굴. 오늘 기어
코 너 죽고 나 죽자는 심산이었다. 등 뒤로 보이는 수많은 아파트 주민
들의 기세를 보니 딱 그랬다. 영자는 속으로 다짐, 또 다짐을 했다.

'난 절대 자살 따위 안 할 거야. 너희들 보란 듯이 잘 살 거야. 독하
게 살 거야!'

그러면서 최악의 경우 이혼까지 불사할 생각이었다. 눈을 질끈 감았
다 떴다.

"어머니!"

"누가 네 어머니야? 누가?"

"저 죗값 치르고 나왔어요! 이렇게 보시고도 모르시겠어요?"

"뭐야?"

"제가 잘못했다고요! 정말 어떻게 빌어야 마음이 풀리시겠어요? 저
어떻게 할까요? 무릎이라도 꿇을까요?"

"마음이 풀려? 무릎을 꿇어? 이깟 늙은이 앞에서 그게 다 무슨 소용
이냐?"

"무슨 말씀이세요?"

"너! 당장 나와서 느 집구석. 아니지… 너 일도 안 하고 집구석에 들
어앉아 악플 달고 있을 때, 내 아들이 밖에 나가서 뼈 빠지게 벌어서 마
련한 이 집…! 이 집 현관문 좀 봐라! 어서!"

"…?"

"어서 나오지 못 해?"

시어머니가 그렇게 윽박지르는 동안 그 뒤로 보이는 주민들은 시커

먼 저승사자처럼 느껴졌다. 대체 무슨 소릴까…. 영자는 비틀거리며 아무 신발이나 구겨 신고 천천히 집 밖으로 나섰다. 도끼눈을 한 시어머니가 쾅 하고 현관문을 닫았다.

입을 틀어막는 영자.

심장이 저 밑으로 쿵 하고 떨어져 버렸다.

네모난 은색 동판.

<blockquote>

악플러 신영자의 집

(악플 가해로 인한 살인 1등급)

– 원주 경찰서 –

</blockquote>

[주민센터 9급 공무원. 아내 살해 혐의로 긴급체포]

[본문]

오늘 오후 2시 10분쯤 경찰에 한 신고 전화가 접수됐습니다. 강원도 원주시 ○○동 주민센터에 근무하는 9급 공무원 박모 씨(43)가 아내를 살해했다는 내용입니다. 고백을 들은 박모 씨의 부친이 직접 신고를 했으며, 경찰은 곧바로 출동하여 박모 씨를 살해혐의로 긴급체포하였습니다. 사건현장에는 아내가 화장실에서 목 부분에 피를 흘린 채 쓰러져 있었고, 병원 이송 중 사망하였습니다.

조사에 따르면 아내 신모 씨는 얼마 전 [온라인 범죄행위자 교정수용소]에서 퇴소한 수용자로 밝혀졌으며, 경찰은 조사를 마치는 대로 이르면 이번 주 남편 박모 씨에게 구속영장을 신청할 방침입니다.

# 생존자 명단

~~이름 : 박기성~~
~~나이 : 32세~~
~~직업 : 무직~~

~~이름 : 오수정~~
~~나이 : 27세~~
~~직업 : 간호조무사~~

~~이름 : 장민환~~
~~나이 : 29세~~
~~직업 : 사법고시 준비 중~~

~~이름 : 신영자~~
~~나이 : 38세~~
~~직업 : 전업주부~~

이름 : 김광덕
나이 : 52세
직업 : 인테리어 자영업자

이름 : 윤설
나이 : 15세
직업 : 중학생

# 후 아 유

\*\*\*

신영자의 말로가 매스컴에 보도되던 3월 3일. 서울 영등포구 국제금융로 5길.

그저께가 삼일절인지라 아직 가로수에는 걷어가지 않은 깨끗한 태극기가 바람에 나부끼고 있었다. 하늘은 하염없이 맑았다.

빌딩 입구를 막 벗어난 윤설의 아빠는 며칠째 얼굴이 푸석했다. 잠시 멍한 얼굴을 하던 그는 빌딩 위를 올려다봤다.

**[○○ 디지털 장의사]** 사무실.

방금 들른 곳이었다.

"고객님 이미 댓글 기록은 모두 삭제되었습니다. 혹시 예전에 이미 관리하신 적 있으신가요…?"

그. 럴. 리. 가…?

돈은 얼마든지 줄 테니 딸아이 윤설의 인터넷 모든 기록(댓글은 물론 접속 사이트까지)을 영구 삭제해달라는 것이 그의 요구였지만, 돌아온 답변은 지극히 의외였다. 댓글은 대부분 삭제됐고, 남아 있는 거라곤 끽해야 에듀 홈페이지 문의 글과 쇼핑몰 후기 글.

걸릴 만한 악플이 없다? 생각은 꼬리의 꼬리를 물어 요즈음 디지털 장의사 관련 어플은 월 9,900원만 주면 미성년자도 서비스를 이용할 수 있다는 사실을 떠올렸다. 그렇다면 딸 윤설이 진작 손을 썼단 말인가? 충분히 가능하다. 매달 주는 용돈에서 9,900원쯤 계좌이체로 어플 구입이 가능하니. 피붙이지만 어딘가 모골을 송연케 하는 구석에 기가 찼다. 하지만 어쨌거나 다행이지 않은가.

뒤이어 들어온 고객 또한 자신의 대학생 아들놈의 인터넷 댓글 내역을 모두 삭제해 달라는 작자였으나 이미 경찰에 자료가 넘어간 후였다니. 거기에 비하면 하늘이 도운 셈이다. 이로써 딸 윤설에게는 아무 잘못이 없다. 그럼에도 꼬투리를 잡혀선 안 된다는 경각심에 자신이 알고 있는 법조계 지인들의 연락처를 뒤지던 중, 곰곰 생각해보니 뭔가 석연치 않았다. 수용소로 딸 면회를 가던 그날, 설이는 분명 그렇게 말했다.

"그냥 악플을 내가 직접 쓴 건 아니고, 그냥 유튜브에서 댓글들이 있기에 공감 버튼 눌렀거든…."

그리고 다 기어들어가는 목소리로 이어서 이렇게 말했다.

"그리고 그냥 그 앞에서 셀카 찍고…."

공감 버튼을 누른 것은 아무래도 좋다. 그럼 남는 건 단 하나. 셀카의 문제성이다. 열다섯 살짜리 여학생이 찍은 셀카래봤자…. 그러나 수용소 측이 바보 천치들만 있는 것도 아니고, 아무리 악플러 근절 정책도 좋다지만, 아무 잘못도 없는 아이를 잡아넣었을까? 단지 셀카를 찍었다고 해서? 그 셀카가 어떻기에?

딸아이를 의심해서가 아니다. 그 꿍꿍이를 좀처럼 알 수 없었다. 소장이라는 인간의 속내를 뒤집어 까볼 수만 있다면…. 드라이와 정성 들인 포마드로 스타일링 된 머리를 마구 헤집어 놨다.

모든 게 허무했다. 정말 잘 길렀는데. 어디 내놔도 가정교육 못 받았다는 소리는커녕 항상 똑똑하고, 싹싹하단 소리를 듣고 다닐 정도로 잘 길렀는데. 성심성의껏. 해외 유학파 출신의 최고급 교수진으로 구성된 학원이 있다면, 돈이 얼마가 됐든 수강권을 끊어줬는데. 원하는 학원이라면 피아노, 첼로, 발레, 태권도, 일어 등 아낌없이 지원해줬는데. 어쩌다 그런 유혹에 빠졌을까? 우리 설이가. 어쩌다 그런 흉측한 곳에서 그런 살벌한 옷을 입고, 그런 얼굴로 엄마 아빠 앞에 나타났을까?

다리에 힘이 풀리는지 빌딩 앞 흡연 벤치에 쓰러지듯 앉았다. 안주머니에서 담배 한 개비를 꺼내 물었다. 모락모락 피어오르는 연기. 문득 그 연기 속에서 딸아이와의 면회가 끝난 그 이후를 이어서 떠올렸다. 생각만 해도 등줄기에서 식은땀이 흐르는 그날. 그 순간.

"당신, 차에서 좀 기다려. 나는 여기 소장이란 사람을 좀 만나고 올게.".

***

설이와 면회하던 날.

윤설의 아빠는 면회를 마치고 돌아가던 중 발길을 돌렸다. 뭔가 꺼림칙한 구석이 있었기 때문이다. 볼일이 있으니 아내에게는 일단 차 안에서 몸 좀 녹이면서 기다리라고 한 다음, 그가 향한 곳은 소장 집무실이었다. 사전에 미리 알아본 바에 의하면 소장이란 사람은 경찰대학교를 나와 줄곧 한 우물로 벌어먹고 살던 인물. 특별한 점이 있다면 '11호 소년원 사건' 때 피해자의 아픔을 고려하여 가해자에게 철퇴를 가했다는 점이다. 그 일로 영웅이 된 건 알고 있었다. 전 국민이 통쾌해 했으니까. 물론 윤설의 부모를 포함해서.

하지만 간과해선 안 될 문제가 있다. 바로 사인(死因)! 그 성폭행 가해 소년들이 어떻게 죽었는지가 중요했다. 대략 누구는 자살하고, 누구는 서로 흉기를 휘두르며 싸우다 과다출혈로 죽었다는데 그마저도 미심쩍었다. 그 누구도 가해자의 죽음에 대해서는 입을 다물고 있는 것. 항간에는 오싹한 억측이 난무했지만, 어쨌거나 정의를 바로잡고 피해자의 한을 풀어줬다는 점에서 그건 아무래도 좋은 분위기였다.

계단을 오르면서 어디선가 버럭 하고 튀어나올 듯한 공포와 슬픔이 복잡하게 버무려졌다. 본관 3층. 집무실 앞에 다다랐다. 혹여 지키고 선 관리자가 있으면 뭐라고 말할지 구상 중이었으나 문 앞은 의외로 썰렁했다. 물론 지키는 사람도 없고 말이다. 문은 반쯤 열려 있었다(정확히 반의반쯤). 그 앞에 서서 똑똑 하고 들었던 손을 민망하게 거둔 것은 틈으로 내부가 자세히 보였을 때였다.

잠시 서성이다가 복도 좌우를 살펴더니 침을 꼴깍 삼키고 안으로 들어갔다. 누가 나중에 뭐라 하면 아무도 없기에 기다리고 있었노라고 하면 된다. 그러면 된다. 무슨 짐승인지 모를 커다란 가죽 러그, 그 위에 원형 테이블과 간이 소파가 보여 우선 앉아서 기다리기로 했다.

째깍 째깍….

　　　·

　　　·

대앵… 대앵….

묵직한 소리에 정신이 번쩍 들었다. 벽 중앙에 커다란 괘종시계가 오후 4시 정각을 알리고 있었다. 지금도 저런 시계를 쓰나? 1980년대, 1990년대, 아니 최근까지 2000년대에는 관공서에 으레 유물처럼 자리한 그 거대한 붉은색 원목 괘종시계였다.

　　　·

　　　·

째깍 째깍….

　　　·

　　　·

그로부터 또 얼마나 흘렀을까? 아무리 기다려도 소장은 오지 않았다. 고요한 침묵 속에서 히터 돌아가는 소리만이 배경소음으로 들릴 뿐 개미 한 마리 나타나지 않는 그 적막감이 당당했던 심기를 쿡쿡 찔렀다. 괜히 헛기침을 하며 사방을 둘러봤다.

정면에는 적갈색의 커다란 원목책상이 보였다. 결재할 서류들인지

산더미같이 쌓인 파일들. 책상의 주인은 황급히 나간 모양인지 중역 의자는 45도로 돌아간 채 주인을 기다리고 있었고, 야누스 석고상이 석양을 받아 반쯤 가려져 있었다. 그 뒤 벽면으로는 국방색 캐비닛이 반쯤 열려 있었다. 이 집무실의 주인은 아무래도 철저한 성격은 못 된다는 생각이 들 무렵, 캐비닛 옆으로 책상과 같은 세트의 커다란 책장이 눈에 들어왔다.

그 사람을 알려면 그 사람이 읽는 책을 보면 된다고 어떤 유명인이 그랬다. 맞는 말이다. 찬찬히 살펴보니 《카라마조프가의 형제들》, 《주홍글씨》, 《체호프 희곡》, 《명상록》, 《파우스트》…. 전부 문학 작품들뿐이었다. 그 흔한 법학 서적이나 그 나이대에 즐겨 읽을 법한 수신(修身)과 관련한 건 단 한 권도 없었다. 대체 어떤 인간인가….

이번엔 각종 트로피와 훈장들이 진열된 열에서 밑으로 서서히 시선이 내려왔다. 액자. 두 개의 액자가 보였다. 하나는 기관 단체 사진으로 보였고, 다른 하나는 두 사람이 서 있는 모습으로 크기가 좀 작았다. 누굴까? 더 자세히 보기 위해 눈살을 찌푸렸지만 잘 보이지 않았다. 오십대의 엘리트 이혼남이 일터에까지 둘 정도의 사진이라면 그의 인생에서 꽤나 중요한 위치를 차지한다는 뜻이다.

엉덩이를 들썩거리며 몸을 앞으로 기울였다. 그 인물은 아들인 듯했다. 사전조사를 한 덕에 그에게 전처 사이에서 자식 하나가 있다는 걸 알았고, 사진 속 인물도 딱 그 나이대의 교복을 입고 있었으니까. 그러면서 묘한 희망이 샘솟았다. 같은 자식을 둔 아비의 입장이니 이쪽에서 어떻게 찔러보면 한 번쯤 찔려는 주겠지 하는.

이번엔 더 대범해져서 아예 일어나서 보기로 했다. 어느 학교 교복

일까? 어떻게 생긴 아이일까?

　또각.

　또각.

　또각.

　그때였다. 저 멀리서 흐릿하게 들려오는 소리는 남자의 구둣발 소리가 들렸다.

　또각.

　또각.

　소리가 차츰 가까워졌다. 아니, 마치 뭔가 중요한 것을 두고 왔다는 듯이 소리는 규칙적이었지만 다급했고, 차분하면서도 신경질적이었다.

　또각! 또각! 또각!

　윤설의 아빠는 액자 속 인물이 누군지 보고 싶었다. 아니 봐야 한다는 사명감이 돌연 일었다. 왜 그런 기분이 들었는지 모르겠지만, 소리가 가까워지면서 덩달아 초조했다. 아들이 아니다! 여학생….

.

.

.

　어깨까지 오는 중단발.

.

.

.

　안경은 쓰지 않았지만,

.

．
．
．

얼핏 소장을 닮은

．

．

．

심소혜…*!!!*

．

．

．

"누구십니까."

# 사망 3개월 전

***

주말 오후.

"나는 아주 어릴 때 데뷔해서 이런 데서 편하게 먹으면서 수다 떠는 게 소원이었거든."

때마침 주방에서 주문한 떡볶이 세트가 나왔다. 새빨간 고추장 윤기가 번드르르하고, 김이 모락모락 나는 먹음직스러운 떡볶이. 절로 군침이 났다.

"많이 먹어."

혜나가 먹으라며 손을 흔들자 성호경을 긋고 식전기도를 하는 소혜. 순간 아차 싶었지만 관두기로 했다. 그러면서 조만간 불량신자 생활을 청산하고 성당에도 다시 나가리라 결심하는 혜나. 기도를 마친 소혜가 입을 뭐라 뭐라 뻥긋했는데, '잘 먹겠습니다.'쯤으로 보였다.

"맛있다. 그렇지?"

눈을 크게 뜨며 엄지손가락을 치켜드는 소혜. 열 명 들어가면 꽉 찰 만큼 비좁은 그 분식점은 인근에 학교시설이 없었음에도 불구하고, 아이들로 문전성시를 이루었다. 그 집이 특별히 맛집이어서가 아니라 톱스타 고혜나가 왔기 때문이다. 김밥을 마는 아주머니 맞은편 창문에는 이미 고혜나를 찍기 위해 바짝 들이댄 스마트폰들만 수십 대였다.

때 아닌 호재에 주인아주머니는 즐거웠지만, 웅성거리며 소란을 피우는 팬들을 막기 위해 문을 걸어 닫았다. 안에 자리한 손님들도 대부분은 그런 고혜나를 가까이서 보기 위해 일부러 음식을 시킨 이들이었다. 아주머니는 신이 나서 A4용지에 이미 받아둔 그녀의 사인을 그 새 옆 문방구에 가서 코팅을 해왔다.

찰칵.

찰칵.

셔터소리가 쉴 새 없이 들려오자 여유로운 혜나와 달리 소혜는 안절부절 못했다. 문자로 혜나 언니가 [맛있는 거 사줄게. 뭐 먹고 싶니?]라고 물었을 때, [떡볶이요.]라고 답장 보내지 말걸. 이런 상황을 초래한 자신이 한심할 따름이었다. 하지만 이미 이런 일에는 이골이 났다는 듯이 눈을 깜빡이는 혜나.

"이거 먹고 집에 가서 열심히 공부해. 알았지? 곧 중간고사라며."

끄덕끄덕하는 소혜.

"아, 참! 그리고 이거 선물!"

중간고사란 이야기에 갑자기 시무룩해지는 소혜를 흘끗 보던 혜나는 그럴 줄 알았다는 듯이 웃으며 가방을 뒤적였다. 꺼낸 건 종이 뭉텅이였다. 지금의 고혜나를 있게 만든 작품. 〈슬퍼도 아파도〉의 대본집이었다. 표지를 알아본 소혜가 눈이 휘둥그레졌다. 얼른 포크를 내려놓고 건네받은 손길이 눈에 띄게 파르르 하고 떨렸다.

"내가 일 년 동안 무지 고생했거든. 그거 찍으면서. 정말 때려치우고 싶을 때도 많았고. 속상해서 운 날도 많았어. 근데 그 작품 아니었으면 어떻게 됐을지도 몰라. 지금의 고혜나는 없었겠지? 고마운 작품이야."

차례로 넘긴 대본집에는 이미 혜나가 형광펜으로 밑줄을 그은 흔적, 볼펜으로 메모를 한 흔적으로 가득했다. 성스러울 만큼 귀한 선물이었다! 대본집을 품에 와락 끌어안는 소혜. 두 눈은 황홀경 그 자체였다.

"그게 그렇게 좋아?"

끄덕끄덕하며, 날을 세운 한쪽 손을 턱에 갖다대는 소혜.

"꿈이 연기자라며. 너 가져."

어느새 소혜의 눈에 눈물이 그렁그렁 고였다. 몇 번이고 왼손 손등 위로 오른 손날을 치며 엉덩이를 들썩였다. 그렇게 좋을까? 기쁘다 못해 환희에 가득한 그 얼굴을 보면서 혜나는 경이로움마저 느꼈다. 그게 뭐라고.

윙.

그때 테이블 위에 놓여 있던 소혜의 아이폰이 울렸다. 화면에는 '아빠♡'라고 떠 있었다.

'과연 저 전화를 받을까? 받아서 소혜가 뭐라고 할 수 있는데…?'

혜나는 문득 이쪽을 보는 눈들이 많다는 걸 깨달았다. 소혜가 농아라는 걸 저 사람들이 알게 되면? 혹시 소혜가 전화에 대고 수화를 하는 건 아니겠지? 아니면 대답을 한답시고 어버버 하며 되도 않는 소리라도 내면…? 혜나는 곤란한 상황이 닥쳐올 것에 미리 겁이 났다. 괜히 사람이 많은 곳으로 데려왔다는 자책감이 들었다. 더 맛있는 걸 사줄 수도 있었잖아… 왜 분식점으로 데려왔을까…!

톡톡!

아이폰을 귀에 가져다댄 소혜가 마이크 부분을 손가락으로 두 번 두들겼다. 잠시 후 전화 너머에서 소혜 아빠의 다정한 목소리가 들려왔다. 소혜는 마냥 듣고만 있었다. 중간에 대답을 하기 위해서는 또다시 톡톡 하거나 번호를 길게 터치했다. 어떨 때는 소리 내서 가볍게 웃기도 했다. 2, 3분의 통화가 끝나고 흡족한 얼굴로 아이폰을 내려놓는 소혜. 동시에 안도감이 밀려왔다. 그것이 썰물처럼 빠지고 난 자리엔 서글픈 죄책감이.

***

소혜를 집 근처까지 바래다주고 돌아오는 길.

차에서 내려주자마자 이미 [언니랑 찍은 셀카랑 떡볶이 사진 인스타에 올려도 돼요?] 하고 소혜로부터 문자가 왔다. 답장을 보냈다. [그렇게 해.]

경사가 가파른 언덕을 지나 한적한 주택가에 진입한 그녀의 차는 높다란 성벽을 연상케 하는 담벼락 앞에 도착했다. 스위트 라이프 캐슬이었다. 뒤편으로 돌아 주차장에 진입하려고 핸들을 꺾던 그녀의 눈에 낯익은 실루엣이 들어왔다. 누군지 알아보기도 전에 그쪽에서 먼저 운전

석의 혜나를 알아보고 뛰어들었다.

끼이이익!

급브레이크!

"혜나야!"

놀라 숨 고를 새도 없이 벌컥 차문을 열고 나온 그녀가 소리쳤다.

"미쳤어?"

재빨리 주위를 살폈으나 다행히 아무도 없었다.

"이제 와?"

억지로 다정한 말투를 쓰느라 애를 쓰는 그 얼굴에 침이라도 뱉어주고 싶었다.

"당신, 여기가 어디라고 와?"

"당신? 저 계집애 말하는 뽄새 보게."

"또 왜 왔냐고?!"

"열 달 동안 고생고생하다 배 아파 낳아줬더니 그게 에미한테 할 소리냐? 쌀쌀맞은 년."

그렇게 비아냥대는 혜나 모의 손에 못 보던 반지가 껴 있었다. 고가의 다이아 반지인가? 저 성격에 싸구려 할 위인은 아닐 테고. 또 어디서 났을까? 이번엔 또 어떤 남자한테 들러붙어서 팔자개조사업에 열을 올리고 있을까? 아니지. 그 남자랑 잘 안 되어가니까 또 찾아온 게 분명하다.

길을 잘못 들였다. 처음부터 돈을 해주는 게 아니었는데. 이렇게 제대로 코가 꿰어서 질질 끌려 다닐 줄 그땐 꿈에도 몰랐다. 처음 드라마를 찍고 큰 목돈을 정산 받았을 때 말이다. "혜나야. 엄마다…." 하며 초췌한 꼴로 나타난 그 여자에게 왜 연민이 솟구쳤을까? 죽도록 미워서 꿈에서도 죽이고 싶었던 사람인데. 치아는 다 망가지고 거지꼴을 하고 나타난 그 위인에게 지갑이 절로 열렸다. 처음엔 천만 원, 그다음엔 이천만 원, 그다음엔 임플란트에 피부과 보내 주느라 또 천만 원….

더구나 과거에 곗돈을 들고 튄 적이 있는데, 이제 와서 그 피해자 쪽에서 어떻게 알고 쫓아다닌단다. 그러면서 하는 말이 "요새 빚투다 뭐다 해서… 너한테 불똥 튀면 안 되잖니." 하며 뜯어간 2억 원까지….

아빠에게는 말도 꺼내지 못했다. 수차례에 걸쳐 돈을 보내준 사실을 안다면 정말 저 여자를 죽일 것 같았으니까. 술만 마시면 "지 배 아파 낳은 새끼도 버리고. 천벌 받을 여편네." 입버릇처럼 달고 살던 아빠였다.

"어디 갔다 와?"

그러다 혼자 핑거스냅으로 '딱!' 하고 소리를 내더니

"아아, 그 개성그룹 손자 만나고 오는구나? 맞지? 그렇지?"

희번덕거리며 웃는 눈빛이 뱀처럼 느껴졌다. 버린 딸이 TV 속 연예인이 되었다고 얼마나 거들먹거리며 상스럽게 굴었는지.

"금복자! 부모 복, 서방 복은 없어도 정말 자식 복 하난 제대로 타고 났다니까? 우리 딸 덕분에 개성그룹 차기 회장한테 장모 소리 들을 날도 머지 않고."

"당장 가버려! 볼일 없으니까."

어금니에 분노를 간신히 물고 말했다.

"얘! 난 볼일 있거든?"

"더는 못 해줘. 돈. 뜯긴 돈만 5억 원이 넘어. 그 돈 다 어디다 썼는데?"

"어머머, 애 좀 봐? 뜯겼다니. 지 낳아서 키워준 은혜도 모르고."

"나, 아빠가 키워줬거든?"

그러고 매몰차게 돌아서려는 혜나를 황급히 붙잡더니,

"야! 오늘은 돈 얘기 하러 온 거 아니라고!"

"뭐야? 그럼?"

"헤헤."

"뭐냐고?"

"너. 우리 집 양반 만났더라? 야, 애 딸린 늙은 이혼남을 뭐 하러 만나냐? 계집애, 양다리야? 뭐야?"

혜나는 기가 차서 웃음이 났다. 고작 한다는 소리가.

"정말 당신이라는 여자…."

# 다섯 번째 레드볼

***

남은 죄수 두 명. 김광덕, 윤설.

초조함을 감출 수 없는지 감방 안을 몇 시간째 서성이는 광덕. 그리고 그런 광덕을 바라보는 윤설의 눈길이 불안하다.

"레드볼… 이번 레드볼이… 다섯 번째인데…."

광덕은 겁이 났다. 자기 차례의 레드볼이 어떤 내용인지 알 길이 없기 때문이었다. 누구는 손목 팔찌 폭발, 누구는 광화문 한복판에 전광판 광고, 또 누구는 사시 취소에 부친이 자살을 했다. 게다가 바로 전에는 '악플러의 집'이라는 동판을 걸어두기까지.

대체 누가 이런 형벌을 정하고 내리는 걸까? 다섯 번째는 어떤 형벌이 기다리고 있는 걸까? 애초부터 잘못 생각했다. 레드볼이고 뭐고, 조용히 100일을 채우고 나가는 게 최선이었는지도 모른다. 레드볼이란 처음부터 죄수들에게 벌을 내리기 위한 수단, 그 이상도 이하도 아니었을 것이다. 오래 쥐어뜯은 탓에 머리는 잔뜩 헝클어졌다. 그러다 퍼뜩 무슨 생각에서인지 눈이 벌어진 그가 소리쳤다. 두 눈은 벌겋게 충혈되어 있었다.

"그래! 처음부터 인터넷 선은 연결조차 안 되어 있었어!"

"네?"

"우린 속았다고!"

"무슨 말씀이세요?"

"감시당하고 있었다고!"

"그건 이미 알고 있는 사실이잖아요."

"환장하겠네! 머리가 그렇게 안 돌아가?"

광덕이 검지로 제 옆통수를 치며 말했다.

"레드볼을 나눠 먹기 위해 우리가 짜고 있었다는 걸 저 인간들은 이미 알고 있었단 말이야! 이제 알아들어?"

"설마요!"

"한마디로 놀아난 건 우리라고! 레드볼은 언제, 누가, 어떻게 받는지는 전혀 중요하지 않았다고! 그냥 허울에 불과했다고! 우린 결국!"

"결국 뭐요?"

"다 죽게 돼 있었어! 애, 애초부터 그렇게 설계된 게임이라고, 이건!"

"…."

"괜찮아. 다 괜찮아. 안 죽을 거야. 난 안 죽을 거야. 악착같이 살 거야. 우리 딸 시집보내야 되니까. 우리 딸… 난 안 죽을 거야! 어떤 벌도 다 이겨낼 거야. 할 수 있어. 할 수 있어… 할 수 있어….”

윤설은 그가 정신 나간 몽유병 환자처럼 보였다. 안 그래도 아랫배가 살살 아파와 짜증나는데, 왜 저러는 거야? 경멸 섞인 눈초리로 쏘아보고 있자니 또 뭐라 뭐라 중얼거리면서 물어뜯는 그의 손가락이 보였다. 피. 피다. 눈에 띌 만큼은 아니었지만, 마구 물어뜯은 손가락 끝에서 붉은 것이 배어 나왔다.

‘정신병자… 소름 끼쳐.’

전학 온 남학생이 자기 옆에 앉게 됐을 때, 더욱이 그 학생이 정신 질환을 앓고 있어 자기에게 뭘 말할라 치면 상반신을 기괴하게 흔들 때, 그때 느꼈던 감정이 되살아났다. 그날 윤설은 친구들에게 병신하고 짝꿍하기 싫다고 쉬는 시간에 훌쩍이며 울었다. 지금이 딱 그랬다. 울고 싶은 심정이었다. 정신 나간 이상한 아저씨랑 한 감방 안에 있어야 한다니. 아빠는 뭐 하는 거야. 자기만 믿으라면서!

“1508!”

언제 왔는지 마스크 사내가 철창 앞에서 수감번호를 불렀다. 광덕이 소스라치게 놀랐다.

“예!”

“다섯 번째 레드볼. 이행합니다.”

“이행?”

“못 들었습니까?”

“제가 뭘 어떻게 이행합니까?”

“따님이 면회를 왔습니다.”

"면회요? 우리 딸이 면회를? 그게 레드볼하고 무슨 상관입니까? 난 언제 나갑니까?"

"면회가 끝나면 바로 출소할 겁니다."

***

면회실 안.

광덕의 딸은 아까부터 두 손을 연신 주무르기 시작했다. 의자가 불편한지 등을 들썩이는가 하면, 내부 공기가 갑갑한지 자꾸만 숨을 몰아쉬었다. 눈을 질끈 감았다 떴다. 등을 뒤로 쭉 기대고 최대한 자세를 편하게 해보지만 부질없었다. 복도 저만치서 발자국 소리가 가까워지더니 문 앞에서 멎었다. 그리고 잠시 후,

"진희야…."

아빠다. 단단한 풍채가 아닌 굽은 어깨에 앙상한 아빠다. 직업세계라는 것이 다 그렇겠지만, 뭇사람들의 예상과는 달리 억세고 거친 면이 없이는 인테리어 일을 할 수 없다. 계약을 따내고 막상 인부들을 현장에 보내면 일용직이나 아르바이트생이 많다. 때문에 술을 먹고 펑크 내거나, 다음 스케줄을 위해 대충대충 해버리는 경우가 간혹 있다. 그들을 아우르고 컨트롤하기 위해서는 동탁 저리 가라의 위압을 행사하지 않을 수가 없었다. 아빠는 그런 일에 딱 제격인 사람이었다. 인부들을 대함에 있어서 지극히 명령적이면서도 대화에 반말을 섞길 좋아하는 사람. 너 아니더라도 일할 사람 많다는 횡포도 부릴 줄 아는 어느 정도 사회의 때가 묻은 노련한 사람.

그런데 면회실 문 앞에 서 있는 얼굴은 잔뜩 겁에 질린 유기견의 그 것과 흡사했다. 잠깐, 아주 잠깐 혈육의 정에서 서글픈 마음도 들었지 만, 이내 차려입은 죄수복을 보니 눈 녹듯 사라져버렸다.

"앉아…."

근 두 달 만에 보는 딸의 얼굴은 어쩐지 달라 보였다. 기분 탓인지 몰라도 수척해진 얼굴. 하기야 아비가 수용소로 끌려갔다는 이야기를 듣고 두 발 뻗고 잘 수야 있었을까? 그 생각을 하니 울컥 미안한 마음.

"그 녀석은 왜 같이 안 오고?"

운을 떼다가 차가운 딸의 눈빛을 확인하고 다시 말을 바꾸기를,

"하긴… 이런 모습 보이는 건 말도 안 되지. 헛소리가 다 나오네. 미 안하다."

"오늘 나온다고?"

"응, 같이 가자. 아빠랑. 집에."

"…."

"내가 너 볼 낯이 없다. 미안하다… 아, 아빠 이제 착실하게 살 거야. 걱정 마라."

"걱정 말라고?"

"그래. 결혼식은 예정대로 잘 하고. 그 뭐냐 그… 신혼집 인테리어도 걱정 마라. 아빠가 생각해봤는데 너 결혼 선물로 아빠가 최고급 자재로 다가 싹 바꿔줄게. 혼, 혼수도 걱정 마라. 아빠가 3년짜리 적금 깨서라 도 너 사는 데 지장 없게 해줄 테니까. 응?"

순간 실소를 터뜨리는 딸. 아랫입술을 꼭 깨물고 생각에 잠긴 듯하 더니 결심한 듯 입을 열었다.

"나 결혼 안 해."

"그게 무슨 소리야?"

"안 한다고. 아, 못 하는 거구나."

"뭐?"

"파혼 당했어."

"파혼? 파혼이라니?"

"왜 모른 척해? 예상 못 했어?"

"파혼이라니! 갑자기 그게 무슨 소리야?"

"그럼 할 줄 알았어? 결혼?"

"진희야."

"아빠, 그 꼴을 봐. 누가 아빠 같은 사돈을 원해?"

"그럼… 혹시….."

"그래, 아빠 때문이야."

"….."

"나 같은 며느리 들이기 싫대. 뭘 보고 배웠겠냐면서."

"네가 왜? 뭐가 어때서? 죄는 이 아비가 지었지! 네가 지었냐? 그 양
반들이 그러던? 파혼하라고? 요즘이 어떤 시댄데. 조선시대도 아니고
연좌제인가 뭔가… 그."

"그이도 결혼은 생각해보재."

"뭐?"

"….."

"그래… 고민이 필요하겠지. 아빠가 어떻게 해야 마음이 풀릴 것 같
아? 만날 때마다 내 딸 데려가는 도둑놈 취급해서 더 밉겠지… 잘 설,

설득해봐. 응? 아니다. 이 아빠가 좀 만나봐야겠다. 그 댁 어른들이랑….."

"싫다고 했어. 내가."

"…?"

"결혼하지 말자고. 쪽팔려서. 그리고 자존심 상해서."

눈앞이 흐릿해졌다. 가끔씩 충격을 받거나 고통스러운 일에 직면했을 때 일시적으로 나타나는 반응이다. 한때 정신과에 갔을 때는 시력의 문제가 아닌 공황장애의 하나라고도 했다. 빚이 늘어나면서 얻은 병이었다.

광덕은 두 손으로 썩썩 얼굴을 비볐다. 손에서 번들번들한 기름이 묻어났다. 딸아이가 처음으로 남자친구가 생겼다며 데려온 그 준수한 청년이 눈앞에 어른거렸다. 어른이 일어나기 전에는 식사를 다 마쳤어도 일어나지 않고, 주법이며, 예법이며, 요즘 젊은 사람 같지 않게 믿음직스러운 구석이 있던 청년. 위안부 피해 할머니를 위한 봉사활동을 하며 만난 사이여서 인성도 뛰어난 데다 무엇보다 딸아이를 무척 사랑해주던 그 청년.

광덕은 분명히 봤다. 자신의 예비신랑을 바라보는 딸아이의 눈빛을. 사랑과 희망으로 가득 차 어쩔 줄 몰라 하던 그 천진난만함을. 그 집에서는 홀아버지 밑에서 자랐다고 얕보는 법도 없었다. 자식을 잘 키운 만큼 품격 있는 분들이라 그토록 딸아이를 귀여워해주었으니. 둘이 결혼한다고 허락을 받으러 왔을 때 광덕은 뛸 듯이 기뻤다. 이미 세상 떠난 진희 엄마도 마음 놓을 수 있겠구나 하고. 한데 파혼이라니. 이건 아니다 싶어,

"아니야. 아니다. 아빠랑 다시 가보자. 얘기 잘 드려보자."

"1508."

마스크 사내가 나직이 불렀다.

"너희들 결혼하면 나랑 안 보고 살면 되잖아? 응? 멀리 이사 가. 윤 서방 직장 있는 지역으로 가서 살면 되잖아. 응?"

"1508!"

"거기 집값 비싸면 아빠가 더 대줄게."

"1508!"

"5천? 아니지. 1억 원은 있어야겠지?"

김광덕의 흥분이 고조에 올랐음을 감지했는지, 토끼 마스크 사내는 조용히 자신의 허리춤에 손을 가져다댔다. 까딱하면 공포탄을 발사할 요량이었다.

"1508!"

"개씨발새끼야! 1508이 아니라 김광덕이야! 내 이름 김광덕! 병주 김씨! 빛날 광! 덕 덕! 김광덕이다. 이 개새끼야!"

광덕은 허공에 대고 주먹을 휘둘렀다. 그를 진압하러 온 교도관들에게도 발길질을 하며 몸부림을 쳤다. 그야말로 경악스러운 풍경. 딸 진희는 뜨악한 얼굴을 하고 입을 틀어막았다.

퍽!

진압봉으로 등짝을 내리꽂자 광덕이 바닥에 철퍼덕 하고 엎어졌다.

"1508. 지금 이 시간부로 한 번만 더 소란을 피우면 즉결 처리됩니다."

씩씩대는 광덕이 또 뭐라 뭐라 혼잣말로 중얼거렸다. 교도관 둘이 그를 일으켜 세워 도로 의자에 앉혔다. 앞에 올려진 A4용지 서류 위로 석양이 사선으로 깃들었다.

"수감번호 1508. 다섯 번째 레드볼 이행합니다. 앞에 놓인 서류를 확인하십시오."

반사적으로 눈길이 향했다. 표지에는 **[1508 리스트. '2018. 01. 01~2023. 12. 29.']**라고 적혀 있었다. 딸 진희도 불안한 시선으로 그것을 주시했다.

"이게… 뭐요? 지금 나더러!"

"다섯 번째 레드볼은 '직계가족 구성원 앞에서 악플 읽기'입니다. 이행하십시오."

부녀의 시선이 동시에 마주쳤다.

'딸 앞에서 악플을 읽으라고?'

'아빠가 쓴 악플…?'

잠시 숨을 고르고 광덕이 물었다.

"이게 다요? 이것만 하면… 갈 수 있습니까?"

"네. 이행하십시오."

열 장이 조금 넘는 서류를 만지작거리던 광덕이 힘겹게 입을 열었다. 이 정도는 감수할 수 있다. 솔직히 끔찍한 일이지만 그 전에 목숨을 버리거나 전 국민에게 망신을 당하고, 신세 조진 사람들에 비하면 천만 배 나았다. 그래. 읽자. 아무 생각하지 않으면 된다. 단지 국어책 읽듯이 술술 얼른 읽어버리고. 이 지긋지긋한 곳에서 떠나자.

떨리는 손으로 서류를 집어 들었다. 꼴깍 하고 침이 목젖을 넘어가는 소리가 차디찬 면회실 허공에 잔잔히 퍼졌다. 딸 진희는 고개를 절레 절레 저었다. 설마 정말 읽는 건 아니겠지?

"아니야… 그건 아니야. 아빠."

"재벌…."

광덕이 딸과 교도관의 눈치를 번갈아 보더니, 다시 손에 든 서류 위로 눈길을 떨어뜨렸다.

"재벌…한테 차이니까 대가리가 어떻게 됐냐? 쪽바리 영화를 찍다니…."

진희의 입에서 한숨이 흘러나왔다.

"이놈 저놈… 많이도 사귀는구나… 성형한 얼굴도 얼굴이다 이거지…."

"김치년아. 연예계에서 살아남으려고 발악하는구나…."

.

.

.

[고혜나, 결혼 앞둔 절친 배우들과 처녀파티.]

ㄴ 처녀란다! 쟤가 사귄 놈만 한 트럭인데, 기자는 처녀 뜻 모르냐? 기자 하기 쉽네. 시벌.

[경기도 무연고자 납골당 설치에 배우 고혜나 3억 원 쾌척.]

ㄴ 뒤진 사람 회쳐봐야 뭐가 나오냐? 돈이 썩었다.

[배우 고혜나, 선배 앞에서도 할 말은 하는 당찬 연기자.]

ㄴ 어릴 때부터 오냐오냐 해주니까 지 세상인 줄 알지. 저런 년들은 삼 일에 한 번씩 두들겨 패야 알아서 긴다! 선후배 위아래도 모르는 하극상의 극치!!!

[개성그룹 3세의 피앙세, 여배우 K씨?]

└, 기어이 네가 물었구나. 몸 팔아서 개성그룹 안주인 되고. 계집년들은 참 돈 벌기 쉽네. 에라, 시벌. 나는 타일이나 깔아야겠다.

.

.

.

"그만…!"

진희가 귀를 틀어막았다.

하염없이 흔들리는 광덕의 눈동자.

지옥이다. 이것은 지옥이다.

"그만해. 그만 들을래. 하지 말라고!"

그때 교도관 하나가 진압봉을 들고 자리에서 일어났다. 계속하라는 뜻이다.

"이건… 저… 그만하겠습니다. 더는 못 하겠네요."

다음 장을 넘기다 말고 광덕이 흐느끼며 말했다.

"더 이상 우리 딸애가 힘든 건 못 보겠습니다. 이게 뭐하는 짓입니까? 대체."

"1508. 마저 읽으십시오."

"아냐. 난 못하겠어. 못 하겠소… 한 번만 봐주십시오. 네?"

"그럼 레드볼을 바꾸는 수밖에 없어요. 앞에 진행된 레드볼 중 하나를 선택하는 것도 좋은 방법입니다."

"뭐? 그걸 말이라고 해? 이제 와서 레드볼을 바꾸라고?"

진희는 괴로운지 테이블에 고개를 박았다. 울먹이는 소리가 우레 소리처럼 가슴을 후벼 팠다. 다시 꾸역꾸역 종이를 집어 드는 광덕.

.

.

.

[개성그룹 손자와 열애 중인 배우 고혜나.]

ㄴ 말 그대로 누워서 돈 버네. 누워서. ㅋㅋㅋㅋ

[고혜나, 위안부 피해 할머니들을 위한 김장행사 참여.]

ㄴ 김치년이 김장을 하러 갔네. 우웩. 그 김치에서 쉰내는 안 나려나 몰라.

ㄴ 영화 홍보하려고 노인네들한테 가서 알랑방귀 뀌지 마라! 가증스러운
   년아.

.

.

.

"왜… 배가 불렀지? 언놈하고 뒹, 뒹굴었냐?"

.

.

.

"안에… 속바지나 입고 다녀라. 계집년이 지조를 몰라. 지조를."

.

.

.

"나는 동영상 봤다. 내 딸이었으면

넌 내 손에… 명예… 살인 당했다."

"아침부터 왜 손을 잡고 다니냐?
모텔 다녀왔나 보네. 저 잡것들….."

    .

    .

    .

"윗선에서 대체 누가 봐주고 있기에…
한일 합작 영화를 찍겠다고 설치고 지랄이야?"

    .

    .

    .

"동영상 잘 봤다."

    .

    .

    .

"그만!"

진희가 엎어진 채로 악을 질러댔다. 괴로움에 몸부림을 치는지 연신
신음을 내는 그녀. 벌건 얼굴을 들자 눈물과 콧물로 범벅이었다. 다 기
어 들어가는 소리로, 아니 속에서 끌어올리는 소리로 간신히 힘겹게

"괴물! 당신은 괴물이야! 악마야!"

자리에서 일어나다가 쓰러진 진희. 철퍼덕.

"진희야!"

광덕은 딸의 아랫도리에서 눈을 떼지 못했다.

피.

붉은 피.

입고 있던 풍성한 치마 뒤에, 그리고 앉아 있던 플라스틱 의자에 검붉은 피가 느릿느릿 퍼져갔다.

"아아아아악!"

복도 맨 끝까지 절규가 울려 퍼졌지만, 메아리로 그칠 뿐이었다.

# 뒷조사

***

윤설의 아빠가 자신이 모르는 내막이 있다고 생각한 건 '그날'부터였다.

그날. 우연히 소장도 없는 빈 집무실에 들어와 찬찬히 안을 살펴보던 그날.

"누구십니까?"

말이 채 끝나기도 전에 윤설의 아빠는 아무 일도 없다는 듯이 휙 몸을 돌렸다. 휘청거리거나 당황한 기색은 없었다. 오랫동안 펀드매니저로 일해오면서 몸에 밴 관록이랄까? 최선을 다해 웃어 보이며 악수를 청했다.

"허락도 없이 먼저 들어와 기다려서 죄송합니다. 저는 여기 들어와 있는 윤설 학생 아버지 되는 사람입니다."

"그렇군요⋯."

예상은 했지만, 소장이란 사람은 찔러도 피 한 방울 나올 것 같지 않았다. 최대한 격식을 갖추면서도 품고 있는 분노나 의견을 적절한 범주에서 잘도 표출했고, 깍듯이 대접하면서도 시종일관 가해자 가족에 대한 혐오의 눈초리를 거두는 법이 없었다. 그건 일종의 '딜'을 하는 자리에서도 지속됐다.

"우리 애는 학교 성적도 우수한 모범생입니다. 봉사활동도 열심히 했고요. 학교생활기록부에도 담임선생님들이 저마다 칭찬을 아끼지 않는 아이입니다. 내 딸이라서가 아니라⋯ 장래가 아주 유망한 아이입니다."

"정보 감사합니다."

짧게 받아치는 소장.

"토익도 900점이 넘고요. 급우들 사이에서도 아주 인기가 많아요. 전교 부회장도 했거든요."

"그것 또한 참고하도록 하죠."

"참고라면?"

"수감자 프로필에 대해서 데이터가 많으면 많을수록 나쁠 건 없지 않습니까."

"부탁입니다. 제 딸을 죄인 취급하지 말아 주십시오."

"⋯."

"제 딸은 그저 평범한 아이입니다."

"원래 죄라는 건 평범한 사람이 짓습니다. 악마도 죄 짓기 전에는 평범했어요."

"단지 유튜브 댓글에 공감 버튼 눌렀다는 이유로, 'ㅋㅋㅋ' 하고 댓글을 달았다는 이유로 악마 취급을 받아야 한다면 이 세상에 천사란 존재하지 않겠군요?"

"끝까지 가봐야 알죠."

"무슨 소립니까?"

"천사인 줄 알았는데, 들춰보면 막상 악마꼬리가 있더군요."

'네 놈 딸은 뭐 먼지 한 톨 안 날 줄 아냐?'

목 끝까지 치미는 걸 꾹 참고,

"아무쪼록 잘 부탁드립니다."

집무실 문 밖까지 나와서 가라는 제스처를 취한 소장. 윤설의 아빠는 여전히 풀리지 않는 의심의 눈초리를 받으며 건물을 나섰다. 그리고 집으로 향하는 차 안에서 아내에게 묻기를,

"당신 혹시 그 이름 기억나?"

"무슨 이름요?"

"심소혜라는 아이 말이야."

"심소…혜?"

"그래. 설이랑 예전에 문자로 싸웠다던. 설이가 사진도 보여줬잖아. 동갑이었고."

"심소… 아!"

"그 애 지금 어디서 누구랑 살고, 학교는 어디 다니는지 혹시 알아?"

"내가 그걸 어떻게 알아요? 같은 학교도 아니고. 그리고 뜬금없이 그런 얘긴 왜 해? 안 그래도 심난한데 재수 없게."

"걔. 이혼 가정 자식이지?"

# 사망 2개월 전

***

[너네 엄빠 이혼했다며?]

혜나 언니와 찍은 셀카, 떡볶이 사진, 그리고 선물 받은 대본집 인증샷을 인스타 스토리로 등록한 것이 화근이었다. 두려운 마음에 재빨리 인스타그램 계정을 비공개로 전환했지만, 이번엔 DM으로 폭격이 쏟아졌다.

[말도 못하는 병신이 무슨 연예인이야? ㅋㅋ 좀 짜져 있어.]

언젠가 영화 촬영장을 구경시켜 주겠다며 혜나 언니가 데려간 적이 있었는데, 그 영화에 카메오로 출연하는 보이그룹 멤버와 찍은 사진이 문제라면 문제. 최고 인기절정의 멤버였기 때문에 당연한 결과지만, 예상보다 대가는 혹독했다.

[야, 제발 좀 우리 오빠한테 떨어져.—— 걸레 년아.]

그나저나 부모님의 이혼을 어떻게 알았을까? 벌써 학교에 퍼졌나? 전학 와서는 다를 줄 알았는데…. 소혜가 어릴 때 두 분이 갈라섰기 때문에 거기에 따른 별도의 슬픔은 따르지 않았다. 엄마랑은 미국에서 한동안 살았고, 한국에 온 뒤로는 줄곧 아빠와 단둘이 살아온 일상에 익숙해졌으니까. 그렇다 해도 그것이 전혀 아무렇지 않을 순 없었다. 때로는 직접 저지르지 않아도 감수해야 할 일이 있는 법이니까.

그나저나 아빠는 왜 오지 않는 걸까? 퇴근 시간이 한참이나 지났는데. 갑자기 잘 있던 이모도 일을 관둬버리고.

'피자나 시켜 먹어야지.'

소혜는 어플을 켠다.

\*\*\*

언젠가부터 딸 소혜의 행동반경이 달라졌다. 집-학교, 집-학교뿐이던 아이가 갑자기 콘서트장이란 곳엘 혼자 가질 않나, 방송국 사람 중에 누굴 안다고 출입증을 건 인증샷이며, 드라마 각본까지. 소혜가 안다면 왜 자신의 인스타그램을 몰래 엿보느냐고 길길이 날뛸 게 분명해 아는 척은 하지 않았지만 여간 수상한 게 아니었다.

다년간 유학을 다녀온 데다 성격도 소심하고, 평범한 사람들과 소통하는 데 있어 다소 무리가 있기에 당연히 친구도 없다. 거기다 이혼사실도 알려지고, 이래저래 괴롭힘을 당하는 지라 다른 학교로 전학을 보냈는데, 그곳에서도 별반 차이는 없었다. 그런데 주말만 되면 마치 선약이라도 있는 듯 아침 일찍부터 나가 밤늦게야 돌아오니 궁금증을 자아낼 수밖에.

처음에는 혹시 엇나가는 건 아닐까, 말 못하는 (불만 따위의) 사정이 있는 건 아닐까 하는 근심도 가졌다. 애 엄마와 이혼하고, 하우스키퍼로 있던 여자와 잠깐이지만 오묘한 기류가 오간 적이 있었기 때문이다. 당시 열두 살이던 소혜가 그 일로 말미암아 밥도 안 먹고 한동안 우울해한 탓에 다시는 아이 마음에 상처가 될 수 있는 일은 시작도 하지 않겠다던 그였다. 뭐 딸 하나만 바라보고 사는 인생도 나쁘지 않지.

그런데 소혜에게 즐거운 비밀이 생기기 시작했다는 걸 알게 된 건 한 달 전의 일이었다. 워낙 깐깐한 그였기에 그 후로 들어오는 하우스키퍼마다 퇴짜 놓는 것이 일상이었다. 이유야 많았다. 청소 후에 변기 물을 내릴 때 뚜껑을 닫지 않았다고 해서, 방충망 청소를 한 달에 한 번만 한다는 이유로, 또 음식 조리를 할 때 주방후드를 작동시키지 않는다는 이유에서 등등.

그러던 어느 날.

모든 면에서 "예예." 하고 굽신거리며 무서우리만큼 비위를 찰떡같이 맞추는 여자가 나타났다. 등본상 오십 대 초반이라고 하는데, 타고난 것인지, 그만큼 관리에 힘을 쓴 덕인지 사십 대 초반이라고 해도 믿을 만했다. 더군다나 모든 면에서 완벽했다. 특히 딸 소혜를 대하는 면에서는 더더욱.

한번은 2층 소혜 방에 올라가더니 한참을 안 내려오기에 무슨 일인고 하니, 무슨 손짓을 그렇게 하는데 책상 앞에 앉은 소혜가 사과가 꽂힌 포크를 든 채 배를 잡고 웃고 있었다.

'무슨 상황이기에 다른 사람에게 마음의 문을 좀처럼 열지 않는 아이가 웃음바다가 되었을까.'

좀 더 자세히 들여다보니 그 여자는 수화를 알고 있었다! 그것도 아주 능숙하게. 소혜와 농담 따먹기를 할 정도로. 또 십 대 소녀가 빠른 속도로 피력하는 의견 하나하나에 맞장구를 치고 함께 울고 웃는 게 아닌가!

안 그래도 완벽해서 흡족했는데, 수준급 이상의 수화실력은 소장의 마음을 움직였다. 그녀를 정식 채용하기로 한 것. 인력대행업소를 통해서라면 한 달 급여의 5%를 업소에 수수료로 지불해야 했는데, 그것은 하우스키퍼 입장에선 불리한 계약이 아닐 수 없다. 그러니 회사 측에는 퇴사 절차를 밟고, 따로 소혜네 집과 개별 계약을 맺은 것이다. 그만큼 그녀는 착실하고 완벽한 하우스키퍼였으니까. 놓치고 싶지 않았다.

그런데 그녀와 계약을 맺은 지 어느덧 한 해를 넘긴 어느 날. 집 안의 물건이 하나씩 없어지기 시작했다. 정확히 말하자면 귀중품 위주로. 하루는 딸 소혜가 털어놓으면서부터 사실이 드러났다.

엄마가 준 다이아 반지를 선물상자에 고이 넣어놨는데 없어졌다고. 그건 애 엄마가 장모에게서 받은 것으로 이혼하면서 떨어져 지낼 딸도 눈에 밟히고 해서 겸사겸사 준 것이었다. 다이아가 얼마나 비싸고, 또 3부니 5부니 알 턱이 없는 아이로서는 그저 반짝이는 엄마의 반지 정도로만 알았을 터.

그 후에도 소혜의 방에서 아이패드와 수제 바이올린이 없어지면서 떠오른 용의자가 있었다. 그건 소장의 서재에서 도난이 일어난 것과 같은 날의 사건이었으니까 쉽게 지목됐다.

금복자.

53세.

경기도 거주.

이혼하고, 현재 혼자 생활하고 있으나 슬하에 자녀는 1남 1녀.

그리고 그 1녀가 바로 연예인 고혜나라는 것을 알게 되기까지는 그리 어려운 일도 아니었다.

\*\*\*

"저는 진심이에요."

혜나가 말했을 때에도, 소장은 꿈쩍도 하지 않았다. 자칫 누가 본다면 나이 차이가 꽤 나는 남녀의 복잡한 사정을 연상케 하는 대치 구도였다. 그런 괜한 생각이 들만큼 그녀는 미인이었다. 밤샘 촬영을 하고 왔다는데도 여전히 뚜렷한 이목구비, 날렵한 속눈썹, 그리고 서양 사람처럼 깊고 그윽한 아이홀. 어쩌면 남의 눈에 불륜처럼 보이기를 바라는 것은 개인적인 욕심일지도 모른다.

어. 쨌. 거. 나. 그에겐 '그 엄마에 그 딸'로 비쳐지는 것 외에는 그 어떤 것도 귀에 들어오지 않았다.

'내 집에서 기생하며, 내 딸아이 마음을 훔치는 걸로 모자라 집 안에 귀중품까지 훔쳐 달아난 여자의 딸이 하는 말을 믿으라니.'

물론 세상 사람들 모두 덮어놓고야 모르겠지만, 막상 들춰보면 저마다 사연이 있다. 그리고 대개 연예인들은 그 사연의 주인공이다. 고혜나, 이 여자도 마찬가지. 생모한테 어릴 적 버림받아 악바리 근성만 남은 무명 걸그룹 멤버. 천운이 닿아 연기자 전향에 성공했지만, 주변에는 돈 냄새를 맡은 이들만 득실득실. 아니면 그 인기에 편승하고자 이용해 먹는 연예계 관계자들. 그런 것에 쉽게 놀아날 만큼 어리숙하고 다루기 수월한 흰 도화지 같은 여자가 지껄이는 '어린이들에게 꿈과 희망!' 슬로건은 소장의 귀 문턱에도 닿을 수 없었다.

따끔하게 한마디 해주자. 그러나 생모 얘기는 꺼내지 말자. 공은 공이고, 사는 사니까. 더욱이 이 여자는 자신의 절연한 생모로 인해 얼굴에 먹칠 당하기엔 가엽지 않은가. 적당한 선에서 충고나 해주자. 소장은 주변 좌우를 힐끗 보더니 말했다. 주택가라 한적했다. 더욱이 평소 어슬렁거리던 길고양이조차 보이지 않았다.

"우리 아이가 언어장애가 있는 건 말씀 안 드려도 잘 아실 테죠."

"네."

"그럼 더는 말 안 하겠습니다. 말도 못 하는 애 괜히 바람 넣지 마십시오."

"네?"

"괜한 희망고문 하지 말라는 얘깁니다. 선물을 줄 거면 생각을 하고 주세요. 대본이라뇨. 앞 못 보는 맹인한테 그림 선물하는 것과 뭐가 다릅니까."

"소혜 꿈이랬어요. 연기자 되는 거…."

"말도 못 하는 애가 어떻게 연기자를 꿈꿉니까."

"안 될 건 뭐 있죠?"

"우리 애는 피아니스트가 될 겁니다. 그건 말하지 않아도 성공할 수 있어요. 하지만 연기는 불가능하죠. 저 애가 연기학과를 가길 바랍니까. 소리내어 못 읽는 아이인데."

"꼭 연기학과를 가야지만 연기자가 될 수 있는 건 아니에요. 저도 대학을 나오지 않았…."

"이봐요. 고혜나 씨. 아직 나이도 어리고 세상 물정 모르는 것 같으니 경고 하나 하죠."

"…."

"세상이 그렇게 호락호락하지 않아요. 당신이 얼마나 낭만적이고, 사랑과 기쁨이 넘치는 세상에서 사는지 몰라도 내 딸아이는 다릅니다. 발음을 똑바로 하지 않았다고 유치원 선생에게 맞고, 때리고 괴롭혀도 대꾸도 못 한다고 친구들에게 따돌림 당하고, 좋아하는 남학생이 있어도 고백 한번 마음대로 할 수 없죠. 새벽에 갑자기 맹장이 터져서 아파도 제대로 소리를 낼 수 없어 결국 장시간 수술을 해야 했고, 따로 사는 엄마와 전화통화를 해도 보고 싶다는 말 한마디 할 수 없는 그런 세상에 살고 있습니다. 우리 소혜. 아주 당연하고 자연스러운 것들조차 홀로 결핍된 삶을 사는 아이예요. 그런 애한테 꿈이니 뭐니 들먹거리면서 괜히 들쑤시지 말라는 겁니다. 책임질 거 아니면."

속사포 같던 그의 말이 끝나자 정적이 흘렀다. 그동안 그녀와 무관하게 담아두었던 아버지로서의 연민과 세상에 대한 분노가 조금 풀린 듯했다. 혜나는 약간 놀란 기색이었다. 그리고 그 이상 적절한 말을 찾지 못한 소장이 그만 돌아서려는 순간, 여운을 붙잡으려 혜나가 소리쳤다.

"제 남동생도 농아예요!"

멈칫. 이미 알고 있는 사실을 망각해서가 아니다. 먼저 그쪽에서 고백할 줄은 몰랐다. 그리고 다시 한번 금복자 그 여자가 능숙한 수화를 구현해내는 까닭을 더 분명히 해주었다.

"저희 남동생 꿈이 뭔지 아세요? 개그맨이래요. 그것도 스탠딩 개그맨. 얼마나 웃긴지 몰라요. 표정만으로도 되게 웃겨요. 어설프긴 하지만 솔직히 미스터 빈보다 더 웃겨요. 말하지 않아도 마음을 전달하는 방법은 무궁무진해요. 그건 소혜라고 못 할 것 없다고 생각해요."

"그런 동화 같은 이야기를 하는 걸 보니 당신은 아직도 앤가 봅니다. 그럼 동화 속에서는 혼자 사십시오. 내 딸은 현실을 살 겁니다."

괘씸한 여자. 자신의 사고가 옳다고 강력하게 주장하는 부류는 딱 두 부류다. 철학자 아니면 이기주의자. 철학자의 경우는 혼자 음울한 자신만의 지구에 갇혀 살지만, 이기주의자는 자신이라는 축에 변두리까지 궤적을 강제한다. 고혜나는 후자 쪽이라고 생각했다. 남의 아픔을 모르는, 아니 알려고 조차 하지 않는 사람은 위험하다 못해 가여운 존재다. 더는 말을 섞기 싫어서 아예 주택 1층 현관 계단을 오르자 그녀가 소리쳤다.

"사랑과 기쁨이 넘치는 세상에 산다고 했죠? 틀렸어요. 하루에 악플이 수백 개씩 달리는 게 제 일상이에요. 악플 속에서 저는 창녀가 되었다가, 불효녀가 되었다가, 돈독에 오른 년이 되었다가, 가증스러운 광대가 되었다가, 관심 없이는 하루도 못 사는 관종이 되기도 하죠."

"…"

"어제는 제 생일이었거든요? 그런데 나가 죽으란 소리를 들었어요. 엄마도 자식 버리고 도망가고 없으니 미역국도 못 얻어먹었겠다며 조롱하는 사람도 있었어요. 그리고… 마지막 생일이 될지도 모른다는 악플도 있었어요. 근데 저는 괜찮아요!"

손잡이를 쥐던 소장의 손에 힘이 풀렸다. 서서히 등을 돌렸다.

"그렇다고… 죽을 순 없잖아요. 보란 듯이 살 거예요, 저."

# 수감 70일 차

***

즉각 인근 병원으로 응급 수송된 김광덕의 딸. 결과는 유산이었다. 그로부터 며칠 후 광덕의 사망소식이 날아들었다. 자택에서 가만 누워 있는 채로 발견되었는데, 사인은 음독자살. 마련된 빈소에 그의 딸이 상주로 자리를 지켰는지 여부까지는 알 수 없었다. 물론 알고자 하는 이도 없었을 뿐더러 알고 대처할 여유도 없었다. 청와대에서 소장을 즉각 불러들인 건 수감 70일 차 되던 오전이었다.

"자네, 이 문제를 어떻게 하려고 하나? 어째서 미성년자가 명단에서 빠졌지?"

"면목 없습니다⋯."

"면목 없다는 말로 해결될 일이 아니야. 이게 얼마나 큰일인지 몰라서 그래?"

"…."

"벌써 들쑤시고 다녔는지 청소년윤리위원회며, 청소년교육단체며 난리라고."

"제가 해결하겠습니다."

"어떻게 말인가? 다른 수용자들처럼? 그럼 그땐 돌이킬 수 없는 상황으로 치달을 수도 있는데도 말이야?"

죄수 중에 청소년이 껴 있다는 사실은 야당으로부터 공격받기에 충분한 사유였다. 하지만 대통령조차 수용소 실태에 대한 보고를 받을 때 몰랐던 사실인지라 소장을 문책하지 않을 수 없었다. 자칫하면 악플러를 처단하겠다는 처음의 취지는 퇴색되고, 청소년 학대라는 골치 아픈 문제로 불거질 수 있는 얄궂은 상황이었으니까.

"이번 건은 배제시켜야겠어."

"안 됩니다."

"이 사람아!"

"잘 나가다가 왜 이러십니까."

"왜 이러는지는 자네가 더 잘 알 텐데?"

"진작 말씀 못 드린 건 죄송합니다. 제 불찰입니다."

"그럼 됐잖은가."

"하지만 썩은 뿌리는 흔들릴 때 뽑아버려야 합니다. 그렇지 않으면 주변 산림까지 교란시키고 말 것입니다. 지금 아니면 기회가 없습니다."

"어쩌자는 거야? 자라나는 새싹이야. 새싹. 새싹이 썩어봤자 얼마나 썩나?"

"…."

"미안하게 됐네. 나도."

"당장 청소년법 폐지하는 방향으로 가주십시오. 그게 아니라면…."

"자네 마음 내가 다 알아. 그 신념을 관철하는 대쪽 같은 자세는 내
인정하지. 인정해. 그러니 자네를 그 자리에 앉힌 거 아니야? 그런데 말
이야. 법을 폐지한다는 게 말처럼 쉬운 일도 아니고, 설령 그런다 해도
바로 하루아침에 다른 수용자들처럼 어린아이를 벌준다는 건…."

언론과 국회 등 주변에서 얼마나 쪼아댔는지 대통령의 기세는 눈에
띄게 위축된 상태였다. 소장은 답답했다. 이대로라면 다른 길을 모색하
지 않으면 안 되었다. 하지만 이미 세상의 이목은 수감된 청소년의 나이
에만 집중되어 있었고, 정부와 국민 모두 소장에게 등을 돌린 지 오래였
다. 벌써 대통령의 태도만 보아도 그렇다. 바로 전날에는 이대로 형벌을
집행한다면 '11호 소년원 사건' 당시 가해자들의 의문스러운 사인을 파
헤쳐 입장을 곤란하게 할 수도 있다는 협박성 편지까지 받은 상태였다.

"게다가 혐의점도 찾을 수 없다며? 대체 뭘 보고 잡아넣은 거야?"

"그건…."

"신분이 미성년자라는 것도 있지만, 뚜렷한 악플을 달거나 괴롭힌
흔적도 찾을 수 없어. 단지 유튜브에 가벼운 댓글을 쓰고, 공감 버튼을
눌렀다는 것만으로도 잡아가면 이게 어디 자유국가인가? 그마저도 셀
카에 찍힌 화면이라며?"

"잠시만 기다려주십시오. 반드시 혐의점은 밝혀질 겁니다."

그때 누군가 끼어들었다.

"소장님께서 하나만 알고 둘은 모르십니다. 제 말을 한번 들어보세요."

청소년인권위원회 위원장인 박 변호사였다. 초면이었음에도 불구하고 이미 TV에서 많이 봐온 터라 낯이 익었다. 그는 불량청소년 갱생 예능프로그램에서 불량청소년들로부터 '대부'로 통하는 인권운동가이기도 했다.

"국민들은 청소년법을 폐지만 하면 만사형통일 줄 아는데. 그건 하나만 알고 둘은 모르는 생각입니다. 생각해보세요. 만약 폐지되면요? 성인들과 마찬가지로 법을 적용시켜야 되는데, 그게 가당키나 합니까?"

"안 되는 이유를 말씀해주시죠."

"생각해보세요. 잡범을 강력범에 준하게 받게 되는 일이 생길 겁니다."

"강력범죄를 저지른 경우에는 응당 그래야지요."

"그것도 일부분입니다. 아이들이 강력범죄를 저질러봤자 얼마나 저지르겠습니까? 대부분 자잘한 범죄예요. 끽해야 절도, 폭행, 강간미수. 뭐 실제 강간도 아니죠. 또 악플도 그 나이대에는 다 그럴 수 있는 거 아닙니까? 무조건 강력한 처벌만이 능사가 아니라, 인성교육과 정신과 치료가 중요하죠."

"악플도 살인입니다. 살인자에게 교육과 치료가 통할 거라고 보십니까."

"악플이 어떻게 살인입니까? 대한민국 법전 어디를 뒤져봐도… 허허, 그래요. 좋아요. 살인이라 칩시다. 그런데 고작 댓글 몇 자 적었다고 청소년법 자체를 폐지 운운하는 건 빈대 잡겠다고 초가삼간 태우는 것과 다를 게 없어요."

소장은 대통령에게 구원의 눈길을 보냈지만, 그는 그저 팔짱을 낀 채 말이 없었다. 박 변호사는 상대방을 계몽시킬 자신이 있다는 것을 피력이라도 하듯 몸을 뒤로 편안하게 젖혔다.

"하나만 묻겠소. 그럼 당신은 법조인으로서 그 법을 뜯어고치거나 바로잡아야겠다는 생각은 단 한순간도 한 적이 없습니까."

"당연히 있죠. 하지만 그러려면 췀넝쿨처럼 이 법, 저 법 다 고쳐야 될 겁니다. 소년들에게 성인에 준하는 처벌을 주려면 성인에 준하는 권리도 줘야 하니까요. 그런데 지금 해결해야 될 법안들만 해도 산더미인데 누가 그걸 다 합니까? 어쩔 수 없다, 이 말입니다. 저도 안타까워요. 안타깝죠. 하지만 어쩌겠어요? 우리 사회가 이런 것을. 절이 싫으면 중이 떠나야죠."

박 변호사가 논리적으로 요목조목 따지고 들자 소장은 더는 할 말이 없었다. 아니 말문이 막혔다. 자신들의 라운드를 지키고 옹호할 때 발휘하는 철저한 방어력. 그것을 적극적으로 외부 분출에 힘을 썼다면 나라가 이 모양 이 꼴이 되지도 않았을 것이다. 이래서 만년 수비수는 절대로 공격수가 될 수 없다. 그건 스포츠에서나 넓게 인생으로 보나 불변의 법칙이다.

"사회가 피해자보다 가해자에게 더할 나위 없는 관용을 베풀 때는 딱 세 가지가 동시 발현되더군요. 거지 같은 법, 거지 같은 법관, 거지 같은 논리. 그 삼위일체의 현장을 직접 목격하게 되다니 감회가 새롭습니다."

"심 소장! 왜 그래?"

대통령이 중재하고 나섰으나 소장은 참지 않았다.

"절간이 마음에 안 들면 고쳐 쓸 생각을 해야지. 나 몰라라 하는 자가 어디 제대로 된 중입니까? 그건 땡중이나 하는 짓입니다."

"뭐, 뭐라고요?"

박 변호사가 벌컥 자리에서 일어났다.

"떠나든, 도망을 치든 하십시오. 나는 기어이 고쳐 보겠습니다."

"이 사람이 말이면 단 줄 아나!"

수용소로 향하는 소장의 양 아귀에 힘이 불끈 들어갔다. 대통령의 말도 일리가 있었다. 일각에서는 일단 잡아넣고 없는 죄를 만들어내는 게 아니냐며, 지금이 군사독재시절이냐고 비난을 가했지만, 그럴 리가 있나? 차에 올라탄 소장은 자신의 스마트폰 앨범을 열었다.

윤설의 셀카였다. 자신의 방에서 공부를 하다 말고 찍은 셀카. 긴 머리에 어플로 메이크업 효과를 주고 찍은 가증스러운 사진. 그리고 옆으로 밀자 고작 찾아낸 악플이라고는 [**개웃기당. ㅋ 고혜나 완전 꼬숩꼬숩. ㅋㅋㅋ**]이라는 캡처.

발칙한 최연소 악플러의 아이디는 평범하기 그지없었다.

'SNOW♡'

***

화장실 맨 끝 칸에서 힘없이 나온 윤설의 안색이 좋지 못했다. 올 것이 왔다. 걷는 품새가 영 부자연스럽다. 이틀 후면 여섯 번째 레드볼을 받아 출소한다. 그때까지만 버텨보자. 풀려나면 그때 생리도 시작될 거야. 레드볼을 받기도 전에 아빠가 힘을 써줄 테니까 금방 나갈 수 있으니까. 엉성한 자세로 바지춤을 추켜올리면서 작고 예쁜 입술이 분노와 수치심으로 잔뜩 일그러졌다.

# 사망 1개월 전

***

음울한 느낌을 떨칠 수 없는 나날이 계속됐다. 기력도 많이 쇠약해졌다. 잔바람에도 휘청거리고, 나뭇잎끼리 스치는 소리에도 소스라치게 놀라는 일이 많았다. 영화 촬영도 끝나자 공백기가 왔다. 개인적인 스케줄이 있는 것도 아니었다. 언제부턴가 동료 연예인들로부터 연락을 받거나 초대를 받는 일이 드물어졌으니.

허탈하면서 잔잔한 슬픔이 밀려올 때가 있다. 짙은 무력감은 삶의 의지를 둔감하게 만든다. 재미있는 예능 프로그램을 보며 실컷 하하 웃다가 전원을 끄면 먹빛 브라운관에는 또 다른 모습만이 비쳤다. 온기가 없는 것에는 희망도, 기대도 없다.

현대를 살아가는 사람들의 바쁜 아우성이 휘몰아치는 하루가 저물고, 보랏빛 석양으로 통유리 너머의 세상이 물들 때 종종 드는 생각이 있다. 지평선 너머로 지는 석양 속에 몸을 던져 버렸으면. 그 안에서 완전히 연소되는 것도 나쁘지 않을 것이다 하는 그런 생각이 들었다. 커피 머그잔을 들고 한강이 내다보이는 거실 창 앞에 섰을 때, '윙.' 하고 휴대폰이 울렸다.

- 나다. 혜나야.

소속사 대표였다. 창에 비친 혜나의 안색이 더욱 굳어졌다.

- 네.
- 그래. 안부 차 전화해봤다. 한일 합작 촬영 다 끝났는데, 뭐 하냐?
- 그냥 있어요.
- 아차! 그리고 다음 주에 대만 팬 미팅 있는 거 알지?
- 네.
- 그때까지 각별히 조심해.

'각별히 조심'하라는 것은 팬미팅을 무사히 끝마칠 때까지 스캔들에 휘말리지 말라는 뜻이었다. 안 그래도 요즘 개성그룹 3세와 헤어지네 마네 이야기가 나오면서 그녀의 감정선이 덩달아 롤러코스터였으니까. 혹여 욱하는 마음에 SNS에 '쓸데없는' 사진을 올린다든가, 이러쿵저러쿵 끼적이는 일로 기자들에게 떡밥을 주지 말라는 거다.

문득, 조금 전에 지는 석양 사진 한 장을 업로드 한 것이 떠올랐지만 전혀 개의치 않았다. 통화를 끝내고 휴대폰을 소파 위에 던져두고 테이블 앞에 앉았다. 얼마 전에 촬영을 끝마친 한일 합작 영화 시나리오. 대충 넘기는 손길에 힘이 없었다. 형광펜으로 그은 흔적이 있는 부분을 소리내어 읽는 혜나.

"소노요우…나! 간가이테! 이나이… 이나이데! 이나이데(そのような考えていないで)!"

"와타시타… 와타시타치와! 이끼루… 고… 고토 가! 데키마쓰요. 아… 데키마쓰요(私たちは生きることができますよ)."

윙.

윙.

인스타그램에 DM 알림이 쉴 새 없이 울렸다. 급기야 진동이 뒤엉킬 정도였다.

[진짜 자살할 사람은 조용히 죽지. ㅋㅋ 그쪽처럼 동네방네 안 떠벌려요.~ㅇㅋ?]

[언니.ㅋ 사진 한 장 올려놓고 뭐하세요? 간 보세요? ㅎㅎㅎ]

[재벌이랑 우리 오빠 사이에서 양다리 걸치지 마세요. 걸레도 아니고.]

[남동생이 애자라서ㅋ 애자랑 노나 봐요? ㅋ 그 나이 먹고 어린애랑 떡볶이라니. ㅋ]

\*\*\*

금복자, 그 여자를 내보낸 뒤로 어서 새 하우스키퍼를 들이지 않으면 안 됐다. 홀로 집을 지키고 있을 소혜를 돌봐줄 사람도 필요했거니와

당분간 발령받은 근무지에서는 야근이 불 보듯 뻔했기 때문이다. 집안 일을 해줄 사람을 수소문하는 와중에도 소혜는 온종일 뾰로통한 얼굴로 방에 박혀 있었다.

"언제까지 그러고 있을 거야. 아빠 출근해. 내다보지도 않아."

그러자 일부러 보란 듯 이불을 덮으며 얼굴을 박는 소혜.

"말이 잘 통한다고 좋은 사람이 아니야. 마음이 통해야 좋은 사람이 지. 상대방을 진심으로 배려하는 건 기본 중의 기본이야. 그 사람은 기 본이 안 되어 있다고. 괜히 연예인 쫓아 다녀서 좋을 거 없으니까 너도 그만 일어나서 밥 먹어. 떼쓸 나이 지났잖아."

한참을 방문 앞에서 우두커니 서서 반응을 기다렸지만 소용없었다. 여전히 이불을 휘감은 채 요지부동이었다. 화가 치밀어 한 소리 하려고 할 때 마이 안주머니에서 진동이 울렸다. 전화를 받으며 방문을 똑똑 하 고 치고 가는 소장. 그가 사라지자 부스스 일어난 소혜가 뾰로통해서 한 참을 인상을 찡그렸다.

- 그래.
- 선배님, 저 심재혁입니다.
- 이제 난 소장이고, 자넨 과장 아닌가.
- 정식 근무하려면 한 달은 남은 것 같은데, 기존대로 하죠?
- 좋을 대로 해. 근무 후엔 봐주지 않을 테니까. 그래. 무슨 일인데 아침 일찍 부터 전화야.
- 다른 게 아니고, 우리 와이프한테 말해줘야 될 것 같아서요.
- 뭘.

- 어젯밤에 묻더라고요. 곧 연말정산도 다가오는데 저 일 그만뒀다고 이제 어디다 서류 내야 되냐고 말이에요.

- 아하.

- 그뿐이게요? 기존에 하던 수사팀장이 높은 거냐, 새로 가는 과장이 높은 거냐 그러는데… 말이 통해야 말이죠. 다음 달부터 근무할 곳이 또 교도소라는 걸 알면 저희 와이프 성격에 얼마나 바가지 긁겠어요. 처가에는 무슨 정보기관으로 옮긴다고 설레발쳤다네요. 글쎄.

- 엄연히 교도소와는 다르지. 대통령께서 직접 지시했는데 설마 바가지야 긁겠어. 바른 대로 말해.

- 기관명을 그럼 교도소라고 해요? 아이참, 그럼 곤란한데….

- 아직 정식 명칭은 정해지지 않았어. 그래봤자 악플러 수용소겠지만.

# 생존자 명단

~~이름 : 박귀성~~
~~나이 : 32세~~
~~직업 : 무직~~

~~이름 : 오수정~~
~~나이 : 27세~~
~~직업 : 간호조무사~~

~~이름 : 장민현~~
~~나이 : 29세~~
~~직업 : 사법고시 준비 중~~

~~이름 : 신영자~~
~~나이 : 38세~~
~~직업 : 전업주부~~

~~이름 : 김광덕~~
~~나이 : 52세~~
~~직업 : 인테리어 자영업자~~

이름 : 윤설
나이 : 15세
직업 : 중학생

# 미래의 새싹

***

수감 72일 차.

오늘, 그러니까 2024년 3월 21일. 최연소 수감자 윤설의 출소 날.

자욱하게 낀 안개가 차츰 걷히고서야 수용소가 비로소 모습을 드러
냈다. 날씨 탓인지, 마지막 수용자의 출소일이어서인지 온통 수용소 주
변에는 전운이 감도는 듯했다. 총을 겨누며 주위를 살피는 군인은 없었
고, 붙잡힌 적군은 모두 죽었다. 그렇다고 개미 한 마리도 없는 것은 아
니다. 오히려 그 반대였다.

포연이 채 사라지지 않은 하늘에는 경찰헬기가 벌써 몇 바퀴째 선회
하고 있었고, 치열한 총탄이 오간 전장에는 오직 살아남은 비열한 자들
의 수색이 관습처럼 이루어지고 있었다. 〈레알티비뉴스〉와 〈miss서치〉

소속 기자(?)들을 필두로 한 연예잡지사에서 나온 사람들이었다.

"중학생 가족은 안 왔대?"

"몰라. 부친 차량이 BMW로 알고 있는데 아직 보이진 않아."

"야! 카메라 내려! 나 같아도 오다가 도망가겠다!"

"어쩌면 뒷문으로 올 수 있으니까 나눠서 취재하는 게 어때?"

"여긴 뒷문 자체가 없어."

그들이 저희들끼리 쑥덕대며 중앙현관에서 눈을 떼지 못할 때, 뒤에서는 플랜카드를 든 인권단체와 **[청소년권익보호위원회]** 사람들, 그리고 마중 나온 ○○ 중학교 학생회 학생들과 교사 몇몇이 보였다.

"청소년은 우리 미래의 새싹!"

"청소년은 우리 미래의 새싹!!!"

"청소년이 바로 서야 나라가 산다!"

"청소년이 바로 서야 나라가 산다!"

구호를 외치며 한 발짝씩 다가오는 인권단체 사람들. 그 뒤로 진을 치고 있던 공중파 방송사 아나운서가 카메라 앞에서 리포팅을 했다.

"네. 저는 여기 지금 온라인 범죄행위자 교정수용소 앞에 와 있습니다. 조금 후면 마지막 수용자이자 최연소로 수감되어 있던 윤설 양이 출소를 하게 되는데요…."

"나온다! 나온다!"

그때, 어디선가 소리치자 누가 먼저랄 것도 없이 수십 명이 우르르 달려들었다. 미리 와서 배치되어 있던 적은 수의 경찰 병력이 그들을 막았지만 소용없었다. 아침 일찌감치 와서 진을 치고 있던 수많은 카메라맨들의 노고를 단숨에 꺾기라도 하듯 윤설은 고개를 푹 숙였다. 그리고 검은색 점퍼를 뒤집어쓴 채 누군가의 에스코트를 받으며 준비된 차량으로 향하고 있었는데, 바로 윤설의 아빠였다. 한 발 늦었음을 직감한 그들의 카메라에서 신경질적인 플래시가 터져 나왔다.

"출소한 소감이 어떻습니까? 윤설 양."

"가족들을 오랜만에 만나니 기분이 남다르죠?"

"고인이 되신 고혜나 씨에게 할 말은 없나요?"

"인터넷 누리꾼들 사이에서는 레드볼을 뽑는다는 이야기도 있었는데, 그런 게임이 실제로 존재합니까?"

"이 사람들이 진짜! 지나갑시다, 좀!"

윤설의 아빠가 굵직한 팔뚝으로 덤벼드는 인파에 대항했다. 그러자 이번엔 그의 얼굴에 쏟아진 카메라 세례.

"따님은 무죄입니까?"

"보면 모릅니까? 우리 딸아이는 무죄로 판명 났습니다! 더구나 미성년자입니다! 아무 증거도 없이 어린아이를 잡아다 넣는 비인권적인 행태를 두고 볼 수만은 없군요!"

"추후 법적 책임을 묻는단 말씀입니까?"

"물론이죠! 국가를 상대로 고소할 예정입니다!"

운동장은 어느새 아수라장이 되었다. 그리고 그로부터 멀찍이 떨어진 3층 집무실 창가. 검지와 중지로 벌려진 블라인드 틈으로 소장의 무미건조한 눈빛이 한동안 계속됐다. 다른 한 손에는 고혜나 관련 유튜브 동영상의 캡처본이 들려 있었다.

*＊＊＊*

그 시각 서울지방경찰청 회의실.

한자로 수기치인(修己治人)이라 휘갈겨진 족자가 중앙 벽면 상단을 떡하니 차지하고 있고, 그 밑으로 청장이 까만 중역의자에 앉아 여유작작한 웃음을 흘리며 앉아 있었다. 그리고 그를 중심으로 기다란 테이블 좌우에는 정복을 차려입은 간부들이 서로 마주 보고 배석했다. 저마다 묵직한 견장을 양어깨에 단 걸로 봐서 모두 한 자리씩 함직 해보였다.

평소 지루하고 따분해 마지않던 회의실 분위기는 오늘따라 설렘으로 술렁거렸다. 경무관이 웃으며 아첨을 했다.

"수용소라니 참. 누가 들으면 국가재난사태라도 난 줄 알겠습니다. 무슨 놈의 악플러를 잡는다고…."

"쓸데없는 소리하지 말고. 심학규 오면 어디 구석에 책상이나 하나 마련해주라고. 그래도 같이 짬밥 먹었던 사이니까."

질책이 쏟아지기 마련이던 청장의 입에서 나온 첫마디가 그랬다. 그 정도면 오늘의 컨디션은 최고조라는 뜻.

"쪽팔려서 출근이나 할까요?"

그러자 청장이 눈썹을 위로 치켜 올렸다.

"안 하면 지가 어쩔 거야? 수용소인지 나발인지도 위에서 직접 없애겠다는데."

'위'란 청와대를 가리키는 것이었다.

"그러게 자리 하나 준다고 했을 때 알아서 숙이고 들어왔어야지. 대통령 백 믿고 날뛰더니… 이런 것을 두고 바로 토사구팽이라고 하는 거

**3장.** 잘못을 저지른 자는 교정을 받아야 한다    329

야."

"하하하하하!"

다소 연극하는 것처럼 아부성이 매우 짙은 웃음소리가 곳곳에서 터져 나왔다. 촌뜨기 장수 유비에게 밥 먹듯이 패배를 당한 귀공자 원소의 무너진 자존심을 치켜 세워주려면 그 정도 액션은 필요한 법이다.

"이제 우리 굴욕을 만회할 때가 왔어, 안 그래?"

여기서 말하는 '굴욕'은 지난 '11호 소년원 사건'을 의미했다.

"맞습니다. 저 혼자 국민 영웅이 된 뒤로는 아주 우리 보기를 개무시하지 않습니까? 꼴좋지요. 결국 지 뒷배 봐주던 대통령도 나 몰라라 하고. 여기저기서 시위들을 하니 아마 지도 느끼는 바가 있을 겁니다. 미성년자 잘못 건드리면 큰코다치니까요. 이번만큼은 주인공이 못 되어 속이 뒤틀릴 겁니다."

그 말이 일리가 있다며 고개를 끄덕이는 청장. 심학규의 단독질주에 비교 대상이 되면서 혹독한 질책을 피할 수 없었던 쓰라린 과거가 주마등처럼 스쳐 지나갔다. 그가 공을 세우며 스포트라이트를 받을 동안 회의실에 모인 이들은 안일한 대처와 근무태만으로 도마 위에 오르는 수모를 겪는 일이 부지기수였으니까. 문득 청장은 잊고 있었다는 듯 가볍게 무릎을 쳤다.

"아! 그리고 그 수용소인지 나발인지 하는 폐건물 말이야. 그 위에 무슨 간판이 걸려 있다는데? 그건 또 뭐야?"

"아… Love 말입니까?"

"그래. 모텔로 쓰였던 건물이야? 뭐야?"

"그건 잘… 바로 알아보겠습니다!"

"마땅히 관사도 없다면서? 구질구질하게. 아, 대통령 직속이었다면서 그런 것도 지원 안 해줬대?"

청장은 후루룩 하고 추접한 소리가 들릴 정도로 녹차를 들이켰다. 그때, 맨 끝자리에서 엉덩이를 들썩거리며 말할 타이밍을 노리던 총경이 있었다.

"라, 라샤떼 오녜 스페란자, 보, 보이 낀뜨(Lasciate Ogni speranza, Voi ch'Entrate)!"

일제히 시선이 모아졌다.

"쟤 뭐라는 거야?"

청장이 물었으나 다들 고개만 갸우뚱할 뿐 총경이 계속해서 말했다.

"그… 약자입니다. 수용소에 걸린 엘. 오. 브이. 이의 약자….”

"그래서 그게 무슨 뜻인데?"

"중세시대에 단테라는 이탈리아 시인이 쓴 신곡이라는 작품이 있습니다. 천국, 지옥, 연옥 이렇게 3부로 나뉘어져 있습니다. 그중 지옥편에 나오는 말….”

"뭔 사설이 그렇게 길어? 요점만 말해! 무슨 뜻이냐고?"

역정에 난처해하며 말을 더듬는 총경. 이목이 모두 그에게 집중됐다.

"여기에 들어온 자여, 희…망은 버려라(Lasciate Ogni speranza, Voi ch'Entrate)!"

\*\*\*

그렇게 마지막 수감자이자 최연소 악플러를 속수무책으로 돌려보냈다.

퇴근 후. 소장은 딸 소혜의 방문을 살며시 밀었다. 제법 사춘기 티를 내는지 벌컥 열고 들어가면 화부터 내기 일쑤라 각별히 조심해야 했는데, 몇 번이고 똑똑 두드려도 기척이 없었다. 안에서는 책상 위에 맥북을 켜놓고 유튜브 동영상을 보고 있었다.

화면에는 예전에 걸스클럽으로 활동할 당시 고혜나를 비롯한 멤버들의 무대. 소혜는 정상인들과는 아무래도 청력의 차이가 컸기 때문에 어지간한 볼륨으로는 턱도 없었다. 댄스곡이 온 방에 쩌렁쩌렁하게 울리고, 전신거울 앞에 서서 춤을 따라 추는 소혜. 다가오는 걸스클럽 데뷔 15주년 콘서트 고혜나 추모코너가 있는데, 거기에서 클로버(팬클럽) 회원들끼리 모여 춤을 추기로 했다는 것.

문턱에 서서 반쯤 얼굴을 내밀고 보자니 울컥 하는 마음. 얼굴이야 뭐 꾸미면 예쁠 테고, 키도 크고 춤도 잘 추니 지 꿈대로 아이돌을 해도 참 괜찮겠다 싶은 마음. 안 그러려고 몇 번이고 다짐했어도 이따금씩 찾아오는 서글픔은 이겨낼 재간이 없다. 더욱이 오십이 넘은 후부터는 제어가 힘들다.

그렇게 가만히 딸의 춤추는 모습을 바라보던 소장이 문득 뭐에라도 홀린 듯한 걸음으로 방 안으로 향했다.

심학규.

이름대로 눈뜬 봉사라도 된 듯 손을 어정쩡하게 들어 올렸다.

그때,

**나를 봐 – 나를 봐 –**

**이제 거짓말은 그만 –**

**분명히 느낄 수 있어 –**

**난 너의 시크릿 –**

두 손을 앞으로 묘기를 하듯 꼬며 고개를 쳐들던 소혜의 눈빛이 별 안간 크게 벌어졌다. 그리고 시뻘겋게 달아오른 얼굴로 맥북을 신경질 적으로 '탁!' 하고 부서져라 닫아버렸다. 그리고 뭐라 뭐라 웅얼대는데 일종의 항의였다.

"소혜야…."

아랑곳 않고 가까이 다가온 소장. 소혜의 두 어깨를 감싸 쥐며 손을 떨더니 휙 돌려 전신거울 앞에 세웠다. 영문도 모른 채 거울 속 아빠의 얼굴을 보는 소혜는 아직 분이 덜 풀렸다. 한편 떨리는 심학규의 눈동 자.

# 웃자고 한 소리

***

그날, 딸 소혜에게 생일 선물을 주러 왔다는 고혜나에게 소장은 초면인데도 불구하고 지나치리만큼 따끔한 충고를 던졌다. 왜 그랬는지 모른다. 단지 그녀는 대본집을 줬다는 것뿐인데. 설령 그것이 소장의 말대로 단순히 생각이 짧은 행동에 그쳤을 수도 있건만, 왠지 그녀에게는 울분에 가까운 경고를 아낌없이 쏟아냈다. 화를 냈다고 봐도 무방하다. 뭐가 그렇게 쌓이고 쌓였던 것일까.

애 엄마 없이 남자 혼자서 딸아이를 키우면서 쌓인 스트레스 때문에? 온전치 못한 농아 자식에 대한 절절한 부성애 때문에? 그것도 아니면 집 안에 귀중품을 도둑질하고 달아난 하우스키퍼 금복자의 딸이라서? 아니면 평소 하찮게만 봐오던 연예인이 천하의 심학규의 자식을 동정해서? 대체 무엇 때문이었을까?

퇴근 무렵, 딸 소혜에게서 온 메시지 한 통.

[아빠. 요즘 계속 삐쳐서 미안해. 근데 나 그냥 연예인이 되고 싶어서가 아니라 연기자가 되고 싶어서 그랬어.

연기는 가짜지만 제일 아름다운 거랬어. 혜나 언니가. 왜냐하면 연기 속에서는 슬프고 불행한 나는 없고, 다른 누군가가 될 수 있거든.

그래서 그랬어…

근데 아빠 말대로 불가능한 거 알아. 내가 어떻게 연기자가 돼. 말도 못 하는데… 그건 말을 해야 되는 직업이잖아.

그냥 혜나 언니는 연예인이 아니라 사람 대 사람으로 내 꿈을 인정해주고 친절하게 대해줘서 잘 따랐던 거야.]

그 메시지를 몇 번이고 읽고 있을 때, 소혜로부터 두 번째 메시지가 왔다.

[그러니까 오늘 대학로에 가서 꼭 사인 받아와.

저번에 아빠가 가지 말래서 시사회도 못 갔잖아.

오늘 꼭 사인 받아야 해… 안 받아오면 문 안 열어줄 거야!]

"하아…."

긴 한숨과 함께 소장은 의자 속으로 몸을 파묻어버렸다.

소혜를 봐서는 극장에 가는 게 맞지만, 또 일전에 얼굴을 붉힌 일도 있고 해서 과연 그녀 쪽에서 반길까? 그날, 그녀가 한 말이 아직도 잊히지 않았다.

"그거 아세요? 미국에 뇌성마비가 있던 한 남자는 화장품 방문판매 사원이었어요. 남들이 다 무시하고 안 될 거라고 했을 때 결국 그 남자는 전국 판매 왕이 됐고요. 아기 때부터 장애를 앓아야 했던 한 여자는 육상대회 신기록을 세웠어요. 그 여자가 앓고 있던 장애는 두 다리가 없다는 거였죠. 왜 무조건 안 된다고만 하세요? 왜 소혜가 역경과 마주할 기회조차 못 갖게 하세요? 상처는요. 바로 아무렇지 않은 척 착한 얼굴을 하고, 뒤에서 또 속으로 다 들리게 주는 게 진짜 상처예요. 아저씨처럼요!"

그렇게 오묘한 갈등에 휩싸였을 때, 어느새 그는 대학로의 한 작은 소극장 앞에 서 있었다. 그녀의 사진이 있는 연극 포스터를 따라 오르다 보니 3층 진달래관. 객석은 만원이었다. 예대 연기과 학생들과 신인연기자들이 주된 멤버였기에 마니아들인가 싶겠지만, 실은 톱스타 고혜나를 보기 위해 몰려든 사람들이 대부분이었다. 두런두런 하는 얘기며, 무음카메라로 찍는 사진이며, 모두 고혜나에게 포커스가 맞춰졌으니까.

조심스레 문을 닫은 소장은 자리가 없자 애꿎은 표만 꼬깃꼬깃 접으며 맨 뒤에 섰다. 진작 막이 올랐고, 연극은 초반부쯤 진행되고 있었다. 내용은 이미 알고 있었다. 중세시대 때 네덜란드 출신의 한 청년작가가 쓴 단편소설을 원작으로 한 내용이었으니까. 대략 마을에 장의사인 아버지와 그 보조 역할을 하는 딸의 이야기인데, 티격태격하다가 결국 서로 반목하는 걸로 결론이 나는 소설이었다. 당시 종교적으로 문제가 많다는 이유로 금서였는데, 도착했을 때 그 내용이 전개되고 있었다. 고혜나가 그 딸 역이었다.

.

.

.

**아버지** (끈으로 시신을 묶으며) 얘야. 죽음을 두려워하지 마라.

　　　　죽음 너머에는 또 다른 삶이 펼쳐져 있단다.

**딸**　　아버지 그게 무슨 말씀이세요. 그래도 전 죽음이 무서워요.

**아버지** (관 속을 가리키며) 이 시신을 보렴. 이 영감은 신실한 그리스도 신

　　　　자, 주님의 어린양.

　　　　매일 아침 양의 젖을 짜면 제일 먼저 마을 고아들에게 그 맛을 보

　　　　게 했고, 본인은 추울지언정 거지에게 옷을 벗어 주었지. 영감은

　　　　아마 천국에 갈 게다.

**딸**　　선행을 하면 천국에 갈 수 있나요?

**아버지** 그렇단다. 선행을 한 사람은 모두 하느님의 자식이지.

　　　　하느님은 당신의 자식을 지옥에 두지 않는단다.

**딸**　　믿겨지지 않아요.

**아버지** 무얼 말이냐?

**딸**　　하느님의 자식이라던 유대인들은 결국 어떻게 됐죠?

**아버지** 얘야, 말이 오만하구나. 그리하여 그들은 결국 천국에 갔다. 생전

　　　　의 고통과 믿음을 하느님께서 보상해주신 게지.

**딸**　　저는 살아 있는 동안에 보상 받고 싶은 걸요.

**아버지** 삶은 한낱 아침이슬. 죽음 너머의 세상은 영원히 마르지 않는 바

　　　　다. 그곳에서 우리는 크나큰 보상, 즉 선물을 받고 영원한 행복을

누릴 거야. 때문에 나는 천국행 배표를 쥔 이들의 장례를 돕는 이 직업에 매우 만족스럽구나.

**딸**　땅에서 불행했던 사람이 어떻게 하늘에서 행복할 수 있나요.

그 영감님은 평생을 가난과 전쟁, 질병에 허덕이며 살았잖아요.

그런데도 아버지는 참 천국이 만병통치약이라도 되듯이 말씀하시네요.

**아버지**　(벌컥 화를 내며) 넌 누굴 닮아 매사에 부정적이니?

너를 시집보낼 때 쓰려고 모아둔 지참금이 아까운 생각이 들지 않도록 하거라.

.

.

.

두 시간이 조금 넘는 무대가 막을 내리자, 우레와 같은 박수 소리가 극장 안을 가득 채웠다. 몇 차례의 커튼콜까지 마친 뒤, 소장은 왁자지껄한 복도를 지나 대기실을 찾았다. 저기 한쪽에서 분장을 채 지우지 않고, 찾아준 팬들과 함께 사진을 찍으며 선물세례를 받고 있는 그녀가 보였다. 그러다 눈이 마주쳤다. 소장이 헛기침을 한 후 말했다.

"사인… 받아오라네요."

"…"

"내키지 않으시면 안 해주셔도 됩니다. 난 권한대행일 뿐이니까요."

그러자 "풋!" 하고 그녀가 웃으며 포스터를 얼른 받아들었다. 앞장에 사인을 하며 날짜를 적고 굳이 요청하지 않았는데도 소혜에게 짤막한 땡큐 문구까지 적는 그녀. 그 짧다면 짧고, 길다면 긴 시간이 여간 곤혹스러울 수 없었다. 조심스레 운을 뗐다.

"그날 말씀하신 내용 말입니다…."

"네?"

"법적인 도움이 필요하면 얼마든지 돕겠습니다."

그녀는 옅은 미소를 입가에 띠며 말했다.

"고마워요. 그렇게 말처럼 쉽게 해결될 수 있는 일이었다면 얼마나 좋았을까요."

"…."

"인생에는 대본이 없네요. 어렵죠. 참."

그래놓고 본인 스스로도 괜한 말을 했다 싶은지 화제를 돌렸다.

"소혜랑 별똥별 보러 안 가세요? 오늘 밤에… 새벽까지 49년 만에 가장 많이 쏟아진다는데. 저희 팀 후배들도 간대요."

"그쪽은요."

"저는…."

펜 뚜껑을 닫으며 할 말을 떠올리기라도 하듯 잠시 곤혹스러운 얼굴의 혜나.

"별로 안 좋아해요."

"뭘 말입니까."

"별똥별이요."

"왜죠."

"그냥요. 보고 있으면 재수 없잖아요."

"…."

"농담이고요. 사람들은 참 이상해요. 왜 별보다 별똥별을 좋아할까요? 평소에 머리 위에 별들이 저렇게 지천으로 빛나는데 거들떠도 안 봐요. 그런데 별똥별이 떨어진다 하면 그렇게들 좋아해요. 나쁘죠."

"뭐가 나쁩니까."

"그 별은 죽으러 가는데. 사람들은 왜 죽으러 가는 별한테 소원을 빌어요? 명복을 빌어야지."

"…."

"웃자고 한 소리예요."

"…."

순간, 소장의 가슴 안에서 형언할 수 없는 파문이 일었다. 그러거나 말거나 다시 그녀는 꽃다발을 들고 나타난 동료 연예인들과 팬 무리에 에워싸여 행복한 비명을 질렀다.

"연극 너무 잘 봤어요! 누나, 저 걸스클럽 때부터 팬이었어요!"

남성 팬이 지난 앨범 CD와 스크랩북을 들고 나타났다.

"아 정말요?! 혹시 그럼…?"

"네! 저 중학교 때부터 클로버 2기였어요!"

"어쩐지 얼굴이 낯이 익었어!"

그러더니 앨범과 포스터를 보면서 씩 웃는다.

"어, 뭐야? 내 팬이라더니 내 사진은 없잖아. 사인 안 해줄래!"

"에이, 해주세요! 헤헤!"

웃음바다가 된 대기실.

성공리에 공연을 마친 뿌듯함에 자축의 의미를 더해 그날, 모든 출연진들의 회식이 이어졌다. 회식 장소는 청담동에 위치한 퓨전 삼겹살집으로 TV에도 나올 정도로 맛집이었다. 떠들썩하게 수다와 웃음이 끊

이지 않은 회식자리가 파하자, 고혜나는 계산은 물론이고, 스태프들과
출연진들의 택시비까지 일일이 챙겨주며 말했다.

"고마워! 다음 작품도 같이하자!"

"혜나 누나, 저 꼭 불러 주실 거죠? 저 잊으면 안 돼요!"

"당연하지! 나 의리 빼면 시체야!"

그리고 이튿날 아침.

## [속보] 여배우 고혜나(29), 자택에서 숨진 채 발견.

<자택 화장실에서 아버지가 발견, 아버지와 남동생에게 "미안하다." 짤막한 자필 유언>

(서울=가나1)박진수 기자 = 걸그룹 출신의 톱스타 여배우인 고혜나(29)가 자택에서 스스로 극단적인 선택을 해 경찰이 수사에 나서고 있다.

용산경찰서에 따르면 12월 1일 오후 다섯 시 이십분에 반찬을 전해 주기 위해 딸의 자택을 방문했던 고 씨의 아버지에 의해 발견되었는데…

.

.

.

※ 우울증이나 심적 고민 등으로 전문가의 도움을 받고자 할 때에는 자살 예방 핫라인 1577-0199, 생명의 전화 1599-9191 등에서 24시간 전문가의 상담을 받을 수 있습니다.

기사 : [별이 된 고혜나, 우리 곁을 떠나다.]

.

.

.

└ 삼가 고인의 명복을 빕니다.

└ 삼가 고인의 명복을 빕니다.

└ 하늘에서 푹 쉬시길…

└ 절친했던 배우 아무개는 지 결혼식 때 부케까지 받아줬는데 안면몰수 쩌네. ㅋ

  └ 헐 진심?? 개싸가지네.

  └ 혹시 지 딸을 늦둥이로 둔갑시키고 사기 결혼한 배우 K씨?? 싸가지로 유명한.

  └ 와, 배신자네요, 죽은 고혜나만 불쌍해요…ㅜ

└ 명복 빈다는 말 일절 없는 것들 봐라. ㅋㅋ 평소에 고혜나가 챙겨준 후배들 다 쌩까네. ㅋ

└ 삼가 고인의 명복을 빕니다.

└ 오늘이 차라리 만우절이었으면.

└ 재산이 150억이라는데 동생한테 가나?

└ 정말 슬프네요 같은 여자로서… 편히 쉬세요…(삭제된 댓글)

  └ 이분 전에 쓴 댓글 보면 전부 여자 연예인 욕하는 댓글밖에 없네요. 고혜나 포함해서. 소름.

  └ 찔리는지 댓글 지웠네요.

└ 황민아는 정말 명복 빌 자격도 없다.

ㄴ 아… 안 믿겨진다. 정말 안 믿겨진다…

ㄴ 삼가 고인의 명복을 빕니다.

ㄴ 삼가 고인의 명복을 빕니다.

ㄴ ~~어휴, 남자 하나 잘못 만나서.. 그렇게 얼른 데려가지. 노처녀로 썩힌대??~~ (삭제된 댓글)

ㄴ 삼가 고인의 명복을 빕니다.

ㄴ 안일한 대처를 한 HP엔터테인먼트!! 니들이 죽인 거다!

ㄴ 악플러들 진짜 소름 끼친다. ㅋㅋㅋ 죽으랄 땐 언제고 죽으니까 명복을 빈대.

ㄴ 삼가 고인의 명복을 빕니다.

ㄴ 어떤 악플러 놈. 고혜나 사망기사 뜨니까 지 댓글 싹 지운 거 봐라.

ㄴ 삼가 고인의 명복을 빕니다.

# 출소 한 달 후

***

분당 ○○ 중학교 2학년 3반 교실 안.

"대박! 거기 진짜 정신병자들만 있었어."

윤설은 무용담을 늘어놓듯 먼 곳을 응시하며 말했다.

"헐, 정말? 어떤 사람들?"

"아, 몰라. 아줌마 두 명에… 아니다. 아줌마 한 명, 어떤 언니 한 명."

"여자도 있었어? 아줌마? 충격이다."

"응. 그리고 어떤 깡패 같은 아저씨랑 법대생인가 하는 오빠도 있었고. 근데 제일 소름 끼치는 건 나중에 미쳐서 혼잣말하는 아저씨. 진짜 단 둘이 남았을 때 무서워 죽는 줄 알았어."

"그, 그래도 잘 살아 돌아왔네!"

"당연하지. 지은 죄가 없는데."

그러자 과자봉지에 뻗던 손길들이 멈춰지고 서로 주고받는 눈빛들. 찝찝한 느낌이 드는지 윤설이 이어서 말했다.

"그러니까! 밝혀진 죄가 없다는 거지. 아무리 털어도 나올게 없다고, 나는."

"아아."

평소처럼 주변을 에워싸며 윤설의 말에 귀를 기울이는 친구들이었지만, 윤설은 느낄 수 있었다. 아이들의 표정이 달라졌다는 것을. 맞장구치면서도 저희들끼리 주고받는 눈빛과 서로 몸을 사리려는 눈치를 누가 모를까 봐? 개학하고 나서 한 달간의 공백 동안 놓친 진도가 어마어마했지만, 그 누구도 척 노트 한 권 빌려주는 이도 없었다. 단순히 윤설이 경쟁자라서가 아니다.

그것은 마치 역병이 옮을까 봐 최대한 접촉을 피하려는 예방 차원에서 빚어진 태도들이었다. 모범생에 얼굴도 예쁘고, 입담도 좋아 친구들 사이에서 꽤나 인기가 좋던 윤설이 어느 날 TV를 켜면 나오는 사람이 됐다. 엮여서 좋을 일 하나 없는 사건으로.

둥글게 모여 앉아 있지만 간격을 유지하는 데 보이지 않는 애를 쓰는 친구들. 그중 지난밤 부모로부터 '걔랑 가까이 하지 마라'는 조언을 듣지 않은 아이는 드물 것이다.

'그러든가 말든가. 어차피 고등학교 들어가면 안 볼 애들.'

윤설은 그렇게 생각하면서 무엇보다 중요한 건 외고 입시 준비라고 생각했다. 엄마, 아빠는 좀 더 심신이 안정된 다음에 공부를 시작하는 게 어떻겠느냐 했지만, 벌컥 화를 내며 그렇게 해서는 다른 애들 진도도

못 따라잡고 낙오자가 된다며, 그렇게 되면 그동안 공부한 건 뭐가 되냐
고 실컷 대거리를 했다.

그깟 뒷담화? 자신을 향한 악플? 금방 잊힐 것이다. 적어도 한국이
라는 나라에서는 그게 가능하거든. 아름다운 우리나라. 밀물처럼 밀려
왔다가도 금방 썰물처럼 언제 그랬냐는 듯 흔적조차 지워질 것이다. 죽
은 고혜나에 대한 기억이 사람들로부터 차츰 잊히는 것처럼.

중요한 건 자신을 비난하는 것들의 코를 납작하게 눌러줘야 했다.
자신을 단순히 '악플'이라는 한 가지 이유로 색안경을 끼고 멀리하며 멸
시하는 친구들에게 복수하는 길은 정말 좋은 고등학교, 좋은 대학교에
입학하는 것이라고 믿어 의심치 않았으니까. 다음 과목을 준비한다며
사물함으로 윤설이 자리를 뜨자, 줄곧 서로 눈치만 보던 친구들이 일제
히 수군거렸다.

"근데 쟤 무슨 악플 쓴 거래?"

"몰라."

"왜 몰라? 공개 안 됐어?"

"당연하지. 쟨 처벌 안 받았잖아."

"처벌 받아야지만 공개되는 거야?"

"그렇대."

"대체 무슨 악플을 썼을까?"

"소름 끼쳐. 쟤 선생님들한테 인사하는 것 좀 봐."

\*\*\*

일반 남자들과 달리 여자라면, 아니 사춘기에 접어든 소녀라면 으레 발달된 감각이 따로 있다. 뒤에서 따라오는 걸음에 실린 의미를. 내 발걸음과 속도는 같은지, 방향은 어디쯤인지, 어디서 소리가 커지고, 어디서 조용해지는지, 또 바닥과 마찰음을 빚는 소리로 미루어 그는 어떤 상태에 놓여 있는지.

처음에 종잡을 수 없던 것이 차츰 고막 전체를 지배하기 시작한 건 뒤를 돌아보면 아무도 없지만, 여전히 그 걸음 소리가 멈추지 않는 어느 시점부터였다.

'뭐야?… 찝찝하게.'

학교 정규수업이 파하고 엄마가 픽업을 온다고 했지만, 백화점에 들렀다 오면 어느 세월에 학원에 데려다주겠느냐고 퇴짜를 놓은 건 윤설 쪽이었다. 새삼 혼자 버스를 타고 학원을 가겠다고 한 것을 후회할 때쯤, 다시 걸음 소리가 들리지 않았다. 뒤를 돌아봤지만 아무도 없었다. 간간이 지나가는 아주머니들, 애완견과 학생 뿐.

터벅.

터벅.

그리고 다시 소리가 들렸다. 더는 그것에 휘말리지 않기로 결심한 윤설은 재빨리 걸음을 재촉했다. 골목에서 골목으로 최대한 뒤에 누군가가 따라잡을 수 없도록 돌고 또 돌았다. 이따금 걸음 소리가 들리지 않다가, 또 어디선가 자기를 찾아냈는지 바로 등 뒤에서 서늘한 기운이 감지됐다. 식은땀이 흘렀다. 쫓기는 윤설은 집집마다 대문을 두드렸지만 소용없었다. 아무도 살지 않는 주택가였던 것이다.

비로소 윤설은 알지 못하는 장소까지 다다랐음을 뒤늦게 깨달았다.

수십 년 된 양옥들 사이로 그보다 덜 오래된 허름한 빌라촌으로 내달렸다. 서울에 이런 곳이 있었나 싶을 만큼 후미진 풍경. 뒤에 누군가와 쫓고 쫓기는 와중에 제 키보다 높은 담이 눈에 보였지만 역부족이었다. 무조건 앞만 보고 내달렸다.

"헉헉… 헉…."

숨이 가빠지면서 바짝바짝 입안이 메말랐다. 그리고 전봇대에 버려진 원목거울로 언뜻 뒤에 누군가의 정체를 찰나지만 확인할 수 있었다.

**검은 모자.**
**검은 마스크.**

골목에서 골목으로 이어지는 숨 막히는 추격, 한 30분쯤 흘렀을까? 뒤를 쫓던 사내가 걸음을 천천히 하며 숨을 몰아쉬었다. 윤설도 무릎을 짚고 숨을 골랐다. 그리고 정면을 보니 깜깜한 창고였다. 출입구라고는 사내가 서 있는 곳이 전부인 빛 한 줄기 들지 않는 밀폐된 창고. 무작정 달려온 곳이 이따위라니! 이대로 막혀버렸다니!

주위를 둘러보아도 인근 공사장에서 내다 버린 듯한 산업 폐기물들뿐이었다. 위쪽 구석에 달린 환기구는 부질없이 돌아가고 있었는데, 밖에서 비춰오는 햇살에 풀풀 날리는 먼지가 하나하나 보였다. 눈을 질끈 감았다 뜬 윤설이 신경질적으로 뒤를 돌아보며 악을 썼다.

"씨발, 왜 따라 오냐고!"

얼굴은 땀과 기름으로 범벅이 된 윤설. 숨 쉴 때마다 입에서 마른 단내가 났다. 땀과 출입구 쪽에서 들어오는 강렬한 빛에 눈이 부신지 이마에 손차양을 쳤지만 상대를 확인할 길이 없었다. 그가 누구인지는 중요하지 않았다. 또 왜 따라오는지 궁금하지도 않았다. 누가 됐건 간에 악플러를 혐오하는 사람, 또는 고혜나의 팬들 중 한 사람일 것이며, 형벌을 피해서 무사히 출소한 윤설에 대한 앙심이 뒤를 쫓는 이유일 것이다. 모를 리 없었다. 당분간 위험하니 밖에 나다니지 말라는 엄마, 아빠의 충고도 있었고, 또 인터넷 기사에 달린 자신에 관한 악플들도 알고 있었으니까.

**그런데 뭐?**
**그래서 어쩌라고?**

윤설은 가빴던 호흡이 차츰 규칙을 되찾으면서 피식 웃었다. 풋! 그리고 짝다리를 하고 최대한 뻐기는 자세로 말했다.

"저기요. 아저씨? 저 청소년이에요. 모르셨어요? 나 아직 생일 안 지났는데." 하며 고개를 까딱거리는 여유를 부렸다.

가만 응시하던 사내가 꾹 눌러쓴 검정색 모자를 벗고 검정색 면 마스크를 벗었다. 윤설은 누구인지 알아볼 심산으로 미간을 찡그려봤지만, 아무리 봐도 처음 보는 얼굴이었다. 사내는 양손의 엄지와 검지를 각각 붙였다 뗐다. 수화였다.

'나도.'

그리고 커다란 방망이 그림자가 윤설의 그림자를 내리쳤다.

탁!

# 마지막 레드볼

＊＊＊

탁!

순간, 준우는 화들짝 놀라 뒤를 돌아봤다. 심학규 소장이었다. 세상에서 가장 안타까운 얼굴을 한 그가 침착하게 고개를 저었다. 준우의 붉게 충혈된 두 눈에서 눈물이 흘렀다. 힘겨운지 비틀거렸다. 준우의 손에서 간신히 방망이를 빼앗아 든 소장.

준우가 눈물로 얼룩진 얼굴을 들자 소장이 말없이 고개를 끄덕였다. 평소에 볼 수 없었던 따뜻한 얼굴이었다. 그리고 이번엔 땅에 납작 엎드려 흐느껴 우는 윤설을 차갑게 내려다보며 말했다.

"미래의 새싹에게 이런 말을 해서 유감이지만 꼭 해야겠구나."

여전히 윤설은 사시나무 떨 듯 떨며 웅크린 채 머리를 감싸고 있었다.

"존재하지도 않는 성관계 몰카 동영상. 허위 사실을 유포한 혐의로 구속해야 맞지만, 하지 않는 것은 네가 미성년자라서가 아니란다."

"…."

"이미 네 싹은 썩어 문드러졌으니 말이야."

\*\*\*

이튿날.

관할 경찰서장은 전날 오후에 있었던 사건에 대해 직접 브리핑을 하지 않으면 안 됐다. 현장에 있었던 소장 심학규가 유력 용의자로 지목된 경위에 대해 기자회견을 열었는데, 이미 돌아가는 분위기로는 진범이나 다를 바 없었다.

"이번 사건으로 인해 국민 여러분께 심려 끼쳐 드린 점 매우 유감으로 생각하고 있으며, 윤설 학생의 빠른 쾌유를 빕니다. 어제 오후 19시 20분에 발생한 사건은 하교 후 학원을 가던 윤설 학생의 뒤를 따르던 용의자가 소지하고 있던 각목으로 이마 좌측에 가벼운 좌상을 입힌 것으로…."

윤설은 그길로 병원에 실려 갔지만 생명에 지장은 없었다. 브리핑대로 스치듯 생긴 상처에 불과했기 때문이었지만, 윤설 부모 측은 또 달랐다. 명백한 살인미수 행위였다며 소장을 상대로 오전 일찍 고소장을 제출했으나 무슨 영문에서인지 돌연 몇 시간 만에 취하했다. 취하한 까닭은 금방 드러났다.

그날, YouTube에는 윤설이 V자를 하며 찍은 셀카 사진, 반명함 사진, 심지어 가족사진까지 올라갔으며, 생전 고혜나의 인스타 라이브에 올린 채팅은 가관이었다(그것은 고혜나의 열혈팬이 제출한 캡처본 증거였다).

ㄴ 스폰 덕에 스위트 라이프 사는 거라면서요? ㅋㅋ

ㄴ 제발 죽어, 죽어, 죽어!!!

ㄴ 악플 신고?? 내 것도 신고해봐. ㅋㅋ 법정에서 보자.~

ㄴ 너 고졸이라며?ㅋㅋ 똑똑한 척하기에 누가 보면 박산 줄.~~~

ㄴ 누구더러 패배자래? 난 누구처럼 엄마한테 버림 안 받고 사랑 듬뿍 받고 살거든요? ㅋ

ㄴ 성격이 저따위니까 생모도 버리지. ㅉㅉ

그리고 가장 중요한 것은 해외에 기반한 다크웹에 윤설이 올린 동영상의 정체가 탄로 난 이후였다. 그 동영상은 항간에 **고혜나 동영상**으로 떠돌던 것의 원본이었으며, 그 원본 업로더가 윤설로 드러난 것이었다. 그리고 그 동영상은 조회 수 8억 뷰를 돌파하며, 역대 유튜브 조회 수 5위권 안에 진입하는 대이변이 벌어졌다.

다들 이것이 나라 망신이라며 온갖 시위와 질타가 이어졌고, 그동안 참아온 것을 분출하기라도 하듯 너 나 할 거 없이 같은 학교 학생들이 댓글을 달기 시작했다. 수감자 중 유일하게 그 어떤 처벌이 따르지 않은 것을 감안한 혹독하고 거센 비난이 이어진 것이다.

- 얘. 맨날 쉬는 시간마다 교실 스크린 앞에서 아이돌 욕했어요.
- 누구는 막 스폰 있다고 하고… 결국 악플러였네. 정체가.
- 너 이렇게 벌 받을 줄 알았다. 진짜 통쾌하다.~
- 원래 말이 좀 심했어요.
- 공부 잘한다고 담탱이만 얘 좋아하지, 애들은 다 싫어 했을걸.
- 공부만 잘하는 인성 쓰레기.

그리고 수천 개의 댓글 중에서 어느 공신력 있는 모처에서 쓴 베스트 댓글이 단연 눈에 띄었다.

- We are the BBC in England. We ask for coverage. If you would like, please contact us at bbc@bbc.co.uk
(우리는 영국의 BBC입니다. 보도를 요청합니다. 원하는 경우 bbc@bbc.co.uk로 문의하십시오).

# 별이 빛나는 밤

***

윤설의 퇴원 후 그 일가족의 행방에 대해서는 아는 이가 없었다. 다만 모 일간지에는 윤설 모와 친분이 있다던 한 여성의 인터뷰가 실렸다.

'설이 걔, 우리 애랑 동갑이거든요. 물론 잘 알죠. 아… 외고 진학이요? 사실 그것도 차선책이었어요. 원래는 중학교 졸업하기 전에 유학을 보내려고 했으니까… 어쩌면 미국으로 갔을지도 몰라요. 그만큼 수재였거든요. 그런데 유튜브에서 워낙 세계적으로 유명인사가 되어서… 글쎄요, 저도 모르죠. 어디로 갔는지. 아무튼 놀랍네요. 걔가 워낙 싹싹하고 인사성도 발라서 마냥 착실한 아이인 줄로만 알았는데 악플러라니… 어휴, 몸서리쳐져요. 아이들 키우면서 정말 학교성적이 다가 아니라는 걸 이번 기회에 깨닫네요.'

공모전 사이트에서는 [악플 방지 슬로건 공모전] 또는 [교육청 주관 : 전 국민 악플 방지 아이디어 모집] 등에서 상금이 최대 2천만 원에서 적게는 3백만 원에 이르렀다. 반응은 가히 폭발적이었다. 스펙을 쌓기 위한 대학생부터 상금이 목적인 일반인, 진심으로 악플 방지에 대해 고심해온 수많은 국민들이 열띤 참여율을 보였다. 아이디어도 무궁무진했다.

법조계에서는 청소년법을 일부 개정해야 한다는 소리도 나왔고, 투표권을 주는 만큼 어떤 부분에 대해서는 성인에 준하는 처벌을 해야 한다는 법안도 발의됐다. 모든 사람이 관심을 기울이기 시작했고, 그리하여 많은 것에 변화가 생겼다. 각종 포털 사이트에서도 내부적으로 댓글 정책을 개선하려는 움직임이 보였고, 국가인권위원회에서도 사이버 테러로 인한 피해자 구제 방안을 하나둘 내놓기 시작했다.

\*\*\*

빈센트 반 고흐의 '별이 빛나는 밤' 모작이 걸린 조사실.

"소장님. 사실대로 말씀해주십시오. 왜 죄를 덮어 쓰려고 하십니까?"

심 과장이 답답한지 넥타이를 풀며 말했다. 누가 봐도 간절함이 묻어나는 말투였다.

"죄를 덮어 쓰다니. 자네 참 답답하네."

"답답한 건 접니다, 저!"

"아니 자백을 하겠다는데 안 믿어주니 이거 어쩌란 말이야."

"그 자백이 진짜 자백이 아니니까 그렇죠!"

"그럼 백날 붙잡고 있어 봐. 내 입장은 변함없으니까."

"후아⋯."

심 과장이 답답한지 머리를 벅벅 긁었다.

"이번엔 다른 질문을 하죠."

"듣던 중 반가운 소리네."

"어떻게 윤설이 다크웹에 허위 성관계 동영상을 업로드한 유포자라고 확신했죠?"

"범죄를 은폐하는 것이 물리적으로 불가능한 데 있는 것이 아니라, 바로 범죄자 자신에게 있다⋯."

"⋯?"

"범죄자 스스로 조심성이 가장 필요한 순간에 이성이나 의지를 상실하게 되고, 오히려 어린아이처럼 이상한 경솔함에 빠지고 마는 것이다⋯."

잠시 정적.

"도스토예프스키!"

심 과장이 소리치자, 소장이 엄지를 허공에 치켜들며 맞장구쳤다.

"제법이군.《죄와 벌》에 나오는 구절이지."

예기치 못한 칭찬에 으쓱하는 심 과장. 그러다 본래의 위치를 깨달았는지 말을 이었다.

"그럼 윤설 양이 뭔가 단서를 흘렸다는 거네요? 다크웹에서 공조를 해주기도 전에 알아차리셨다는 건데."

"아이디."

"아이디요?"

"소혜가 하루는 방 안에 틀어박혀서 춤 연습을 하더군. 다른 팬들과 같이 콘서트에서 작은 추모공연을 한다는 거야. 전신거울 앞에서 추는 모습을 보니 참 기특하지 뭔가."

"…."

"바로 그거였어."

"쉽게 말씀해주세요."

"거울에 비친 소혜의 티셔츠 말이야. 'POTS ON'이라고 쓰여 있지. 그건 또 뭔가 하고 보고 있는데, 알고 보니 거울에 비쳤기 때문이었어. 거꾸로 하면 NO STOP. 윤설. 그 꼬마 악마가 거기서 덜미를 잡힌 거야."

"계속해보세요."

심 과장은 조금씩 흥미가 느껴진다는 듯 앞으로 몸을 끌어당겼다.

"허위 성관계 동영상 최초 유포 아이디는 S2_WON2."

아주 잠깐 생각에 잠긴 심 과장의 눈이 휘둥그레졌다.

"설마…."

"그래. 거울모드 셀카였기 때문에 그렇게 보였던 거야. 실제 아이디가 바르게 보일 때에는…."

"SNOW_S2!"

"SNOW_S2!"

둘이 동시에 외쳤다.

"그래. 자기 이름 '설'을 의미한 알파벳 '스노우'와 S2는 '하트' 모양이지. [개웃기당ㅋ 고혜나 완전 꼬숩꼬숩.ㅋㅋㅋ]이라는 악플을 달았을 때에도 윤설의 아이디는 [SNOW_S2]였지. 물론 모든 웹에서도 그렇겠지만, 동일 아이디가 중복가입이 안 된다는 것쯤은 유치원생도 알고 있는 사실 아닌가."

심 과장은 큰 눈을 깜빡이지도 않은 채 의자 뒤로 풀썩 몸을 묻었다. 건조한 손으로 얼굴을 썩썩 비비다가 두 눈을 꾹 누른 채 물었다.

"그 사실을 언제 아셨죠?"

"진작."

"진작 언제요? 아니지… 그것을 왜 저한텐 말씀해주지 않으셨어요? 왜 이제야…."

"미성년자에게 레드볼을 지급하는 건… 나조차도 용기가 안 나더군. 스스로 파멸하는 수밖에."

"참… 그걸 저에게까지 숨기실 필요는 없으셨잖아요."

"복수의 클라이맥스는 적이 가장 크게 웃고 있을 때지."

"그건 또 어느 책에서 나온 말이에요?"

심 과장이 아예 자포자기한 듯 웃으며 물었다.

"앞으로 나올 내 책."

"네?"

"작가로 전업할 생각이야."

"살짝 스쳤다면서요. 그리고 그쪽에서 고소도 취하했는데요. 무슨 전과라도 남을 것처럼 말씀하시네요."

"그래도 불명예는 맞지."

"소혜 생각은 안 하세요??"

"나도 죄에서 자유롭지 않아."

"무슨 죄요?"

"나는 방법이 틀렸잖아."

자조 섞인 웃음을 터뜨렸지만 심 과장은 심각했다.

"다른 누가 그 자리에 앉았어도 마찬가지였을 겁니다. 아니, 더 했으면 더 했겠죠."

"좀 더 현명하지 못했어. 내면을 들여다보지 못 하고 수박 겉핥기식이었지. 방식도 무식했고."

"그런 말씀 마세요. 다시 돌아오셔야죠. 수장이 갑자기 사라지면 어떡합니까?"

"그 자리는 자네가 맡게 될 거야."

"네?"

"못 들었나. 대통령께서 후임으로 자네를 지목했어. 나는 너무 야만적인데, 자네는 인간애가 넘친다나. 역시 나와는 안 맞는 양반이야."

"팽 당하신 거 아니었어요?"

심 과장은 얼른 말실수를 주먹으로 입술을 꾹 한번 누르더니 다시 고쳐 말했다.

"위에서 접으라고 했던 거 아니었어요?"

"한국의 드골은 따라 하는 것 같아서 폼이 안 나고. 해왔던 대로 한국의 유재영이 되겠다고 하네."

"휴…."

"그거 아나? 실제로 중국의 마오쩌둥 집권 시기에 죽은 사람이 히틀러의 몇 배는 된다는 사실을. 그런데 역사는 히틀러를 인류 역사상 제일가는 죽일 놈으로 기억하지."

"무슨 말씀이세요?"

"진짜 고혜나를 죽음으로 몬 악플러에 대해서 말하고 싶은 거야."

"따로 있다는 건가요?"

"그래. 고혜나를 죽음으로 몬 건 상스럽고, 저급한 욕설을 쓰며 비방하는 그것들이 아니었어. 정작 그녀를 우울증에 걸리게 만들고, 한없이 침식시켜 아예 묻어버린 것은 따로 있었다고."

"그게 누구죠?"

"첫째, 쓰지 않아도 동조와 공감만으로 악플러에게 힘을 실어주는 부류. 그래서 자신들은 손에 피를 묻히지 않았으므로 죄가 없다고 항변하는 부류. 하지만 칼을 쥔 자를 충동질하는 것 또한 명백한 공범행위지."

"아."

"둘째, 표준어를 사용면서도 기꺼이 상대를 조롱하고 상처를 주는 데 뛰어난 두각을 드러내는 부류. 적당히 법에 걸리지 않을 단어들로 상대를 무너뜨리고, 밤새 잠 못 이루게 만들 생채기를 내는 부류지. 그들은 수용소가 생겼다는 뉴스를 접하면서 수감자들을 비난했을 거야. 인두겁을 쓰고 어쩌면 그럴 수 있느냐며 새삼 고혜나의 명복을 빌었을 테지. 가증스럽게도. 그러면서 스스로 믿어 의심치 않겠지. 자신들은 수용소에 붙잡힌 자들과는 질적으로 다르다고. 왜냐? 표준어를 사용했으니까. 실제로 고혜나가 죽자 가장 먼저 댓글들을 삭제한 건 아이러니하게도 바로 그들이라면… 믿겨지나."

"놀랍네요."

"그런 치밀한 자들을 다루는 심리전에는 나보다 자네가 제격이지."

그러면서 주먹으로 그의 가슴을 툭 하고 쳤다.

***

반나절의 조사를 마치고 나온 시각은 밤 열한 시.

밤공기는 맑고 쾌청했다. 소장은 지그시 하늘을 올려다보며 눈을 감았다.

잠시 후,

"아! 소혜가 왔나 본데요?"

심 과장이 가리키는 쪽을 보자, 저만치 정문 앞에서 들어오지도 않고 우두커니 서 있는 소혜가 보였다. 그 옆에는 정민영 과장이 어깨를 으쓱해 보였다.

"언제고 또 귀찮게 오라 가라 할 거예요. 이런 말씀 드리는 거 뭐하지만…."

그는 주변을 살피는 시늉을 하더니 소장의 귀에 대고 기밀을 말하듯 속삭였다.

"귀찮으셔도 협조에 응해주셔야 해요. 위에서 안 좋게 보는 인간들 있잖아요, 왜. 유명세라고 쳐요."

소장은 너털웃음을 지으며 계단을 내려갔다. 쭈뼛대던 소혜가 천천히 뛰어와 품에 폭 안겼다. 잠시 이어진 포옹. 부녀와 정민영, 세 사람은 경찰서 정문을 함께 나섰다. 그러다 문득, 몸을 돌리는 소장.

"아! 궁금한 거 하나 묻자."

"뭔데요?"

"스탠딩 개그맨이 되려면… 어느 학과에 가야 되나."

머리 위로 밤하늘의 별들이 반짝였다.

누군가의 소원에 귀를 기울이기라도 하듯, 가만히.

# #Epilogue

[기사 : 故 고혜나, 생전 촬영한 영화 '꽃은 지지 않는다' 외신도 주목.]

얼마 전 팬들의 곁을 떠난 명품배우 故 고혜나 씨. 요즈음 그녀의 유작이 화제다. 그녀는 생전에 위안부 피해 할머니들의 아픔을 그린 **〈꽃은 지지 않는다〉**를 촬영하였다.

영화는 열네 살에 버마로 끌려가 광복이 된 후에야 고향으로 돌아온 한 몰락한 양반가 소녀의 기구한 이야기를 담았다. 영화의 특이점은 당시 일본에 끌려갔다온 여성을 향한 사회의 경멸 어린 시선을 감내해야만 했던 젊은 시기를 집중 조명했다는 점에서 기존 영화와 차별화를 두었다.

최근 삼 년 전, '한일 과거사 양측 합의' 헌재 각하에 위안부 피해 할머니들의 근심이 더한 가운데 영화의 흥행은 한 줄기 빛이 되었는데, 실제로 시사회에 초대된 할머니들은 영화가 끝나자 눈물을 지었다고.

한편, **〈꽃은 지지 않는다〉**의 일본 상영을 앞두고 우려의 목소리가 많은 가운데 반응은 의외로 폭발적이었다. 일본 젊은 층 사이에서도 왜곡된 역사를 바로잡는 길은 '제대로 된 사과'가 우선이라며 위안부 피해 할머니를 찾는 발길이 끊이지 않았다.

미국, 캐나다, 러시아를 비롯한 외신에서는 각기 자국의 영화제에 초대권을 보낼 만큼 영화의 작품성에 주목하고 있으며, 자국 역사교과서에 실린 관련 내용 수정에도 긍정적인 반응을 보내왔다.

이에 아베 총리는….